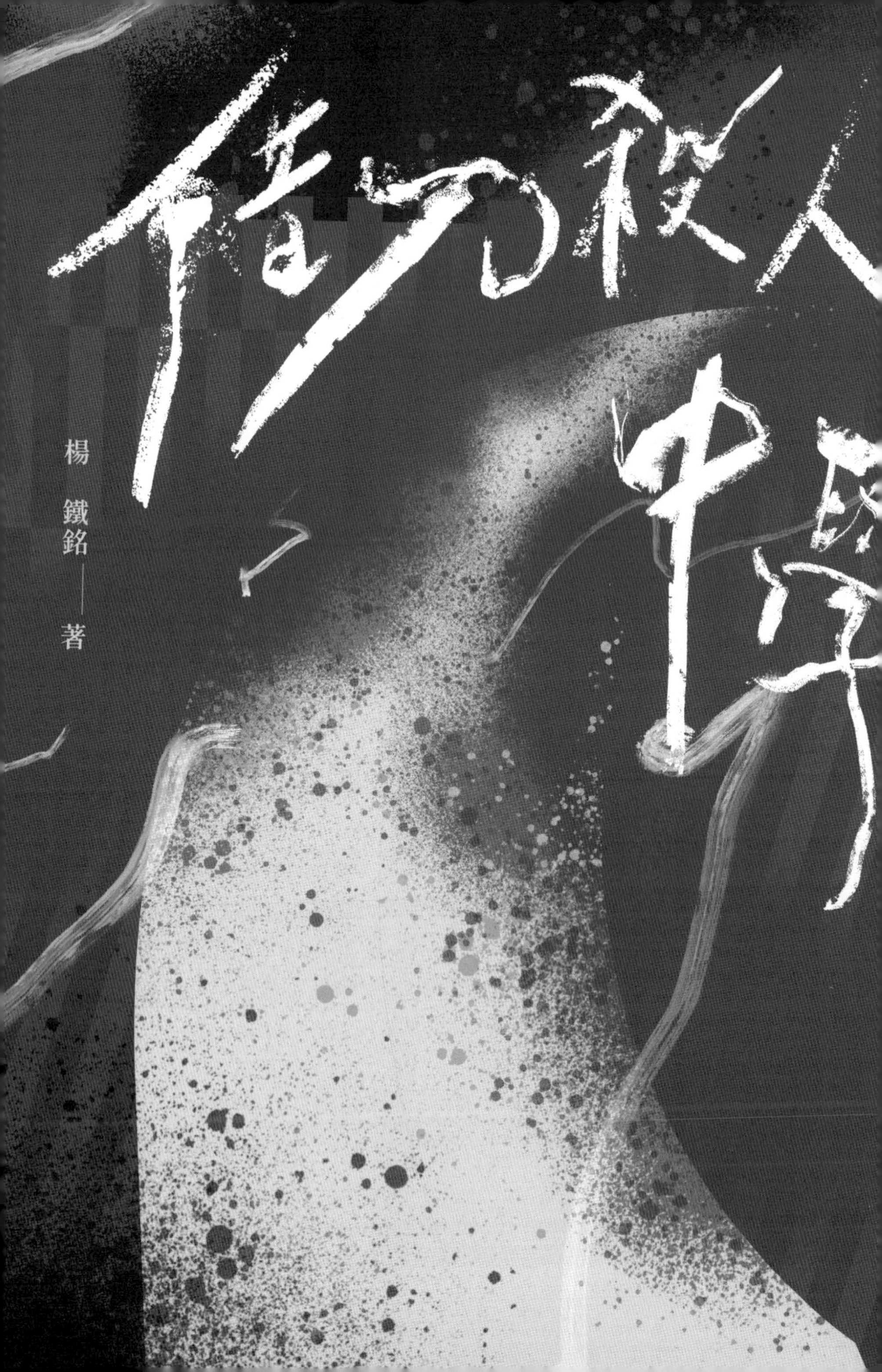
楊鐵銘——著

「高含金量的商業題材，可想見影視改編成果。」

——資深電影監製　劉蔚然

「日本戰後第一編劇橋本忍曾說好的劇本，首重主題，然後故事，然後才是人物設定。這是一個有良好劇本觀念發展出來的小說，借刀殺人的設計張羅散布在故事中，不雜沓也不囉嗦，實為佳作。」

——時報出版副總編輯／影評人　嘉世強

「澳門的獨特地景構成這本很不一樣的小說。

乍看是男生拉幫結派、女生穿校服去酒店援交的校園故事，讀下去卻是涉及兩代人恩怨情仇的賭城風雲。我喜歡作者剝去成人的外衣，展示靈魂被肉慾控制的不堪。」

——香港小說家　譚劍

目次

序幕

張儒行是和老媽關玲相依為命，住在政府提供的公共房屋的高中三年級男生。今年開學本應是大一的他，留級了。

「你居然現在才告訴我？」他的老媽，從背影看像一個癡肥小男生，正值更年期的中年女人，手持在文具店買的美工剪刀，正在替整個暑假都沒有剪過髮的兒子剪髮。用她的話說就是：「讓你開學時像個人樣。」

「我只是忘了講。」張儒行被老媽逼著剪髮的同時，手上正捧著《神雕俠侶》。他對楊過的經歷深有共鳴，因為他也沒有父親。

這天是二〇〇八年八月八號，北京奧運會第一天，美國金融海嘯爆發前夕。

「那正好讓你再想想要考什麼科系。」

張儒行把頭埋在小說裡，沒有回話。

「頭抬起來，那麼低要我怎麼剪？」

張儒行抬起頭，正好與神明桌上的老爸對視。

「你還是想去賭場做荷官嗎？」老媽的聲音明顯提高。手上的剪刀咔嚓咔嚓地動著，張儒行依舊保持沉默，剪刀突然停止——

「說話！」

張儒行回頭看向老媽，不顧書頁中的碎髮，將書猛地一合，撂下一句不剪了後起身離座。

「你這小子——」

張儒行將關玲的氣話隔絕在房門之外。他不想把碎髮帶到床上，所以坐在地板上。他打開小說，想躲進金庸筆下那個靠著豪氣與瀟灑就能走遍江湖的世界，但卻發現老媽的罵聲如流沙般將他的雙腳牢牢緊扣。

關玲攤在充當沙發的二手懶人椅上看著電視裡放著奧運會開幕禮的重播。時間臨近午夜，她滾下懶人椅晃晃悠悠地穿過兩步路就能橫跨的客廳。她穿好雖然擦乾淨了但還是顏色泛黃且鞋邊裂痕滿滿的白色運動鞋——張儒行去年穿舊後淘汰的——準備開始不知道算是今天還是昨天的工作。

「妳怎麼穿著鞋就進來了？」張儒行穿著四角內褲，裸著上身走出房間，正要去洗澡。要是張儒行穿鞋走進家，關玲肯定會直接訓斥。

「這地是我拖的，我想穿什麼進來要你批准嗎？」

「你是不是忘了自己老爸是怎麼死的？」老媽的話在張儒行背後拽住了他。他牙關一緊，這就是為什麼他剛剛選擇逃回房間的原因。

「我沒忘。」三個字從他齒縫間擠了出來。

「那你還要去賭場上班!?」

「這不是一回事吧？誰說去賭場上班就一定要賭博了？況且誰說賭博就一定要賭到欠一屁股債跑去跳樓？」他老爸的欠債，他老媽正在背著，他知道等他畢業了，就輪到他背了。為此，他恨那個跳樓的賭鬼。

「你只要進去了，就肯定會賭！一賭就肯定會上癮！我是親眼看著你爸一步一步成為賭鬼的！」

「別把我和他混為一談行嗎？」

「有其父必有其子！」

張儒行看著老媽臉頰上像兩塊饅頭贅肉在她薄嘴唇兩旁畫下兩道法令紋，她兩條文眉細得和牙籤一樣，筆直地豎在圓眼睛——她最引以為傲的部位——上。這張臉是如此地真實且接近，以至於讓張儒行感到一股條件反射式的心酸。被迫地，他只好甩開老媽的眼神，走進貼滿泛黃瓷磚，縫隙間全是黑色黴垢的廁所，他突然想到武俠世界中的人物從來不需要洗澡，就和他們從來不會與老媽吵架一樣。

「我已經受夠了！一邊還你死鬼老爸的債一邊把你養大！你知道我有多辛苦嗎？結果你還要跑去賭場！我告訴你，你要是去賭場上班你就給我滾出去住！我這輩子已經被一個賭鬼害慘了！我可沒命再搭上第二個！」關玲的怒火一發不可收拾，即使張儒行已經將水量開到最大，老媽的吼叫還是撲面而來。

「全國觀眾們，現在奧運的聖火已經熊熊點燃，第二十九屆夏季奧林匹克運動會正式開幕——」洗手盆的水龍頭也被打開了，用來隔絕關玲的罵聲。

關玲對著一門之隔的水聲又罵了幾句。要不是自己幹的這行午夜時間分秒必爭，加上下一口氣有些上不來，她會一直罵，罵到張儒行洗完澡。

但午夜時間分秒必爭。關玲是大夜班的士司機，兒子可以留著明天罵，客人今晚不載，明天就不在澳門了。

黑色的士駛過嘉樂庇總督大橋，朝著澳門半島的方向前進。澳門共分成三個島，接壤大陸的澳門本島、氹仔島和與氹仔相連的路環島。〇八年那會，連接氹仔與路環的路氹金光大道尚未賭場林立，也只是從拉斯維加斯複製了一個威尼斯人度假村作為昔日小漁村邁向亞洲賭城蛻變的開始。整體博彩事業尚未從本島移向氹仔，因此住在氹仔公屋的關玲每晚都要過橋載客。運氣好的話，她能在氹仔拉到一個正好要去本島賭錢的大陸客——那時住在氹仔的遊客是為了省錢，而現在（二〇二〇年）則截然相反，氹仔全是六星級酒店，一晚住宿要價至少上千澳門幣——但那種運氣一個月中最多也就兩三次。

「人們來澳門可不是為了省錢的，是為了花錢的！」她還記得當初同為夜間女司機的老陳在吃宵夜時和她說的話。老陳已經退休了，把的士賣給了關玲。若老陳再等個兩年，那的士加上牌照的價錢就夠她退休後環遊世界了。雖然只靠積蓄和政府養老金度日，老陳的退休生活也挺滋潤就是了。

關玲覺得老陳說的話已經過時了。這會來澳門的人早就不是花錢，而是撒錢。在她丈夫還在世的時候，她經常陪著一起去賭場。說來慚愧，她當時也是熱衷於小賭怡情的賭場常客。在賭場一晚上花掉幾十萬的人還少嗎？她可是親眼所見，就在那些觸手可及卻又遙不可及的高額賭桌上。那些籌碼上的零多到讓人懷疑那要不是大富翁遊戲中的假鈔，就是津巴布韋幣。而那會還是九〇年代中期的事。

她不敢想像現在賭場內的賭客手上拿著的籌碼面額都是多少。她也不想去想。丈夫死後她就與賭場勢不兩立了。要不是為了生活，她連賭客都不願意載。然而對澳門的的士司機來說，賭客就像是麥當勞的學生或星巴克的白領，是她的目標客戶。為了生活，她只能如此。

一想到這裡，她泛起一陣心酸。盛怒開始消退，就如氹仔那殘存的漁村夜色隨著過橋而逐漸消退，取而代之的是本島那五光十色的霓虹燈光。

為了生活，她不得不聽那些賭客在她的後座誇誇而談。她最恨的就是那些喜歡坐在前座而又廢話不斷的單客。她真的很想對這些人說一句：「我對你的今晚贏了多少錢真的沒興趣，所以可以請你閉嘴嗎？」但她只能把話悶在心裡，為了生活。為了誰的生活？她自己嗎？直到跳樓後，她才知道丈夫到底欠了多少錢。她原本還以為最多幾萬。殊不知她丈夫就是那些在賭場裡面一擲千金的大款——只不過大款的錢是自己的，而他丈夫的錢是大耳窿（高利貸）的。幸好，澳門地小，講究人情。黑社會看關玲丈夫沒了，還拖個不滿周歲的娃娃，放寬了期限——

「妳嫁給那種男的，也算是妳倒楣。錢妳慢慢還吧，不急，但自覺點就行。我們也是混口飯吃而已，別讓大家難做。」那個站在兩個小弟前，梳著大背頭的微胖男子在關玲家門前如是說道。

即便如此，面對那天文數字般的借條，關玲的生活也就只剩下了還錢和養孩子，完全失去了自己。尤其是每當張儒行惹自己生氣時，她更是覺得自己這是何苦呢？但又沒辦法，只好怪給命。不過這也只是氣話，看著自己拉扯長大的兒子，她還是感到欣慰的。只是，如果兒子執意要去賭場工作，那她說什麼都要阻止。哪怕是讓母子之間的關係出現裂痕。她不能再讓賭場毀掉她的親人了，尤其是她的骨肉。

一過橋，她就在橋頭的葡京賭場門口遇到了客人。看那客人搖晃的姿態和摟著個穿超短裙的年輕女子，關玲一瞬間是拒絕載客的。但面對那伸出馬路胡亂招呼的手，她能拒絕嗎？拒絕了客人就是拒絕了生活，她沒有資格拒絕生活。

而生活玩弄了她。那客人一上車，關玲就知道對方肯定是喝茫了。她敲響警鐘，萬一吐了就麻煩了，這一晚上都不用接客了。她握著方向盤的手盡量保持平穩，但還沒開出葡京賭場前的圓形轉盤，對方哇地一聲，吐了出來。

短裙女子顯然不想攤上這堆嘔吐物，車一停，她就捏著鼻子下了車。

「欸妳收了錢怎麼不做事就走了!?」關玲打開車窗對著短裙女背影喊道。

「他還沒付錢呢！」短裙女踏著高跟鞋頭也不回地喊道。

關玲把醉漢拖出車門。嘔吐物在椅子上、車門上、地上全是。不止是臭，還混合著酒精的刺鼻。關玲看了看在地上蠕動的醉漢，三個混混模樣的人在對街看著熱鬧——

「喂，把他錢包拿了快跑啊！」一個混混教唆著叫道。

關玲看著醉漢敞開的大衣，一個ＬＶ錢包赫然在內側口袋伸出半個頭來。

「妳不拿，我就來拿了！哈哈哈哈！」對街的混混又喊道，這會是紅燈。

她轉身回到車上，發動引擎離去。後視鏡中，那三個混混衝過馬路圍在醉漢身邊。醉漢會是什麼下場與她無關，她既不是小偷，也不是警察，她只是個背著債、養著孩子，今晚倒了大楣的單親女司機。

用瓶裝水和濕紙巾清完車內的嘔吐物，已是半夜三點。她的習慣是吃個宵夜再帶些點心回家給兒子當早餐。但她今天不樂意，因為兒子惹她生氣了。加上又倒楣遇到了醉漢吐車，耽擱了一晚上的收入。她需要點能讓心情愉悅的食物，於是她走進了通宵營業的麥當勞。

她點了魚柳漢堡餐加大與草莓新地（聖代）。紅與黃的空間中只有她和一個店員，還有一個躺在角落卡座上的流浪漢。

她享受著一個人的宵夜。咀嚼的同時腦子不受控地想著稍早和兒子的爭吵。她反思自己是否真的應該在儒行還是小學生的時候就把父親是賭鬼的事實告訴他。她是廣東鄉下出生的，成年後來了澳門打拚，和家人的關係一向十分平淡，平淡卻很和睦。或許是因為農村生活沒有太多誘惑，所以人們都相對簡單。她和父母唯一有過的大矛盾就是父母在她去澳門一年後，替她找了個相親對象。是隔壁村到澳門打工的男孩，小時候兩人還一起抓過魚。但那時她已和死賭鬼發生了曖昧。她的選擇是對的嗎？這個問了也於事無補的問題總是占據她心房的一角。那個死賭鬼曾說婚後打工存點錢就開一家理髮店，那時澳門的鋪租還未像現在誇張，死賭鬼口中的夢想尚未淪為虛妄。

她上次帶張儒行回鄉下——張儒行極不願意——聽村裡人說那隔壁村男孩現在是某保險公司的副主管。保險公司的副主管，這名頭聽著就是很保險。保險，她現在唯一渴望的就是保險。

她害怕兒子會憎恨父親。事實也的確如此，她能從兒子的言行中看出他對父親的睥睨。她告訴兒子他父親的事情只是為了讓兒子體諒自己的苦衷，以及告誡他不要與賭場發生任何瓜葛，並非讓他學會恨一個人，而那人還是他的父親。但現在說這些又有什麼用呢？都已經晚了。她吃著草莓新地，餐廳裡放著歡快的主題音樂，這讓她的心更加煩亂。她覺得所有往事都從未消失，它們壓在心頭，唯一的宣洩渠道就是落淚，只有哭才能讓往事不那麼猖狂。她也知道哭什麼都解決不了，但她就是想哭。眼淚就和心煩一樣，是完全不受她控制的。

「客人，妳還好嗎？」

她的手邊多了一疊衛生紙。她抬頭一看，在淚水後的是那名幫她點餐的店員——一個帶著黑色圓形細框眼鏡的男生，身材細長，和儒行差不多，模樣斯文，髮型俐落，看上去就像是從八〇年代港劇中走出來的奶油小生。

「我看妳在哭，所以……」

「沒事。」關玲從抽泣中憋出這兩個字。她瞄了一眼窩在角落的流浪漢，確認一下對方並沒有發現自己在哭，她討厭被比自己弱勢的人同情。

店員沒有轉身離開，關玲又看了他幾眼，她在少年的稚嫩面孔上看到了一種能讓她短暫忘卻眼淚正奪目而出的溫柔。那面孔似乎在說：有什麼難過都說出來吧，我聽著。

關玲的嘴唇不自覺開合著。真的要和一個陌生人訴苦嗎？她的理性如此質問。

「妳想聊聊嗎？反正大半夜的也沒別的客人。」

少年的話逐走了她殘餘的理性。她還在猶豫，只不過她並非猶豫要不要和少年訴苦，而是在猶豫要從哪段開始講起。

深夜的澳門老城區，閃著紅黃霓虹的招牌下，中年女人和少年對坐。女人低著頭說個不停，少年看著女人耐心聽著。

在那當下，女人還不知道自己的這番訴苦會從此改變她兒子的命運。

第一幕

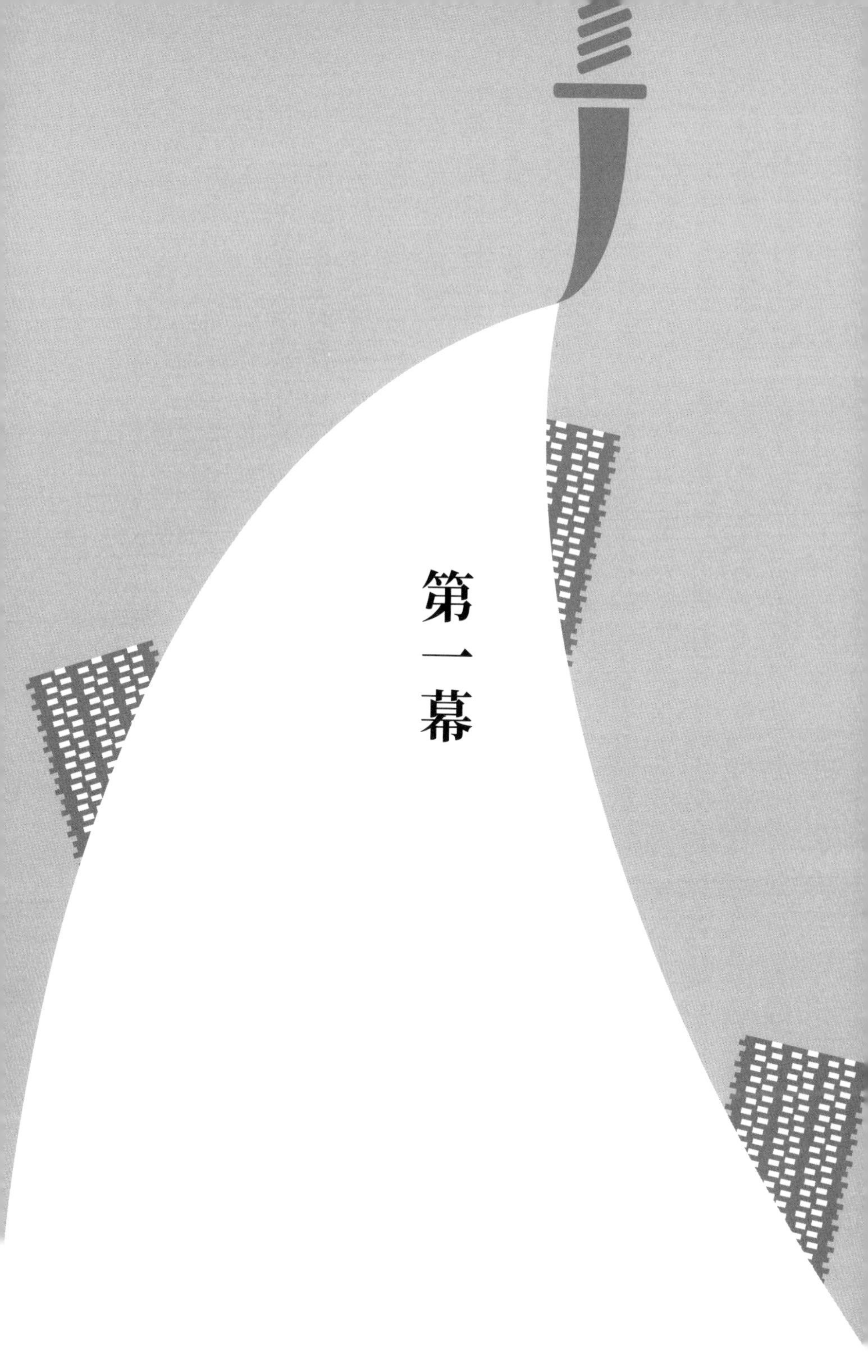

一

楊思淮轉學就讀的聖德學校，位於氹仔嘉模聖母堂和解放軍駐澳部隊的中間。

如今已是旅遊景點的官也街就在學校所處的小山坡下，當年不過是條市井氣息濃厚的老舊居民街。官也街的入口處左邊是氹仔市政街市，也就是菜市場。馬路對面則是政府公屋，張儒行就住在其中。入口處的右邊則是巴士站，站旁有一家老夫老妻經營的士多（雜貨店），因為招牌已經髒得看不見名字，所以學生們都直接稱為士多。士多的大小事都由老闆娘婆婆打理，因為婆婆單眼患了白內障，因此學生們都很嘴欠地背後稱她為獨眼婆，而婆婆的老伴，那個一年四季都穿著泛黃白背心的老頭，則總是坐在店後的晾椅上看報，什麼也不做，有些同學稱他為吉祥物，有些則稱他為火雲邪神。聖德學校的學生們肯定都光顧過士多，店內主打的是比便利店便宜五毫錢的媽咪麵（類似科學麵）和用滿是汙垢的迷你烤箱烤成的豬仔包（短版的法棍麵包）加起司。士多店旁是一條陡斜的石梯，沿梯向上，正對著解放軍駐澳部隊的綠色圍欄，再沿著圍欄踏著石子路繼續向上，便是位於山坡頂端的聖德學校。

楊思淮在士多前的巴士站下車，剛好和在店外掃地的婆婆打了個照面。他給了她一個極具風度的微笑。然後登上寬度只能容納兩人的石梯，邁腿穿過石子坡道，止步在學校的鐵門前。四周是風吹樹枝聲與夏季蟬鳴，他仔細地整理了一下應該塞進褲子中的短袖襯衫，走進校門，接著又是一段上坡。坡道的兩側都站著身穿白色夏季短袖西裝校服的學生——個個無精打采。今天是九月一日，開學日。

聖德學校每個年級只有一班。楊思淮推開高三教室門，教室裡座椅兩兩並排，左側最後一排坐著一對看似情侶的男女，女生正在咬著男生手上的豬仔包。男生一看到楊思淮，立刻收走了女生還沒咬下來的麵包，起司被拉得老長。

「喂！」女生兇了一句。

「不好意思……」楊思淮推了推黑框眼鏡。他以為女生是在兇他。

「我不是在喂你啦，」扎著短馬尾，瀏海齊眉的杏眼女生語氣開朗地說，「你是走錯教室了嗎？」

「我是高三的轉校生，名叫楊思淮，早。」

「我叫黎莉，早。」黎莉對楊思淮一笑，然後推了一下身側的男生。

「我叫張儒行，早。」嗓音較楊思淮低沉，髮型像是被狗啃的男生說。他皺著眉，還在為剛剛的醜態害羞。

「過來坐啊，」黎莉招呼道，「沒想到高三還會有轉校生。」

楊思淮走到兩人的前一排，在張儒行面前坐下。他識趣地沒有轉身搭話，讓情侶把早餐吃完。

「欸，」黎莉爽朗的聲音和塑料袋的摩擦聲一同從身後傳來，「你為什麼會選在高三才轉來這裡啊？」張儒行正將麵包袋搓成一團，一個投籃動作，紙球落入了教室門口的垃圾桶。

楊思淮「唔」了一聲，和張儒行對到視線，後者趕緊撇開。

「總不會是看中這家學校的升學率才來的吧？」黎莉繼續問。

「不是，」楊思淮露出尷尬笑容，「是我在之前的學校留級了，心想認識的同學都畢業了，與其再對著那群老師一年，不如乾脆換間學校。反正都是新同學嘛。」

黎莉點頭笑道：「那我是你在新學校第一個認識的同學囉？」

「沒錯。」

「希望我們不會絕交。」

楊思淮對黎莉的話一時間不知如何回應，只好保持尷尬笑容。這時，同年級生們陸續進入教室。不知是楊思淮多想了，還是事實就是如此，最開始進教室的同學都選了離黎莉和張儒行最遠的座位，到最後教室即將坐滿時，三人附近才有人坐下。

楊思淮回頭看了一眼，黎莉手托著頭對他笑了一下，張儒行則是一直看向窗外。他的同桌是一個雙眼如荔枝般，嘴唇豐厚似是擦了亮面潤唇膏，幾縷帶有捲度的鬢角下的耳朵上有著無數耳洞，裙子長度全校最短的女生。

「妳好，我叫楊思淮。」他想和同桌搞好關係。

但女生那豐唇慵懶地張了張道：「我不是想坐你旁邊才坐的，只是沒位置了。」

「我知道。」楊思淮依舊尬笑著。他發現這間學校的女生都怪怪的。

「妳叫？」但他也不是什麼正常人，所以剛好。

荔枝眼對他眨了眨，那眼睫毛肯定是上了什麼東西，粗挺得像汽車雨刷。楊思淮維持著笑容，女生無可奈何，嘴裡吐出了：「梁珮雯」三個字。

結果伍sir，班主任兼中文課老師，頭髮細軟且有禿頭趨勢的三十出頭高個男子宣布在開學典禮後，全班的座位要通過抽籤分配。

楊思淮聽見珮雯哼笑了一下。他知道這聲哼笑是送給他的。他同時也聽到了身後的張儒行發出「切」的一聲。張儒行和黎莉是情侶。他將這則信息牢記在腦中，這對他十分重要。

開學典禮時，校長盧高勤發表講話。他是一個兩頰稜角分明、鼻梁高挺、尚未全白的頭髮梳著七三分的五十歲中旬男子。講話的內容不外乎是告誡同學們新的一年學習要更加努力之類的陳腔濫調。但除了以上讓學生們聽了只會起相反作用的教導之外，盧高勤還特別向今年的高三年紀透露了一個消息，那就是高三年級的學生如有意願，畢業後可以直接進入新開業的威尼斯人度假村就職。

「當然，前提是各位必須順利從高三畢業。」他說話時語氣毫無起伏。

黎莉對身旁的張儒行咬耳朵：「說得倒是好聽，說什麼就職，其實就是叫我們去賭場給那些大陸客派牌。」

坐在黎莉身旁的楊思淮耳尖的聽到了。

黎莉所說的派牌，就是俗稱荷官的發牌員。澳門因為博彩業合法化，吸引了大量外資企業來澳建設賭場，各種職缺應運而生，其中以荷官一職最甚。而為了吸引年輕人入職，荷官所要求的學歷只需高中畢業，且薪資比其餘工種都要來得高。加上外資博彩公司福利良好，再考慮到澳門每年增長的觀光客（賭客）人數，前景不在話下，自然每年都有近三分之一的高中畢業生選擇直接進入賭場工作，而非繼續升學。

回到教室後，先是抽籤換位。眾人將自己的名字寫在小紙條上，然後抽中名字的人就從左側第一排第一個位置開始坐。抽中者再抽下一人，以此類推。

意料之內的黎莉和張儒行被分開了，意料之外的是楊思淮成了張儒行的同桌。

「張儒行。」楊思淮放下手中的紙條，臉上是一整個早上都沒鬆懈過的微笑。

張儒行沒說什麼，但不爽明顯地寫在臉上。他開學日一大早跑來學校就是為了和女友坐在一塊。但顯然伍sir並不希望自己班上有一對全校皆知的情侶檔。

之後伍sir又慣例地說了些注意事項。他特別點名珮雯裙子太短，明天正式上學日時如果不把裙子變回正常長度，他就要開始記手冊。

「阿sir，你讓我怎麼一夜之間把裙子變長？」

「與我無關，反正明天早會時妳要是裙子還這麼短，就算我不記妳，屈主任也不會放過妳的，妳自己看著辦吧。」

珮雯切了聲後蔑視地瞄了眼她的同桌——外號蘑菇的瘦弱男生，深沉的黑眼圈，鏡片上布滿汗跡的近視眼鏡，再長一釐米就會過耳而被記手冊的如帽子一般的頭髮，班上公認的宅男。珮雯整個九月都要和他同桌，她嘆了口氣，開學第一天沒一件順心事。這樣想想，還不如和那個看上去挺無害的轉校生同桌還比較好。至少，轉校生不會像蘑菇那樣老偷看自己的大腿。宅男都是變態。珮雯如此總結。

「還有張儒行，你髮型要標新立異，我無所謂，但瀏海不能過眉、鬢角不能過耳這是校規，你明天再讓我看到你這顆頭，和佩雯一樣，手冊拿來。」

張儒行迴避伍sir的目光，正好撞到黎莉的目光，黎莉用口型說：「放學幫你剪。」

隔天，在聽了一整天的不同老師的不同課堂規則後，學生們終於熬過了一百九十五天法定上課天數的第二天。

黎莉要去女排報到，所以張儒行一人放學。在校門口的坡道上，同班同學家豪，一個梳著大背頭——全校只有他被允許梳大背頭，因為他媽是家長會主席——的單眼皮男生，他的鼻子又塌又尖，側看形狀像個滑雪跳台。他又總愛昂著頭，感覺就像是隨時要用鼻子戳人。他半截襯衫衣襬露在外面，按照學校的要求應該收進褲子裡，但顯然校規對他不適用，理由和他為何能留大背頭一樣。既然他媽是主席，那他自然也得有點什麼身分，來凸出自己符合家庭的背景。但讓他做學生會主席還是顯得太過誇張，幾乎等同於讓國家首富的兒子做國家安全情報局的局長一樣。副主席是可以做的，但他又不屑位居人下。於是他自己開了個社團，名為——黑傘會。

至於黑傘會到底是幹什麼的，沒人清楚。反正學校師生間僅有的兩個共識之一就是所謂的黑傘會，實際上就是學校中的黑社會，而另外一個共識是學校食堂的飯菜不是人吃的。

張儒行和家豪的梁子，早在初一時就已經結下。那時雖然還未有學校指定暴力團體黑傘會，但家豪也是一眾男同學所擁護的對象——跟他混總能在課間吃到他媽開車送來的點心：蝴蝶酥、小起司蛋糕之類。後來因為家豪覺得難為情，所以就中斷了這一傳統。但沒了點心，還有遊戲機啊。遊戲機對於中學男生來說是什麼概念？那就相當於名車豪宅的概念。而擁有所有最新世代遊戲機的家豪，自然成了一眾男生的老大。

唯獨張儒行，這個從小就沒了老爸的人，他看慣了老媽獨自打拚的背影，潛移默化的，自己的腰也是一下都不肯彎，就連綁鞋帶，向來都是把腳翹高了綁。而不只不肯加入幫派，他還喜歡幫助弱小。他高三留級的一大原因，就是因為他將時間都花在了金庸的武俠小說，和《火影忍者》漫畫上了。也正是這兩部作品，讓他總能在弱小身上發覺一種讓他倍感親切的吸引力。

一個喜歡欺負弱小，一個喜歡拯救弱小，這樣的兩人，註定水火不容。初一時兩人的矛盾還沒激化，但隨著年級升高，聖德學校每年級又只有一班，無法分割的兩人矛盾也就不斷升級。甚至，到了高三兩人還都留級了。這變相將戰火繼續蔓延了下去。

「這麼快就拉到小弟了？」在坡道，兩人冤家路窄，或者說是家豪故意堵截。張儒行對著位於低處的家豪嗆到，後者身後正站著三名小弟。

「你真的應該好好讀書，爭取畢業的。」

「那你怎麼不好好讀書，爭取畢業呢？」張儒行反嗆。

家豪切了聲。他留級，一是家裡早就安排好了去美國留學，學業什麼都從未愁過；二是他這幫派遊戲還沒玩過癮，因為總有張儒行在中間攪和，所以想著留一年過把癮，順便培養黑傘會的下一任接班人——在去年他培養了一個學弟，但那學弟在張儒行的威嚇下，直接轉學了。但他怎麼也沒想到，張儒行也留級了。他認定了，張儒行留級就是為了和他過不去。

「你說吧，月球那事你想怎麼解決？」月球就是被嚇轉學的接班候選人，因為臉上全是痘坑，所以外號月球。

「他是你們黑傘會的叛徒，你不是應該去解決他嗎？」

家豪知道張儒行說得有理，但他這個黑傘會老大的身分，也就只是在聖德學校具有公信力。若在整個澳門學界，那恐怕名聲比黎莉還小，畢竟黎莉還算是學界排球的明星。另外，在山坡下有一間名為三玉的中學，那裡的黑道可是真的黑道。家豪這黑傘會若和三玉的玉門幫相比，那簡直是水果刀和開山刀的差別。所以，面對轉學逃跑的「叛徒」，家豪束手無策。

兩人在坡道上一時僵持不下，都想給對方在開學前夕來個下馬威。原本家豪只想嚇嚇張儒行，在新小弟面前立個威風，沒想到張儒行也想在家豪的新小弟面前，讓他丟丟人。於是，兩人就這麼站著乾瞪眼。

「呀！同桌！」

突然，一個眼鏡男從教務處跳了出來，是楊思淮。他看張儒行和還不知道姓名的大背頭男生正相對站著，沒頭沒腦地問：「你們這在幹嘛？還挺像《熱血高校》裡的場景。」

家豪看到楊思淮攪局，正好給了他一個戰術性撤退的理由。

「我們走著瞧，反正還有一年的時間把帳算清楚。」他帶著小弟轉身走出了校門。

等家豪背影消失在了夕陽中，張儒行看向了身旁的楊思淮。

「有事嗎？」

「有空嗎？」

「你先說要幹嘛。」

「黎莉呢？」

「去排球隊了。」

「那就是有空了。」

「你要幹嘛？」

「和我去個地方吧。」

張儒行向後退了一步，他看見楊思淮眼鏡後的雙眼露出神祕的微笑。

「你不會是同性戀吧？」

「不是，」楊思淮正色道，「只是有件事想和你商量。」

「到底什麼事？」

「跟我來。」

楊思淮走下坡，身子漸入夕陽之中。

二

「你知道這所學校的祕密吧？」

夕陽下的星星公園。這是一個被兒童以及政府淘汰的公園。十年前星星公園還是氹仔孩童們唯一的遊樂地，就在嘉模聖母堂走過一點的地方。換句話說，就在聖德學校的不遠處。而如今，山坡下的花城公園成了孩子們的心頭好——怎麼能不是呢？政府每年都更換裡面的遊樂設施。而只有一個像鳥籠般的球體旋轉設施和一個蹺蹺板的星星公園自然成了古跡。沒人維護，沒人遊玩。

「什麼祕密？」

這會，楊思淮帶著張儒行來到了這個所有小孩走過——路過的小孩要麼是在聖德學校上學，所以這是必經之路，要麼就是去再前面的嘉模泳池游泳——連看都不會看一眼的公園。

「我以為你知道呢，」楊思淮坐在鳥籠裡，原本紅色的油漆早已大部分脫落，「要不然你幹嘛留級呢？」

「留級除了因為期末考沒過以外，還能有別的理由嗎？」

「我沒有要嘲笑你的意思。」

兩人間剩下頭頂的樹林簌簌聲。夕陽正在下墜，偷偷摸摸地。

「你願意說了嗎？這所學校的祕密。」

「你真的不知道？」楊思淮蹙眉。這表情讓張儒行莫名煩躁，他從不說謊，所以討厭別人質疑他。楊思淮察言觀色，知道對方是真不知情且有點怒氣了，他趕緊說：

「你知道威尼斯人度假村吧？」

張儒行嗯了一聲。

「一間剷平了大面積濕地而建成的綜合娛樂度假設施，占地兩百萬平方呎，是亞洲最大的酒店以及全球最大的——」

「賭場。」

「看來你很清楚嘛。」

「這就是你想說的祕密？在維基百科上能查到的祕密？」

「別急嘛，我這只是一點開場白。」

「免了，直接說正題吧，你問我知不知道這間學校的祕密，然後開場白是在背威尼斯賭場的維基百科，你要說的祕密，是這間學校與威尼斯私底下有交易吧？」

「你果然很清楚，那你剛剛怎麼說不知道呢？」

張儒行哼笑了一下道：「你這個轉學生真的很好笑欸。」

「怎麼了？」

「你知道這所學校大部分學生畢業後的第一志願是什麼嗎？」

楊思淮默然。

「不是升讀大學，而是直接進入賭場工作。說穿了就是做荷官。所以，盧高勤和威尼斯做的交易，所有人都知道。也正是因為如此，大家才會來這家學校就讀。既然都要做荷官了，那肯定要做全球最大賭場的荷官啊。我以為你高三轉進來，也是想著這回事。」

張儒行頓了頓，楊思淮沒開口，他打開鳥籠鐵門，一腳跨了出去——

「欸，等等。」

張儒行看著他。

「好吧，我的確沒想到校長盧高勤和威尼斯高層做的將聖德學校作為威尼斯賭場荷官培訓學校的交易人人皆知。不過……」

張儒行眼中，楊思淮的眼鏡中反射著自己那副蹙著眉的疑惑神色。

「我要說的祕密，並不是關於盧高勤和威尼斯，而是盧高勤和你。」

張儒行穿著鞋頭磨破皮的黑皮鞋的腳在沙地上一踏，收回了跨出鳥籠的腳。鳥籠順勢開始緩慢旋轉，張儒行看著楊思淮身後的背景逐漸糊成一團，而那副眼鏡中的自己，眉頭皺到更緊了。

隔天午飯時間，一下課張儒行就從座位上彈起，走向黎莉，拉著她走出教室。

「喂喂喂，被屈主任看到，我們手冊就要開張啦！」

兩人到了他們的固定食堂，在官也街側街盡頭的興記冰室。店內的招牌是只用番茄醬做的中式義大利麵配荷包蛋和豬排或雞排或香腸或火腿。

「要一份全餐意粉。」全餐就是全部配菜都要。

「我要雞排蛋。」

從張儒行的肆意點餐行為上來看，他絕對有什麼心事。黎莉推測與他的新同桌有關。

「你到底怎麼了？我本來還想叫上轉學生一起來呢。」

「叫他來幹嘛？」張儒行手上轉著服務生先遞上的包裹在餐巾紙中的刀叉。
「吃飯啊。怎麼了，你才和他同桌一天，就鬧矛盾了？」
她看著男友欲言又止的樣子，心想還能有事情讓直來直去的張儒行如此糾結，可真少見。
桌子無預警地震動了起來。
「別抖腿！」她踹了男友一腳，「快說。」
於是，張儒行將昨天楊思淮和他說的話，向黎莉說了一遍。那個如夕陽滲透茂密枝葉般，從楊思淮口中滲出的祕密。
「你說你父親張之強的死因，並不只是表面上的欠下巨額賭債而跳樓輕生──」
此時，黎莉的表情──緊皺的雙眉，微張的鼻孔，抿得嚴絲合縫的雙唇──就和昨日張儒行的一模一樣。
「──而是因為在盧高勤尚未成為聖德學校校長前，與他爭奪校長的位置，被盧高勤陷害後被迫選擇跳樓的……」
聽到這裡，黎莉的嘴已經不自覺地張得老大了。
「也就是說，你父親的死並非自殺，而是──」
「久等啦！雞排蛋是妹妹的，全餐是弟弟的。」老闆娘親自把裝在綠色塑料盤子上的意粉放在兩人面前，「妹妹怎麼了？餓得合不攏嘴啦？」
「啊……」黎莉回過神來，對老闆娘擠了擠笑容，「對啊，太久沒吃了嘛。」
老闆娘笑著小跑去了收銀台，有客人要買單。

橘紅色的麵堆散發著熱氣，在兩人之間形成了一道空氣牆。

張儒行打算把黎莉沒說完的話說完：「而是他——」但啪地一下，被黎莉隔著桌子伸過來的手捂住了嘴。

「唔唔唔……」

「吃完出去說。」黎莉拋下這句話，鬆開了張儒行的嘴，然後拿起叉子吃了起來。

兩人很安靜地吃著。身邊圍繞著的全是吵鬧的客人。多事的人猜想這對情侶肯定是在冷戰。老闆娘則是一心認定兩人是在專心致志地細品意粉。

出了興記，黎莉拉著張儒行去了位於地堡街的冰淇淋店香蕉車露。

「妳不怕被老師們看到？」被黎莉牽著手拖著往前的張儒行說。除了在食堂值班的老師外，其餘老師一律選擇外食。如果不是初三以前不能外食，沒有任何一個味蕾正常的人會選擇在學校食堂用餐。就連負責膳食的阿姨們都自己帶飯。

「營養均衡的屎。」這是低年級同學們都曾享用過的噩夢。

香蕉車露是一家義大利冰淇淋店，店內的主打口味就叫香蕉車露，但除了觀光客外沒人會點。

「我錢不夠。」被黎莉拉進店的張儒行說。黎莉沒睬他，把他拖到店內的卡座上，然後自己走到了成列了二十餘種口味的冰櫃前。

「我要金沙味！」張儒行對黎莉背影叫著。

負責挖冰淇淋的是一位菲律賓女性，因為黎莉隔三差五就會來，所以兩人成了朋友。

「嗨，Tina，要一個葡萄萊姆，杯裝。」店內有分甜筒和杯裝，據Tina的內部消息，杯裝的量會比甜筒多。因為黎莉是常客，所以Tina給她的一球，分量相當於兩球，這讓黎莉的體重始終無法達標。

「開學了？」Tina皮膚黝黑，亮出一口白牙，除了鼻子塌了點外，算得上漂亮。

「嗯。」

「不再點個金沙？」Tina知道張儒行的心頭好。

「沒錢。」黎莉掏出二十塊放在收銀機旁。以麥當勞三元甜筒的價格來衡量，香蕉車露算是冰淇淋中的LV了。

她接過Tina遞給她的冰淇淋時，Tina踮起腳尖越過收銀機對她咬耳朵道：「老闆不在的話，我就給你加一勺金沙了。」

「沒關係，反正男生不都說自己不愛吃甜的嗎？」兩人都壞笑了一下。

黎莉回到卡座。

「我的金沙呢？」

「你沒給我錢啊。」除了黎莉嘴裡含的一個小勺子外，葡萄萊姆上還插著一個。

「我說了剛剛吃午飯的時候我花光了啊。」

「誰叫你點全餐的？」

張儒行無言以對。他本想回擊：誰知道妳要來香蕉車露？但轉念一想，的確只有香蕉車露的卡座適合他們繼續剛剛沒說完的話題。

他拔起小勺子，挖了一勺冰淇淋。

「挖少點！我還要吃呢。」黎莉嘴角揚著笑，但隨即嘴角又平了下來，「說回剛剛的話題，轉學生把你父親的死……」她卡了一下，畢竟這詞可不經常說，「死因告訴你幹嘛？」

張儒行嚥下冰淇淋，吃太大口，頭有點痛。

「我就叫你吃小口一點吧。」

張儒行緩了緩道：「他想讓我復仇。」

「對校長？」

張儒行點頭。

「等等等等，他是怎麼知道的？死……死因。」

「他說他爸就是當年負責調查那起案子的警察——」

黎莉注意到儒行說的是「那起案子」而不是「我父親的案子」。

「他說他老爸本來查到了事有蹊蹺，但被盧高勤收買了。那時他剛出生，家裡急著用錢，他老爸收了錢，以自殺結了案——」

「那轉學生是怎麼知道的？」

「妳聽我說完。」

黎莉挖了勺冰淇淋，用眼神讓儒行繼續。

「他說他老爸是個老實人，要不是當時家裡開銷捉緊，不可能收下盧高勤的贓款。事後他也想過要不要把盧高勤招出來，但又覺得那樣等於是出爾反爾——」

「我看他是怕自己丟了工作吧！」

「妳聽我說完嘛。」

「抱歉抱歉，您繼續。」

「反正他老爸一直很糾結，然後靠酒精抑制自己的良心——」他看黎莉又義憤填膺地忍不住插嘴，他趕緊補了一句：「我知道妳想說什麼，但是，不管怎麼樣，他老爸染上了酒癮，開始酗酒。不過說句題外話，和他同桌後就沒看過他臉上沒有笑容的時候，有個酒鬼老爸還能那麼樂觀，他也是挺不容易的——」

「喂！這不是重點吧！」黎莉用小勺子指著張儒行的眉心，「你真是爛好人欸，快說，他到底是怎麼知道的？他老爸喝醉了之後無意間和他說的？還是——」

「妳說對了。」難得張儒行打斷了一次黎莉。

黎莉伸得筆直的手像是突然沒了骨頭般摔在了桌上，嘴裡切了一聲。

「怎麼，妳還想著能有什麼出乎意料的展開嗎？」

「不，」黎莉含著小勺子含糊道，「得知你父親的死……死因就已經夠出乎意料的了。這意味著我們學校的校長是個殺人犯欸。不過，誰知道轉學生說的話就是真的？萬一，他是騙你的呢？雖然我也不知道他騙你要幹嘛就是了。」

「他給我看了證據。」

「證據？」

「是關於校長遴選的校務會議記錄。每一屆的校長遴選記錄都還在，除了——」

「盧校長那屆的不在？」黎莉搶話道。

「不是不在，而是很短。其他屆的都很詳細，記錄了當時每個人大致都說了什麼。但盧校長那屆只記錄了前任校長提名盧高勤，然後投票，然後就通過了。」

「那的確蠻有疑點的，感覺上就是暗箱操作。」黎莉說完，又問：「等等，那他是怎麼獲得校務會議記錄的？」

張儒行躲避黎莉的目光，不說話。直到被黎莉又逼問了一次。

「我沒問。」

「你為什麼不問？正常人都會問吧！誰知道記錄是不是他偽造的。」話剛出口，黎莉就意識到為什麼張儒行沒有問了，「我懂了，你根本不在乎我們的盧校長可能是個殺人犯，對吧？」

「他也只是陷害罷了。」

「陷害罷了？欸，你從剛剛開始就有點怪怪的，怎麼感覺你說得好像與你無關一樣？」

張儒行垂下視線，手足無措地想挖口冰淇淋，但冰淇淋杯被黎莉一把奪了過去。

「你別想迴避我的問題，」她有自信連張儒行他媽都沒她瞭解張儒行，「你繼續說，轉學生讓你對盧校長復仇，你是怎麼回答的？」

嗱嗱嗱嗱……張儒行用小勺子敲著玻璃桌面。

「你拒絕了。」

他抬起目光，黎莉正瞪著他。

「妳想讓我怎樣？」

「怎麼想都應該說好吧？」

「怎麼想都不能說好吧？首先，連楊思淮說的是真是假都不知道，其次，說要復仇，那有這麼簡單啊。好，就算他說的是真的，那妳想想，盧高勤都有本事把我爸陷害到選擇自殺了，事後還能全身而退，妳覺得對他復仇會是個好主意嗎？」

「轉學生有沒有說他是怎麼陷害你爸的？」

「沒說。」

「你怎麼不問啊？」

「我沒興趣。」

黎莉眼睛又瞪大了一圈。這已是她的極限狀態了。別再讓她驚訝了，要不然她眼珠子就要掉進杯子裡變成葡萄萊姆冰淇淋裡的葡萄了。

「那是你老爸欸！」

「我知道。」

「你對你老爸的死沒興趣？」黎莉說完就吸了一口冷氣，她知道她問了一個白癡問題。她比儒行老媽更懂儒行，她比儒行老媽更懂儒行對他老爸的看法。

「抱歉……我不該把自己的想法強加在你身上的……」

這時店內響起了鄭中基的《無賴》。

「不過，」黎莉攪弄著冰淇淋，一下子她最愛的葡萄萊姆在她眼中失去了誘惑力，變成了一坨淺紫色的爛泥，「楊思淮為什麼想讓你復仇啊？正常來說，不是把真相告訴你就完了嗎？不對，這樣想也很怪，把真相告訴你，他不怕你去舉報他爸嗎？」

「他爸死了，喝酒喝死的。」

……何必跟我，我這種無賴，活大半生還是很失敗……鄭中基癡情地唱著。

「所以他想讓你去復仇，是因為他覺得如果不是盧高勤收買他爸的話，他爸就不會染上酒癮？這也太牽強了吧，怎麼想他老爸都是一個……」黎莉一下子找不到好的形容詞，「無賴，」她脫口而出耳朵裡聽到的歌詞，「說什麼喝酒是為了壓抑自己的良心，從一開始被人收買就已經沒有良心了吧？明明是他殺，怎麼能當成自殺處理呢？」黎莉突然想到了什麼，「你和你媽說了嗎？」

「沒有。」黎莉知道儒行是不想讓老媽平添一分煩惱。

「我是覺得，沒必要為死人糾結。」儒行又補了一句。

黎莉很想說：如果你不糾結的話，那你又為什麼要和我說呢？但她忍住了。她覺得現在不是說這句話的時候。

「但就像妳說的，楊思淮到底為什麼想讓我對盧高勤報仇呢？」

「你覺得他不是為了他老爸？」

昨天在街燈下楊思淮昏暗的模樣，重現在張儒行眼前。那看不清的模樣說道：「我可不是為了我老爸，才想讓你去報仇的。我對我死去老爸的態度，就和你對你死去老爸的態度一樣，何必為死人糾結呢，你說對嗎？」

「那你的目的到底是什麼？」張儒行在鳥籠內向楊思淮逼問。九月的濕熱已讓他的汗浸濕了襯衫內的白色背心。

「我只是覺得像盧高勤這樣的人在這世界上太多餘了……」

那副眼鏡是漆黑的，因為楊思淮正低著頭，而那路燈，除了能將周圍環繞的飛蟲照清楚外，毫無用處。但張儒行卻很篤定，他看不清楊思淮的雙眼，但卻能看清在黑暗的更深處的嘴，那張嘴，就和張儒行對黎莉說的一樣，從來不是微笑著的。

「你覺得呢？」

楊思淮的問句與他那永不消失的微笑在張儒行心中反覆迴盪。

三

楊思淮的同桌和他斷了來往。

因為張儒行實在不知道要如何回應楊思淮想要將盧高勤除掉的提議。他只好一上課就看窗外，一下課就看《神雕俠侶》或者找黎莉聊天，讓楊思淮沒有搭話的機會。

楊思淮只好去找黎莉，希望黎莉可以說服她男友，加入他的除害計畫。

「太不現實了，」趁著課間休息，張儒行去小賣部買早餐的空檔，他走到了黎莉桌邊，「就算他答應好了，你們兩個高中生能做些什麼？」

楊思淮自然有一套完整的計畫，但這個計畫的前提，是要有張儒行的加入。

「沒辦法說服他嗎？」

「你都很難說服我。」

楊思淮撓撓頭，黎莉又說：「或許你該找點具體的例子，」她招招手讓眼鏡仔靠近點，「他比你想的更愛見義勇為，但顯然他並不覺得校長和賭場合作有什麼不對的。」

「這種校商勾結沒什麼不對？」

「真有問題政府就會出手管控了。」

「只是一群收了錢的豬玀罷了。」

「你還真是憤世嫉俗啊。不過我也不能否定就是了，就我家門口的路啊，每年都鏟了重修，說什麼維護管道，根本就是在靠公共工程貪汙。」

「那他父親不算是具體例子嗎？」

「你自己不也說了嗎？你們都不是會因為死人糾結的人。」

「他真是什麼都跟妳說了啊。」

黎莉眨了下眼，張儒行回來了，她甩甩手，楊思淮識趣地走開了。

具體的例子。上課時楊思淮滿腦子都是具體的例子。他用餘光觀察著同桌，到底有什麼具體的例子能讓他對盧高勤產生敵意呢？

「思淮你來回答。」

有什麼具體的例子呢？

「思淮！」

具體的例子……

「楊思淮！」

「喂。」楊思淮被同桌拍了一下，「回答問題，這題。」他看向同桌指著自己課本上寫的答案。

「謝啦。」他低聲對同桌道謝，同桌沒理睬他，就像剛剛什麼都沒發生。

他比你想得更愛見義勇為。有什麼能讓同桌見義勇為的呢？一個計畫在他的腦海中交織，他不自覺地又掛上了微笑。那微笑讓他的同桌感到不安。

珮雯幾乎是一名普通的高中女學生。她和大部分高中女學生一樣愛美，愛看時尚雜誌，愛化妝，愛週末逛街，愛帶上全副耳環，穿上上週新買的衣服，晚上去夜店，愛喝酒且染上了輕度菸癮。而這些，都得花錢。於是，她就和大部分高中學生一樣，開始打工。但一般的兼職工種，無法填補她流水一樣的花費，她只好另闢蹊徑，做一些特殊工種。例如，援交。

紙醉金迷的澳門，除了賭，當然少不了黃。需求大了，市場自然而生。珮雯也不過是沉浮在汪洋黃海中的一員。就拿聖德學校來說，就有十幾個女生從事援交。如果有人要指責她們的行為，她們會理直氣壯地說：「我靠自己力氣打工賺錢，關你屁事？」

珮雯當然不乏這樣的魄力，甚至可以說，她是一眾女生中的大姐大。大部分聖德學校的兼職女孩（她們對於自己職位的稱呼），都是她發掘的。並不是說她「逼良為娼」，用鈔票誘惑了那些想賺零花錢的女高中生，而是說那些有意願的女孩找上了她，請她介紹點客源。她深知女孩們的苦衷，她自己就是單親家庭長大，世事艱難她是一清二楚，所以有女孩想靠自己本事賺錢，她自然是能幫就幫且來者不拒。

但樹大招風，「聖德大姐大」的名號在「兼職界」被人熟知。小產業有了前景，自然就引來了投資人想把生意做大，而看中了珮雯的生意的投資人，正是聖德學校的訓導主任屈又石。

肥水不流外人田，加上這行有個靠山總歸令人安心，就好似建立了公會，有了職業保障。為了自己以及姐妹們的事業以及安全，她和屈主任開始合作。那是高二的事。但還沒到高三，她就知道自己被外表看上去人模人樣的屈主任騙了。

這天下課後，珮雯出校門招了輛的士，她心情不佳，因為裙子太短，手冊上被伍sir記了「校服儀容不整」，但她必須轉換心態，晚上有客人，是個新客，昨天約的。車子到了澳門十六蒲酒店門前，她付錢下了車，進酒店前特意把裙子拉高了幾寸——會讓伍sir暴跳如雷，讓屈又石瞬間勃起的位置。

她看了看手機，時間剛好。她按下門鈴，房間門咔的一聲漏了個縫。老實說，新客一上來就約酒店見面的確不太尋常，她是「兼職」而非「全職」。第一次就約酒店上門服務一般是「全職」的活。但她看了對方提的價碼，加上自己在這圈子也算經驗老道，於是就答應了。

但對方把門漏了個縫，而非大方地開門示人，讓她不自覺地產生了警覺。她推開房門，手機緊緊握在手中，她設定好了緊急聯絡人——一個她信得過的姐妹——只要發送鍵和取消鍵一起按，就會直接撥通。

咔嚓，門在身後關上，咔噠，自動鎖上了。

「是懷先生嗎？」她走進燈光全開的房間，映入眼簾的是兩張雙人床。

兩張床？她剛生出疑問，一個人影就出現在了她身後，她猛一回頭，心裡已經帶著恐懼了，手指在按鍵上預備，只見懷先生——

「楊思淮？」

「哈，妳記得我名字啊？」

她當然記得，做她這行的最不希望出現的情況，就是在和甲客人一起的時候，把名字叫成乙客人。

「你……」

「在我解釋之前，妳願意先把手上的手機放下嗎？我把妳不小心誤觸，不管妳設定的緊急聯絡人是黑幫還是警察，相信我，妳不會需要他們的。」

「懷司洋……懷司洋……」

「哈哈哈，我以為會被妳識破呢。不過我還是用了懷司洋，因為實在太有趣了。」

「你——」

「先把手機放下，」楊思淮雙手舉高，做投降狀，「我只是有些話想和妳聊聊，沒別的意思，我都特地訂兩張雙人床了。」

佩雯的目光看向雙人床，這的確是自己職業生涯中第一次見到兩張雙人床。

「你先說你想聊什麼。」珮雯可沒天真到楊思淮說什麼她都照單全收。畢竟，眼前的這個男的已經騙過她一次了。

「行吧，妳不誤觸就行，」楊思淮坐到一張雙人床上，「坐吧，站著挺尷尬的。」

「廢話少說，你要聊什麼？」

他推了推眼鏡，「別那麼兇啊，我可沒打算不給錢，說好的價格一分都不少，但前提是妳得等我把話說完。」

短暫沉默，珮雯鼻腔中嗯了一聲。隨即，楊思淮開口：

「如果我的推斷沒錯的話，妳和妳姐妹背後的靠山，應該是我們學校的屈主任吧？」

珮雯畫得很粗的左眉跳動了一下。

「你從哪聽來的？」

「有人會和一名轉學生說這種事情嗎？」楊思淮推了推眼鏡，「靠觀察。」

「哼，剛開學不到一週，你一個轉學生能觀察到什麼？」

「我觀察到了妳下課後會在女廁門口和別的女生——也就是妳的姐妹們交換紙條，我猜那是客人的聯絡方式。我觀察到了妳放學後經常打的離開，就像今天這樣，而這對一個父親在餐館做廚師的高中女生來說有點太奢侈了。我觀察到了屈主任並沒有像伍sir說的那樣抓妳的校服儀容不整，要麼他是瞎子，要麼他就和妳有點關係。我還觀察到了今天早會他經過妳時，手在妳屁股上蹭了一下，而妳當時的表情，就和現在妳臉上的表情相似，一臉憤怒。原諒我當時沒有出手制止，我想妳比我更清楚，這間學校並不是一個有理可講的地方。」

珮雯翹著二郎腿聽著，明明房間內冷風吹個不停，但她額頭卻開始冒汗。

「不愧是四眼仔啊，什麼都被你觀察到了。」

楊思淮的微笑上寫著過獎兩字。

「但是，你是怎麼知道我老爸是廚師的，這種事情眼睛再多也沒用吧？」

「嗯，這種事情靠眼睛的確沒用了，得靠嘴巴。」

「誰告訴你的？」

「等等，現在還沒到妳問問題的時候。妳還沒回答我，屈主任是『兼職妹』背後的主謀嗎？」

「他是主謀？」珮雯咬牙切齒，「他……」但她不確定要不要把實情告訴楊思淮，她根本摸不透楊思淮想幹嘛。她的潛意識告訴她必須防著點，不能什麼都說出來。

「他？」

「你到底想幹嘛？他是在幫我們處理一些事情，但他不是主謀。」

「那妳是主謀咯？」

珮雯也無法定位自己到底是什麼，她只知道她本應是掌控一切的那個人，而不是讓屈又石那個老色胚坐享其成。

「不過這也不是重點，」楊思淮清了清嗓子，「有點渴，」他打開位於電視櫃裡的小冰箱，「喝點什麼？」珮雯不語，「別和我客氣啊，可樂？橙汁？」還是不語，「啊，我知道了，妳要保持身材對不對？那我給妳泡杯茶吧，女生喝點熱的對身體好。」

「廢話少說！」珮雯忍無可忍，「你到底想幹嘛？」

「解渴。」楊思淮喝了一口倒進玻璃杯中的可樂。珮雯看著他輪廓分明的喉結，雖說不如屈又石那又皺又長著細毛的鴨脖子噁心，但也令她反感。

「那我就說正題了。」

「你早該說正題了。」

「根據我的推測，」他靠在寫字台前，正對著珮雯，「只是我的推測啊——」

「煩死了，有屁快放！」

「妳和屈主任之間，有點矛盾？」

畫著藍色眼彩的雙眼看著他，他知道自己猜對了。

「是嗎？」但他需要百分百確定。如果猜錯了，那這酒店錢和珮雯的「小時費」可就要白花了。然而，即便他猜對了，對方也不一定會順著他的意。記得他同桌嗎？誰能想到居然有人會不想替自己父親報仇呢？反正他是怎麼都沒想到。

「你問這些幹嘛？」那對泛著藍光的荔枝瞪著他。

「是這樣的，」他必須要足夠圓滑，隨時見風使舵，就像他在得知張儒行對報仇沒興趣後，就立刻把動機變成制裁私底下與賭場勾結的校長的這一正義舉動上一樣。但是，誰又能想到，沒錯，誰又能想到，張儒行就盼著進威尼斯當荷官呢？「如果我說我有個計畫能把屈又石從妳們的……生意中永久性地踢出去的話，妳要和我合作嗎？」

她心動了。四隻眼睛都看得很清楚，她心動了。

「要聽聽我的計畫嗎？」

空氣中，玻璃杯中的可樂氣泡在滋滋響著。明明是微弱到可以直接無視的聲響，但珮雯還是覺得吵得心煩。

楊思淮的計畫很簡單：設一個局約屈又石像現在這樣，在一間酒店房中。然後在他要和女生發生關係前，找人衝進來把他抓個正著。

「他那寶貴女兒剛進幼兒園，妳說他以後還敢出現在妳面前嗎？簡直是抓住了命根子。」

珮雯哼了聲道：「不就是仙人跳嗎？」

「對呀，傳統，但有效。」

「誰抓姦？」

「我親自上陣。」楊思淮搓著手。

「誰做魚餌？」

「不是妳，放心。」

珮雯眉頭一緊，她以為四眼仔找她就是為了讓她做魚餌。

「你想要誰？」

「不是妳們姐妹中的任何一人。」

「那是誰？」

「這就是我們接下來要談的事了。不過在這之前，妳先告訴我，妳有沒有興趣給屈又石來個仙人跳？妳有興趣，我們接著談，妳沒興趣，那今天這事就當沒發生過。」他喝了口可樂，「不過當然啦，那就意味著妳這一年還得繼續屈服在屈又石的淫威之下。」

珮雯雙手緊攢著白色被單，她此刻真想一拳把那反光的鏡片打碎。

「怎麼樣，妳有興趣嗎？」

打碎那反光的鏡片，看看那鏡片後的雙眼到底有多少心機。

四

當張儒行不知道要怎麼與一個人打交道時，他就會選擇無視。

雖說這讓他和同桌的關係變得有些尷尬，但也只是一個月的事，一個月後換位子，這尷尬也就消失了。

只是，他心裡卻不由自主地多了個心結。那人畢竟是他爸，即便他再恨他，爸就是爸，他難免不去多想。

張儒行連續幾晚失眠。兩室一廳的公屋中只有他一人。他媽去上班了。他想過讓黎莉過來陪他，但黎莉的家教並不如他這般放養。況且年輕男女半夜在一間房中會發生什麼，他是既清楚又模糊。朦朧的概念中總覺得並非什麼好事。畢竟那是〇八年的社會，性教育比如今還要缺乏。

他早早地就醒了。一看鬧鐘，距離預設的七點四十五還早。學校遲到時間是八點十五，他家和學校就隔了個官也街，半個小時已經非常充裕了。

差五分七點，他出現在了士多店對面的喜記咖啡。那裡有他早餐首選的辣魚米——一塊罐頭辣魚配一碗味精湯米粉。月初他會再加個蛋和香腸，月中就只加蛋，月底則變成啃菠蘿包。

這會是月初，所以他要了個「全餐」。

「怎麼這麼早啊？」店內的夥計，一個有些斜視的二十出頭小夥子，他是第三代，但因為資歷不夠，所以負責收銀。廚房是他老爸，喜記第二代負責，飲料則是他老媽一手調配，那位於用餐區與廚房間的吧檯，除了他老媽，沒人能踏足。

張儒行聳拉著眼皮，含糊地回了句什麼，他自己聽不清，夥計也沒聽清，只是接過了二十塊紙鈔，找了一塊給他。

學校鐵門是緊閉著的。但能推開，因為負責清潔的阿姨七點會準時到。買完早餐，走上山坡差不多五分鐘，七點〇五剛剛好。但在進學校之前，張儒行還有個事要完成。

一隻黑色小狗，像個隨風飄動的黑色垃圾袋，輕盈地來到了張儒行腳邊。牠叫黑仔，這名字是張儒行取的。

「這麼『黑仔』的名字？」黎莉初次得知時問道。因為黑仔在廣東話中是倒楣的意思。

「流浪狗還不黑仔嗎？」張儒行如此回答。

他每天都會替黑仔帶一個狗罐頭。狗罐頭比狗糧貴，但他又懶得買一大袋狗糧去分裝，所以寧願買狗罐頭，寧願月底啃菠蘿包。

黑仔會笑。舌頭伸在外面，嘴巴咧得很開。眼睛是瞇著的，真的是在笑。而這笑容，只有張儒行單獨在的時候牠才會表現出來。

他把罐頭打開，放到學校對面的小樹林裡，那裡是黑仔的露天餐廳。之所以不放在校門前，是因為有些缺德的低年級生會把罐頭踢翻。為此張儒行不免讓自己拳頭上留上幾道疤痕，手冊上也留下幾個小過。但他知道如果世界上存在對與錯的話，那麼踢翻流浪狗的狗罐頭的行為肯定是錯的，而自己對那些沒有道德的小屁孩們揮的拳頭，絕對是對的。

手冊上的缺點、小過、大過，這些不過是大人眼中的對錯，與張儒行無關。他們永遠也別想把自己的價值觀強加在張儒行的身上，永遠別想。

「楊姨早。」

張儒行和清潔阿姨打過招呼。那是個穿著淺藍色清潔制服，身材矮胖——和他媽有些相似——留著短捲髮的五十歲上下的老婦人。大家都叫她阿姨，或者直接無視。

「早啊。啊，你有帶黎莉去看煙花嗎？」楊姨指的是一年一度的國際煙花匯演。

「帶……帶黎莉？」

「帶黎莉啊，她不是你女朋友嗎？」楊姨露出那個年紀的婦人才會有的笑容，「一定要帶她去哦。如果當年有男生帶我去啊，我說不定就嫁給他了，哈哈哈哈，哎呀，不過我年輕的時候，還沒有煙花匯演呢。」

張儒行滿臉尷尬，敷衍幾句，糊弄了過去。

乒乓球桌是張儒行的餐桌。因為是間小學校，進大門後，走上坡道，左邊是操場，右邊是禮堂。禮堂的盡頭是食堂。而在禮堂和食堂中間作為分隔的，是兩張乒乓球桌和兩臺足球機。原本有四臺足球機，但正值青春期的男生力氣無處發洩，拽足球機的把手總是卯起全力，像是在拔河。剛買不到一年就壞了兩臺。

「你們不懂得愛惜，那就不要玩了。」盧校長在早會時這樣說。

張儒行享受著自己的辣魚荷包蛋香腸清湯米線。九月的澳門極其濕熱，即便是早上，濕氣也讓尚未完全甦醒的氣溫在體感上變得難以忍受。楊姨貼心地替張儒行開了風扇。這讓張儒行不必在中午和黎莉吃飯時，被她嗆說：「你是不是又沒換背心？」男生的短袖襯衫內會再穿一件白色背心。正常來說應該每天更換，但十幾歲的男生根本不懂什麼是衛生，更不在乎自己身上是否有汗臭。在二〇〇八年的夏天，止汗劑還沒開始在高中男生間普及。而那些在夏天上完體育課後會換背心的男生，則是少之又少。因為保持體味處在正常水平的代價就是會被其他男生笑是娘砲。

在認識黎莉之前，張儒行根本沒有意識到男生的體味有多麼地濃烈。

「可以啊，你上完體育課不換背心可以啊，但你下課之後就別在來找我，我受不了那味道。」

於是，張儒行開始在體育課後換背心，順帶著成了家豪的嘲笑對象。但他根本無所謂，反而是，當他自己出淤泥而不染後，才發現原來上完體育課的男生們的體味是多麼地令人窒息，尤其是當大家要在同一間教室再上兩節課才放學時。

「活該你們這些男生找不到女朋友啦。一個個夏天跟發了酵一樣，誰想和你們並肩走在一起啊。」黎莉如此表示。

「那妳為什麼和我走在一起了？」

她沒說話，似乎是害羞了。

回到乒乓球桌前，張儒行看著在湯中泡成碎塊的辣魚突然有些反胃，他仿佛聞到了男生們的體味。

課間休息，黎莉走到張儒行身邊。楊思淮去買早餐了，他平時都是吃過早餐才來上學的，但昨晚有些事讓他睡晚了，今天實在沒動力起床做早餐——冷凍水餃，灣仔碼頭是他的最愛。而黎莉母親則是全職主婦，每天早上喚醒黎莉的除了光碟機中播放的英文會話外，還有堪比五星級酒店的西式早餐的香味。所以除了開學那天她會和張儒行一起吃早餐，之後的學年，如無意外，張儒行都得自己吃。當然偶爾黎莉也會陪他一起。當黎莉母親偷懶的時候——

「阿莉啊，桌上有二十塊，妳自己去買點早餐吃吧，我太累了。」她會這樣說。然後黎莉就會第一時間聯繫張儒行。兩人會約在喜記見面。五星級早餐或許會缺席，英文會話卻不會。因為每天早上播放英文會話光碟隨是母親的提議，但實際操作卻是父親的工作。

「我不會用光碟機。」黎莉母親一句話就將工作強加給了丈夫。而黎莉的父親，一個因為工作而早出晚歸，被黎莉母親戲稱「總是缺席」的男人，自然是乖乖聽話。

黎莉坐在楊思淮的座位上，她看著張儒行的黑眼圈，問他這幾天晚上都幹嘛了。

「沒幹嘛。」

「因為你同桌吧？」黎莉敲了敲楊思淮的數學筆記，他的字是細長型的，字與字的間隙很大，和他給人的親近感覺截然不同。

「我發現你同桌的筆記寫的很仔細欸，」沒等張儒行回話，黎莉又說，她知道張儒行在糾結什麼，既然他不想說，那她也不追問，她知道張儒行的脾氣，「你小測前問他借筆記就好了，我可以光榮退役了。」

楊思淮在窗外看到了閒談中的兩人，他識趣地徑直走過了高三教室，靠在走廊上，一手拿著麥精維他奶，一手拿著香腸包。這時，珮雯從轉角處走了過來，他倆對了一下眼，他對珮雯揚了揚嘴角，而大姐大則視而不見。

「你學學人家，一心想著替學校除害但學業還能兼顧，」說著黎莉從座位上站了起來，「欸，留級兩年會被退學哦，做荷官也得要高中學歷，你自己看著辦哦。再怎麼說，我男友，」黎莉彎下腰對著張儒行耳邊半吹氣道：「至少得高中畢業吧？」

張儒行翻開同座的筆記，又看了看自己的，相形見絀了。

的確，正如黎莉所說的，自己是該為學業上點心了。如果高中都沒畢業的話，那他可能這輩子都鼓不起勇氣去見黎莉父母。

黎莉回到自己座位。她也有自己的心事，是關於排球隊的事情。但她知道儒行面臨的煩惱比自己的大得多，出於女友的體貼，也出於她天性中的溫柔，她沒有多說。好在同班好友天沫走了過來，她也是學校女排的隊員。

而在兩人身後，一雙耳朵正默默地聽著。

事實證明，她沒有多說的選擇是做對了。那天放學，張儒行被伍sir叫住了，連同一起被叫住的還有家豪。

全班人都察覺到了伍sir正在玩火，但既然有煙火看又何樂而不為呢？大家都是抱著隔山觀虎鬥的心態。

「你們都想留下來陪他們是不是？」伍sir的厚唇開合著。

聞言，同學們作鳥獸散了。

唯獨黎莉還在門口。她和楊思淮對視了一下，轉校生臉上還是一如既往地掛著微笑。一想到楊思淮可能正盤算著如何讓張儒行加入他的除害大計，她不由得打了個哆嗦。看來最後一年的高中生活註定不安穩。她在心裡嘟囔。

伍sir之所以要留下張儒行和家豪，是因為他們是班上唯二的留級生。

「你知道你們如果今年再畢不了業的話，就會被勒令退學吧？」

兩人雖是宿敵，但在伍sir這番話面前，兩人表現得倒是一致的冷漠。

「所以，」伍sir見兩人不發一語，「我打算替你們兩個開一個課後輔導小組，用我的私人時間，專門為你倆補課，怎麼樣，夠義氣吧？感動嗎？」

明明是師生關係，居然能扯上義氣。這老師到底有多不靠譜啊。門後的黎莉在心中吐槽。
「伍sir，我謝謝你了，但我可以拒絕嗎？」張儒行率先開口。
伍sir淡眉一挑，「不領情唄？」
「他不是不領情，只是人家有小女友幫他補習呢！伍sir，你這叫不識趣！」家豪嘲諷道。
張儒行心裡正煩著，聽家豪這樣一挑釁，登時火氣就竄了上來。但伍sir就在眼前，而黎莉又在背後，任他脾氣再大，也不敢動手。他把怒火化作一聲：「切」，切出了體外。
「算我不識趣吧，反正這補習班是開定了，你倆也沒有選擇的餘地，懂嗎？」
「我家裡有補習。」家豪使出必殺。
「那就補兩次。」
「家裡有補習還能留級，你確定自己不用轉去特殊教育嗎？」張儒行找到機會反擊。
家豪頓時眼睛擠到了一塊，像隻鬥雞，雞頭伸到了張儒行面前。伍sir趕緊拉開家豪。
「在我面前也想造反？」
家豪甩開伍sir全是汗毛的手臂，「你小子說話給我注意點！」
張儒行正準備還嘴——
「你小子說話給我注意點！」伍sir搶先了一步，「別在我面前放狠話，我跟你說，沒用！就這樣定了，你倆也沒加入任何社團，逢一三五放學後補習一小時，今天回家就和自己的母親說一聲，」伍sir知道張儒行是單親，所以沒說父母，「別給我耍花招，你們不說，我親自打電話去說，懂了嗎？」
都不回答。
「懂了嗎！」

都點點頭。摻老師這種事情，只有在山坡下的三玉才會發生。相對而言，聖德十分淳樸。

「妳說伍sir是不是閒得沒事？失戀了？」走在下坡路，張儒行和女友抱怨。

黎莉正在慶幸家豪的家與他倆是相反方向，要不然這一路可就有的受了。她可不想在大馬路上勸架，想想都丟人。

「你要知道身為畢業班的班主任是要完成業績的。」

「什麼業績？」

黎莉停下腳步看著男友，「你還好意思說家豪智商低，我看你這智商也高不到哪裡去啊。」

張儒行被黎莉一嗆，腦子轉過彎來，懂了伍sir背負的達標壓力。他暗自不爽，不吭一聲地走著。

「生氣啦？」黎莉用胳膊撞他。張儒行一米七四，黎莉比他矮兩釐米，「生氣啦？嗯？嗯？是不是生氣了？嗯？欸你怎麼跟個小孩似的？嗯？說你兩句就生氣了？喂！說話啦！喂！喂！」接二連三地撞著，張儒行笑了出來，回撞了一下。黎莉也笑了。她主動伸出手，張儒行緊緊握住。

「要不要找時間去看煙花？」

「去年叫你去，你不肯去，今年怎麼突然要去了？」

張儒行想起了楊姨的笑容，她年輕時，或許也和黎莉一樣漂亮。

「所以妳要去嗎？」

「好啊。」

兩人步調一致地走著，黃昏前的剪影，空氣是橘紅色的。

五

黎莉在排球隊中是王牌般的存在。如果按實力來說，隊長一職非她莫屬。但就像社會中任何的隊伍與組織一樣，實力最強的人不一定會是領袖位置。

隊長職位是通過選舉產生的。隊內的姑娘們和黎莉的關係都很好，也都很認可她的實力。儘管如此，黎莉卻缺少了一個成為領袖的必要條件——美其名曰野心，實質上指的就是心機。

黎莉個性直接，但又十分在乎別人感受，這讓她面對隊長職位的競爭時，未戰先敗。她的對手，隊內實力屈居第二的陳盈。從高一起就立志要在高三擔任隊長。

聖德學校女子排球隊在學界並非一輪遊的隊伍。她們和山坡下的三玉乃常年的勁敵，輪番占據比賽冠軍寶座。學界中流傳著這樣一句話：「一所學校的綜合評價越低，那它的體育成績就越好。」這句話當然是狗屁，因為聖德學校和三玉的男排，是標準的一輪遊隊伍。甚至聖德學校的男排在張儒行高一時就解散了。否則的話，他肯定會在黎莉的影響下嘗試打排球的。

只能說，在綜合評價差的學校中，女生就相應地更加強勢。而強勢，無疑是排球中不可或缺的致勝因素。

陳盈是個聰明人。她知道排球運動中默契是必不可少的，她不會傻到在黎莉背後說三道四。在隊伍中擺弄是非的人，或許一時得勢，但最終總是會落的邊緣的下場。她沒那麼蠢。她只是有意無意地在日常訓練中表現出自己極度渴望成為下一任隊長的心願。久而久之，同屆的隊員們都開始戲稱她為「候選人」。

相對的，黎莉在這方面就十分弱勢。她的實力是公認的，就連前輩們可能不服氣，但只要看教練派她上場的次數，就知道她的球技甚至比大多數前輩要好——尤其是身高，除去黎莉高二時的學姐身高一米八外，她就是最高的了。

但她從來沒有主動說過自己想做隊長。天沬，是唯一知道她想做隊長的人。而她，也是在選舉時，唯一將票投給了黎莉的人。

如果問起隊員們，對黎莉的實力有什麼看法的話，她們會異口同聲地說：

「她是我們隊裡的惠若琪！」

但如果問起那如果讓她來擔任隊長呢？她們會回答：

「我覺得隊長的話，還是陳盈比較適合吧。」

這就是黎莉的處境。一個尚不了解得人心比有實力更為重要的高三女孩。

「怪我自己啦，」她在選舉後在場邊和天沬偷偷說，「誰叫我自己沒有爭取。」

「的確是怪妳！」比起黎莉悶在心裡的不服，天沬的不服是寫在臉上的，而她因為沒有指責陳盈的底氣，所以她選擇指責她的閨蜜，「我都說了幫妳私底下拉拉票，妳又說不要。妳看，現在輸了吧？」她要是有黎莉的身高條件以及實力，她肯定毫不猶豫地替自己拉票——她幻想她會。

「我就不擅長做這些事嘛。」陳盈正在場上春風得意地活動著，儼然一副領袖姿態。而自己呢？坐在場邊，以休息一下為藉口，實則是在自艾自憐。

天沬把幾句過於鋒利的抱怨吞進肚子裡。她知道閨蜜的心情，儘管她不甚理解。雖然她說不出安慰黎莉的話——因為她覺得黎莉活該——但她也知道自己不該再說指責的話。況且她剛剛已經說不少了。

「欸，」天沫突然想起，安慰這活自己做不了，但有個人做的了啊，「妳男友呢？他不是應該在場邊看妳練球嗎？怎麼了？不會鬧矛盾了吧？」她挑著幾乎沒有毛的眉毛，忍不住又毒舌了一句。

「沒有啦。」黎莉眼中全是陳盈的身影，那本該是她的身影……

「他逢一三五要留校補習。」

「因為留級？」

「嗯。」

「那不是正好嗎？排球隊也是一三五訓練，正好他也不用每次在場邊等到睡著了。」張儒行不止一次在場邊的石長凳上躺著睡著。隊員們都以為黎莉臉紅是因為訓練太激烈而喘的。但其實是因為她替不顧一眾女生目光在場邊睡覺的男友感到害臊。

「你下次再睡著，就別等我了！」

張儒行哦了聲，然後下次還是照睡。

她真想在他睡著時對著他扣殺。

但天沫又轉念一想，黎莉這麼要強，恐怕她不會和男友說自己落選的事吧。她看著黎莉的目光，她知道那種目光是什麼，那種目光是羨慕。她對羨慕了如指掌，她也經常羨慕，也經常眼中投射出羨慕，而她看著的對象，正是她現在眼中的短暫失去了光芒的黎莉。

「走啦！」她不允許自己羨慕的對象就此沉浸在失敗者的氛圍中，「休息夠了啦，走，去打球！」她把黎莉從石長凳上拽了起來。

「還沒到我們呢！」黎莉被拽的一個踉蹌。

「可以在旁邊傳球啊！」

「我不想練傳球啊……」
「幫我練！」
黎莉苦笑。她真是摸不透天沫的性格。不過她隱約能察覺，對方是想讓自己振作起來。

同一時間，高三教室內。
伍sir正坐在講台前。比起原定計畫的兩個人，課後補習班多了第三個人——楊思淮。
「阿sir，我來教他們作業吧。」放學時，楊思淮主動請纓。伍sir太久沒有見到如此乖巧的學生，不由得有點感動。
說的好聽是補習班，其實就是強制把張儒行和家豪留下來，功課不做完——尤其是數學——不准回家。
在楊思淮的幫助下，張儒行的作業三下五除二就做完了。張儒行一開始還倔脾氣，不肯讓楊思淮教。畢竟這算是欠了他人情，而還他人情的方法，不用想也知道是什麼。但在楊思淮的好說歹說下，張儒行總算是同意讓楊思淮教他數學了。這一切伍sir都看在眼裡，他暗自稱奇，這樣一個髮型像狗啃似的張儒行，居然能交到楊思淮這樣品學兼優的朋友。上一次他有這樣的感覺，是他得知排球隊一姐黎莉在和張儒行交往時。
張儒行把作業交給伍sir檢查，開始收書包，樓下操場傳來了女排的叫喊聲，他準備去場邊等黎莉。
「欸，思淮你趕著走嗎？」伍sir的言下之意是：你不順便教家豪嗎？
「我只對同桌負責，家豪同學就拜託阿sir了。」

家豪目送張楊二人的背影離開教室，恨得咬牙切齒。伍sir坐在他身旁，對高三數學題抓頭搔耳。他是中文老師啊。要不是盧校長吩咐要指導留級生功課，他又怎麼會想著主動開始什麼課後補習班呢？

「阿sir，」家豪看他那樣，忍不住嘲弄，「你是不是也不會啊？你乾脆放我走吧，我家裡的補習老師是澳大數學博士。」

「閉嘴。」他看了看時間，怎麼也得裝模作樣到五點才能放人——因為校長室正對著坡道，能看見任何人進出學校。

張楊兩人在走廊上，燈光是昏暗的，僅有一絲紫霞從走廊盡頭照入。

「你說吧，」張儒行壓著嗓子說，故意往嗓子裡卡了點口水，「你想讓我幹嘛？」

「我說了不求回報，幫助同桌不是應該的嗎？」

張儒行知道楊思淮的話中話：所以你幫助我不也是應該的嗎？他故意靠牆邊走，和楊思淮保持點距離。

突然，一個尖細，斷斷續續的聲音出現在了走廊中。兩人互看了一眼。

「是廁所。」

兩人走近，斷續的聲音中又夾雜了鼻涕聲——有人在哭。

但哭聲來自女廁，兩人都不敢貿然闖入。

「需要幫忙嗎？」楊思淮開口問。

張儒行心裡吐槽楊思淮這問題真夠突兀的，但他也不想出更好的問法了。

持續的哭聲。

「沒事吧？」張儒行嘴巴自行打開了，隨即反應到自己問得更怪。

「怎麼辦？」楊思淮的臉被廁所的白熾燈照得雪白。這小子是吸血鬼吧？張儒行心想。

「我怎麼知道怎麼辦？」他自己的臉也像是上了層白粉。

「總不能不管吧？」

張儒行點頭，他的熱心腸本性開始蠢動了。

「不管了。」

「啊？」

張儒行推開女廁門，哭聲從門縫中如洪水般溢出。楊思淮見狀也進去了。

女廁內，只有最裡面的隔間門是緊閉著的。

「你是不是該敲個門再進來？」楊思淮對一股腦衝進來後束手無策的張儒行說。

「是誰！」哭聲戛然而止。取而代之的，是一聲刺耳的質問在女廁中迴盪。

「呃……我們是高三的學生……」楊思淮用眼神像張儒行求救。

「我們路過然後……聽到妳在哭，妳還好嗎？」張儒行接過尬聊，走到了隔間前。隔間下方都是敞開的，所以女生肯定能看見他的那雙穿到破皮的皮鞋。

「這裡是女廁！」

「我知道，可是妳哭的那麼……」

「淒慘！」楊思淮把話補充完。

「對，淒慘，所以我們就……就進來了。」

「妳沒事的話，那我們就出去了。」楊思淮說著將張儒行往外拽，「別多事！」他竊聲說。

兩下抽泣聲。那女生隨即問道：「你們兩個是張儒行和楊思淮？」

兩人站住了，回過頭同時回答：「對。」兩人對看了一眼，張儒行覺得有些噁心，但因為廁所很窄，所以沒法和楊思淮拉開距離，他只好又朝廁所裡面走了兩步。

「我……」那女聲越發冷靜，但抽泣還是不斷，「我……」

「妳是誰？」張儒行沒什麼耐心，說著同時敲了敲門。

女聲不回話，依舊抽泣。

「妳是珮雯吧？」

楊思淮的話在鋪滿粉色與白色相間瓷磚的女廁中迴盪，與之相伴地還有那逐漸擴大的哭泣聲。

張儒行蹙眉看向楊思淮，在他頭頂上的窗戶中，夕陽正對著楊思淮的正面，那副眼鏡又是反著光。每當張儒行想看清楊思淮的雙眼時，它總是反著光。

六

排球隊訓練結束後，黎莉和天沫道別。

高三教室在三樓。剛踏上樓梯，她就遇到了跳著階梯下樓的家豪。家豪看到她正準備上樓，樣子有些慌張，顯然他是覺得被黎莉看到自己蹦蹦跳跳的樣子有些丟臉。

但黎莉根本沒多加注意。家豪要不是總找自己男友茬的話，她眼裡根本沒這號人。正要路過時，家豪卻說：

「張儒行半個小時前就離開教室了，他沒去找妳嗎？」

黎莉回過頭，家豪又說：「哎呀，可能是跟學妹有約呢。」說完，哈哈笑了兩聲走了。

神經病。黎莉在心中翻個白眼。她知道儒行不是沾花惹草的類型。就算真的有學妹主動往儒行身邊貼，儒行也會不為所動。況且，任何一個聖德中學的女生，只要知道了儒行的女友是排球隊的黎莉後，也肯定會打退堂鼓。對於儒行是否會背叛自己，她是放一百二十個心的。

但是，張儒行到底去哪了呢？

她走到教室外，還沒走近，就看到兩個人影在黑板前抱在一起。黎莉心提了一下，嘴裡嘟囔道：「不會吧……」，她旋即定睛一看，抱著的兩人是伍sir和教英文的Miss梁。

「不會吧……」她又重複了一次。但事實就在她眼前，她不由得不信。她趕緊掉頭，免得被兩位師長發現。

這所學校總是能帶給她點驚喜。她還一直以為伍sir是個三十出頭，上段戀愛還是在大學時期的可悲宅男。看來是她狗眼看人低了。沒想到伍sir表面不修邊幅，其貌不揚，但實際上卻很有一套嘛。之所以這麼說，是因為Miss梁兼具了成年女性的成熟與年輕女孩的可愛。她留著齊肩短髮，身材矮小（每次黎莉走在她身邊，都會覺得她其實是年紀比自己小上幾歲的學妹，而非年齡比自己大上十歲的長輩），但五官卻異常成熟且精緻，就如同將一個身材性感，五官清純的新人女明星做成芭比娃娃——小巧的鼻子與嘴唇，形狀明顯但又不過分粗獷的雙眉，一雙充分體現了眼睛是靈魂之窗的大眼，男同學與她對視時往往會靈魂出竅，總想打開她的靈魂之窗，並一探究竟。就連全校最難伺候的高三女生，儘管保持著相當程度的妒忌，但還是得坦誠Miss梁是全校五官上——她們不願承認那矮小的身材，在男性的視角中，比平均身材與像排球隊那般，無意間侮辱了男性自尊的高個子，要更為吸睛且吃香——最漂亮的。更令一眾女同學可氣的是，在那嬌小的身軀上，居然還有著一個大部分女生都渴望的胸部！

「我猜是C。」一女生用手背擋著嘴說。

「不止，是D。」另一女生說。

「不會吧……」

「妳自己胸部小，根本沒概念。」

「妳胸部很大嗎！」

「比妳大。」

眼看兩女生即將反目成仇。

「是E。」珮雯突然出現，替這場以Miss梁罩杯展開的討論畫下句號。

Miss梁的形象，完美地體現了造物主的不公平，或換句話說，體現了人生的不公平。而憑以上的幾點，就足以讓Miss梁成為全校女孩們的公敵。無論她的英文課授課水平究竟如何。

她的口碑自然是兩極化的。問男生，一致地好，出奇地好，簡直是他們留在這所學校的動力之一；問女生，一致地差，非常地差，簡直是她們討厭這所學校的最大理由。

而對於黎莉，她倒沒有像其他女生那樣，對Miss梁有如此的恨意，總是有事沒事地想著把她當成自己中學生涯的最大假想敵。只不過，每每當張儒行都忍不住將視線停留在Miss梁身上時，黎莉也會忍不住在心裡毒舌幾句。若張儒行的注視超過十秒以上，那她肯定會在下課後加入每逢課間休息就會自動舉行的女生課間吐槽小組。

「媽的，上個課穿什麼黑色胸罩！」

「對啊，去和校長投訴啦！」

「說不定校長也看得很過癮呢。」

「屈主任！」

「他是老色狼！」

「去教青局投訴！」

「呃……有規定女老師不能穿黑色胸罩嗎？」

「黑色胸罩可以穿，但E罩杯就不行！」

一眾附議。

總而言之，對於Miss梁的姿色她並非不嫉妒，她只是不那麼在乎，因為她有男友和排球隊要顧，沒那麼多時間去在乎。但如果Miss梁的姿色虜獲到張儒行的雙眼的話，那她就無法再處之泰然。但她也不會直接教訓張儒行，畢竟她知道人的一雙眼睛註定是要被美的事物所吸引的——她也愛看帥哥啊。

而在聖德學校如此樹大招風的Miss梁，居然會和伍sir——一個毫無存在感的中文男老師——交往，這實在是大大地出乎了她的意料。所以她才會得出，伍sir表面宅男，內裡卻十分會撩的結論。

她越想越覺得伍sir不可思議。她急著想把自己看到的驚天新聞告訴儒行。沒有什麼事情是比憋著一件自己認為自己是第一目擊者的事更讓人難受的了。可是張儒行到底在哪兒？她毫無頭緒地在走廊上一直走著，直到走到了廁所前，幾個聲音從女廁中傳出。而在那之中，包含了張儒行的聲音。

「妳是珮雯吧？」

楊思淮的餘音還在環繞。

張儒行面前的廁所門在一聲金屬碰撞聲後，緩緩開了。站在門後的正是楊思淮口中的珮雯。

看到彼此面孔的最初幾分鐘，空氣是凝結的。尷尬是唯一流動著的——在三人間肆無忌憚地流動著。

張儒行試圖驅趕尷尬，但他失敗了。畢竟尷尬是從珮雯身上散發的，它只是在張儒行和楊思淮身上反彈罷了。要驅趕尷尬，必須堵住源頭。

當夕陽與三人頭頂的窗戶呈一水平，將整間女廁染成紫紅色時，珮雯開口了：

「我說了，你們能幫我嗎？」

「妳不想說也無所謂。」

明明回答者是楊思淮，但珮雯卻盯著張儒行。她的視線穿過散落兩頰的雜亂的髮絲，張儒行舔舔嘴唇，還是找不著話。他的熱心腸是個實幹家，而不是演說家。

「我說了，」她的聲音比平時嘶啞，鼻音很重，「你們能幫到我嗎？」

面對珮雯第二次的質問，張楊兩人很默契地交換了一下眼神，完全潛意識地。

「能幫我們肯定會幫的。」還是楊思淮回答。

「你們幫不上忙的話，那我有什麼好說的？又不是什麼……光彩的事……」

「被男朋友甩了？」

張儒行說完就被珮雯瞪了一眼。他搞不清自己被瞪到底是因為說中了，還是因為沒說中。黎莉從未在張儒行面前哭過，倒是老媽哭過不少次，但老媽會自己調節，他也從未安慰過。這時他面對眼前的珮雯，即便對方已不再哭了，但他依然表現得很無措。

「我們先離開女廁再說吧？」楊思淮提議，「萬一被人發現——」

「你們在女廁幹嘛?!」楊思淮話沒說完，黎莉就從他背後鑽了出來。

「我靠！」楊思淮和張儒行同聲叫道。

黎莉觀察了一下，她眼很尖地發現珮雯哭過。

「你給我解釋解釋。」她的聲音穿過楊思淮朝張儒行射去。

「啊……我也什麼都不知道啊。」張儒行在女友面前稍微放鬆了點。

「我們先離開女廁再說吧。」楊思淮再次提議。他打開女廁門率先走了出去。在路過門前的黎莉時，他說：「妳怎麼跟個幽靈似的，進門沒有任何聲音啊？」黎莉笑了笑，楊思淮身上有張儒行不具備的幽默特質。

四人踏上樓梯，來到了食堂上方的一處能夠看到威尼斯人度假村的陽台，陽台是四周是鐵絲網，像一個伸出天際的鳥籠。天空是一片紫紅，儘管眼前的是假的威尼斯，但在這樣的光線下竟也有幾分異國氣息。

途中，張儒行和黎莉大致講了從課後補習班離開後發生的事。黎莉的視線始終注視著和楊思淮走在前頭的珮雯的背影。

四人在夕陽下，珮雯面對圍著她的三人，視線不知要落在誰身上才好。於是她轉身看向紫霞下的威尼斯人度假村。三人都等著她開口。

珮雯哭的原因——或者說是她的故事——是她用了一個晚上編排的。簡略而言，就是屈又石用她的裸照威脅，逼她為自己工作。

「工作的內容就是做援交……」

張黎二人都受到了不同程度的震撼。黎莉把剛剛看到的伍sir和Miss梁的韻事和自己的未戰而敗轉眼拋到了腦後。這所學校已經不止是在給她驚喜了，還在刷新她的三觀。

「他還逼了學校其他女生做援交……」

楊思淮也面朝著賭場。眼鏡中反射出兩個小夕陽。他沒想到珮雯的戲這麼好，事實上他從剛剛在女廁開始就暗自驚嘆珮雯的演技。

張儒行問她為什麼不和家裡人說。珮雯還沒開口，黎莉就搶著說道：

「這種事情怎麼好意思和家裡人說？」她有時真是受不了儒行的死腦筋。

楊思淮心裡偷笑。行了，這兩人都上當了。

「如果和校長說……」

「校長和屈又石也是一夥的。」珮雯打斷了黎莉。

「男的被送去做荷官，女的被逼去援交。早知道的話，我是不是就不該轉到這裡來了啊？」楊思淮假裝自言自語。

「你還有心思說風涼話！」黎莉氣惱道。

楊思淮嘴上說著抱歉，心裡大喊著Yes！

「那妳剛剛在廁所哭，是因為屈主任……」黎莉習慣性地想說主任，但一想到那禿子做的噁心事，她就立馬收住了嘴，改口道：「是因為屈又石對妳了什麼嗎？」

「他說好做滿一年就把裸照還我，今天剛好是一年……但……放學我去找他……他說：『有這回事嗎？我有說過妳做滿一年，就把照片還妳嗎？我還真忘了！』……他說反正都是我最後一年了，乾脆就做到畢業吧……」

「真是個畜生！」黎莉憤然道。

珮雯聲音既沙啞又顫抖，字句前還穿插著喘息聲。這演技在楊思淮看來不去做演員真是可惜了。如果日後珮雯真成了演員，希望她可別忘了自己的挖掘。

「那我們怎麼辦？」張儒行問出了關鍵句。

「報警！」黎莉想也不想地說。

「不行！」珮雯撕扯著聲帶，「報警的話……屈又石他肯定會有辦法脫身的……」

「的確，我們只是口說無憑，警方不一定相信。」

「找其他女生作證呢？珮雯，」這是黎莉第二次喊珮雯的名字，第一次喊還是高二換位抽籤時，她抽到了珮雯，「妳應該認識那些和妳一樣被逼著做援交的女生吧？」她突然想到或許自己的朋友之中就有這樣遭遇的人。會不會天沫也？不可能，如果天沫遇到這種事的話，肯定會對她說的。

「如果她們願意作證的話，我也不會那麼絕望了……」珮雯深嘆一口氣。

緊接著，黎莉和張儒行也都嘆了口氣。楊思淮知道，這口氣一嘆，這兩人就完全上當了。

四人眼看著太陽沒入地平線，不遠處的威尼斯打開了淡黃的輪廓燈。四人並沒有想出什麼好辦法。只好先各回各家，明天再做打算。

張黎二人朝著官也街的方向走去，而楊、珮二人則是在巴士站等車。四人在士多店前分別。

「為什麼不直接和他們說你的仙人跳計畫？」目送張黎背影消失在官也街的人潮中後，珮雯變回了原本的尖得有些刺耳的嗓音問，「就裝成是你剛剛想出來的也很自然吧？」

「不，要讓他們先想。如果能想到和我計畫差不多的計畫，那自然最好。如果想不到的話，到時候我再說出來也不遲。」

「重要的是得讓他們參與。」楊思淮又補了一句。

「不懂你這操作的含義。」

珮雯當然不懂，因為她也只是楊思淮計畫中第一部分。

「我坐這輛，拜。」珮雯上了巴士。楊思淮緊隨其後。

「你也坐這輛？」

「今天坐這輛。」

珮雯翻了個白眼。士多店的獨眼龍婆婆看著兩人，低聲道：「夕陽無限好，只是近黃昏啊。」坐在店後的藤椅上看著輕小說的火雲邪神聞言後道：「妳很想的話，我們現在離婚也不遲。」獨眼龍婆婆哼了一聲，看著那公車轉進正對橘黃的小城街道中。

「澳門那麼小，坐哪輛不都差不多嗎？」巴士上很擠，楊思淮隨手握住了鐵柱，但珮雯因為身高不夠，握吊環有點勉強，所以他把鐵柱的位置讓給了她，自己握住吊環。

「謝謝。」珮雯不情願地說。

「沒事。對了，話說，妳的演技還真是很厲害啊。」見珮雯不說話，他接著問：「沒想過去當個演員？」

「演員的話，」她聲音很輕，巴士轟隆隆地幾乎將她的聲音淹沒了，「不能有黑歷史吧？」

「什麼？」楊思淮沒聽清，他低頭把耳朵朝珮雯貼近了點。

「沒事！」珮雯朝著他耳朵大吼。

楊思淮縮回耳朵，他看到車窗上反射的珮雯想笑又忍住不笑的表情。過了一個站的距離，兩人都沒有說話。

「誰又沒點黑歷史呢？」楊思淮突然沒來由地說。

珮雯抬頭蹙眉看著他說：「你是樹懶嗎？」

「什麼？」這回他是真的沒聽到，「我真沒聽到，妳說什麼？」他耳朵幾乎貼到珮雯臉上了。

「我說你離我太近了！」珮雯用最大聲量對著楊思淮的耳洞吼道。全車的人都對二人投以側目。

楊思淮趕緊退後了幾步，避免別人誤以為他是巴士癡漢。他害羞地推了推眼鏡，耳根子都紅了。

車窗的反射中，珮雯笑了。

「你也會臉紅？」

這句，楊思淮也沒聽到。

七

蛔蟲之所以叫蛔蟲，並不是因為他的身分是張儒行在黑傘會裡的線人，所以擁有了一個十分「線人」的外號。一部分原因是他這個人的外貌——與腰部略窄的肩膀，和大哥大形狀一樣的臉，像鳳爪的雙手——總給人一種昆蟲類的感覺。在獲得蛔蟲這個外號之前，他還在人生的不同階段被稱為：樹枝、竹節蟲、螳螂……等類似的可以用來描述極度纖瘦的外號。另一部分原因，那還得從他在三玉中學時的往事開始說起。

蛔蟲平時不愛說話，總給人一種口風很嚴密的印象。所以同學都愛找他傾訴。他並不孤僻，凡是同學找他聊天他一概歡迎，配合適當地點頭，和幾句順著傾訴者心意的評語，他成了三玉最好的聆聽者。找他傾訴的對象甚至超過了工作被搶了還不知道原因的社工。

所以蛔蟲知道三玉中學許多不為人知的祕密。好事的同學於是結合了他的外表，給他起名為蛔蟲——一個在所有人肚子裡的蛔蟲。

傾聽他人的苦悶，原本不過是他與人交際的一種方式。大部分朋友圈中也都存在著一個喜歡聆聽而非嘰哩呱啦說個不停的這麼一個人物。蛔蟲只是剛好以聆聽者的身分存在於不同的朋友圈中。進他耳朵裡的祕密沒有一個會被洩露，這成了他的招牌。儘管非他本意，但他的朋友數量只增不減。然而，這也難免會讓他聽到一些兩個傾訴者之間彼此矛盾，甚至對立的祕密。比如，甲說：「是乙搶走了我的男友！」乙卻說：「是甲搶走了我的男友。」還有男友說：「是甲先劈腿了，我才和乙在一起的，但後來乙又劈腿了，所以我又和甲在一起了。」諸如此類，十分複雜且牽扯甚多的人際關係。

蛔蟲並非只是呆滯地聽著。他完全能夠搞清事情的是非黑白，孰是孰非。只是他從不發表自己的真實言論。從小就在一個父母不和的環境下長大，他知道見人說人話，見鬼說鬼話的道理。所以他總能完美地衡量好與每個人的關係。

然而，就在他高一那年，他卻因為一個自己聽到的祕密，而捲入了一場導致他之後被迫退學的風波之中。

那次事件的緣由，是班上有個吊車尾同學——同時也是三玉中學玉門幫的成員——潛入教員辦公室，偷了期末考試的試卷。

偷試卷這回事，在校風十分開放自由的三玉中學實際上稀鬆平常。只要老師沒有發現，或即便發現了，學生們只要低調點，別太張揚，那基本上就是師生同流，彼此心照不宣。誰也不想把事情鬧大，鬧到校長耳中，校長再迫於董事會壓力，只好嚴肅處理。無論是學生還是老師，任誰也不想被趕出學校。所以老師們都是抱持著寬宏大量的心態，反正澳門因為博彩業而騰飛，就業前景一片光明，沒必要因為學業和學生們鑽牛角尖。

大部分在三玉讀書的學生和聖德的學生一樣，不過是指望拿到高中畢業證書，好直接進入賭場工作。老師們自然明白同學想法，而當老師和同學的心意能彼此互通時，那麼校園氛圍就會一片祥和。

然而，好死不死的，那個吊車尾偷了考卷並私底下透過玉門幫的官方渠道——凡是由玉門幫官方出面參與的事情，老師們是更加不會管了。玉門幫在澳門社會上，都是有一定影響力的。而三玉的玉門幫分部，既是玉門幫的發祥地，也是玉門幫訓練幹部的培訓學校，甚至，就連董事會中都有玉門幫的成員——

散布給學生後，還覺得不過癮。他知道，玉門幫之所以要求偷試卷者必須把試卷交給幫派，再由幫派發放，是為了萬一有死腦筋的老師想要追究，玉門幫可以出面解決。但他，身為一個吊車尾、魯蛇，還是覺得這次高一期末考試，大家都能順利考過，卻沒人知道造福學生們的幕後功臣是他，心裡總覺得不過癮。這幾乎違背了他偷試卷的初衷。造福學生什麼的關他屁事？他只想邀功！但他心知玉門幫的規矩，不敢逾越。於是，他找上了蛔蟲。他知道蛔蟲口風之密，向他說了自己偷試卷的事，稍微填補一下自己饑渴的虛榮心。

蛔蟲什麼祕密沒聽過？不過是偷試卷，他知道對方是想在他這滿足下虛榮心。他很識趣地給了。吊車尾很滿意，本來這事就這麼結束了。但他發現自己在給蛔蟲一頓誇後，虛榮心不但沒被滿足，反而變大了。蛔蟲的話簡直就像是空氣，吹進了他的虛榮心氣球，不吹還好，是扁的，這一吹，就得吹滿，要不然半半拉拉的比扁的更讓人難受！

也不會有人跑去告密吧？大家都是受益者，誰會想著去告密呢？既然如此的話，那我幹嘛不讓多點人知道到底是誰把試卷偷出來造福他們的呢？他這樣想著，越想氣球越顯得空虛，越空虛，告訴的人就越多。後來，甚至吹起了牛，說：「之前的試卷也是我偷的！要不是我啊，上屆高三能全員畢業？你以為是因為他們資質好？別開玩笑啦，都是多虧我呀！我是誰？高一B班的盜卷俠！」

三玉中學全校師生加起來不過一千人出頭。按照一傳十，十傳百，百傳千的速度，也就三次課間休息的功夫，高一B班的盜卷俠這一名號就傳遍了學校的各個角落。就連飯堂大媽和清潔阿姨也沒落下。

這事情發展之迅速，老師們和學生會——由玉門幫掌控——都還沒坐下來商討對策，就傳到了校長耳中。

「吶，我不是個做事不懂變通的人，你們是知道的。但這事情，別說是董事會了，都傳到家長的耳中了！你們叫我怎麼做？」

校長室中，學生會會長——玉門幫幹部——與教務主任並排坐著。

「我們學生會覺得——」

「不用覺得了，」校長打斷了學生會會長的話，「那個什麼盜卷俠的，無論如何都得開除。」

兩人知道校長已經很仁慈了，不敢討價還價，離開了。畢竟犧牲一人，而保住大局，這也是情理之中了。況且，那盜卷俠完全是自作自受，玉門幫不找他秋後算帳，已經算是他命好了。

原本，那自稱盜卷俠的吊車尾被開除這盜卷風波也就結束了。但是，那吊車尾的背景還有點硬，玉門幫的一個副手級別的幹部是他親哥——要不然怎麼會把偷試卷的重要活給一個愣頭青呢？幫派肯定是講求道義的，既然副手都親自求情了，那自然不能不給面子。那怎麼辦呢？校長那邊又說了，怎麼也得開除一人。幹部們於是開始苦惱，到底要抓哪個倒楣蛋做替死鬼。

而那替死鬼，不用多說，由蛔蟲領銜擔當了。為什麼？

「因為他知道太多祕密了，這回正好把他開除了，免得他以後在學校裡多嘴。」

「可是他被稱為口風最密的同學欸，他從來都沒洩密過。」

「以前沒有不代表以後不會！我說，就選他了，你們說呢？」

「嗯……我覺得可以，反正他也不是自家兄弟，開除了也無所謂。」

「問題是，誰能保證他被開除之後不會出去亂說呢？」

「這還不簡單？」吊車尾的老哥，整場會議的風向標，「在他離開後，給他點告別禮不就完了？」

「欸，這麼做，幫主會不會不同意啊……」

「對啊對啊，要不要問問幫主再做打算？」

「問什麼幫主！這點小事也要勞煩幫主嗎？你們又不是不知道幫主最近為情所困，這種時候你們覺得應該打擾他嗎？」

「說得也是啦。好吧，那我贊成選蛔蟲作為犧牲者。其他人呢？」

那是盜卷俠風波發生後的第三天。

蛔蟲在放學時收到了來自玉門幫的告別禮——五個高三年級生把他堵到了地堡街的一條小巷中，就在香蕉車露旁邊。

蛔蟲一頭霧水，心裡雖然沒鬼，但他知道眼前這五位都是高三的玉門幫成員。站在最左邊的刺猬頭還曾經找他吐過被幫派前輩欺負的苦水。看他那飛揚跋扈的神情，一定是經過了自己的一番苦心勸導後，已經能屈能伸地處理好了——舔馬屁——幫派內的人際關係。而那名當時欺負他的前輩正是站在最中間，蛔蟲面前的油頭男。

蛔蟲用眼神向刺猬頭求救，但刺猬頭卻只是如公雞般昂著頭，好像很兇狠，但眼神卻飄忽著，要瞪不瞪的。

「你知道在三玉做二五仔（告密者）的下場嗎？」

蛔蟲的眉頭快連在了一起。

「我？」他還沒能把自己的處境和盜卷俠一事聯繫到一塊去。畢竟那件事情根本就和他無關。

「高一偷考卷的事，不是你洩露出去的嗎？」作為忠心於幫派的油頭男，他接收到官方說法後，就自動篡改了腦海中的事實——他對吊車尾自己大肆張揚的事情一清二楚。

「我？」

「就是你！」油頭男一掌拍在了蛔蟲耳邊的骯髒牆壁上，蛔蟲被震得一陣耳鳴。

他知道自己被嫁禍了。他緊閉起了雙眼，從巷口斜照進來的陽光消失了。他感受著油頭男近在咫尺的喘息——帶著蒜臭味。他等待著一場皮肉之苦，卻沒想到自己會被開除。開除這兩個字超出了他的想像力。但顯然，這種嫁禍的手段在玉門幫的人想像中是意料之中的。俗語有雲，黑社會須有二羊：一是羊腩煲，二是替罪羊。能成為玉門幫的替罪羊，蛔蟲還真該感到點榮幸。畢竟也不是誰都能成為替罪羊的，說明他還有點本事，至少是懂事。看看那些替幫派老大坐牢的替罪羊們，他們往往都是電影主角。但和那些替罪羊不同，那些是黑羊，具有未知的攻擊性，而蛔蟲，他是真正的純白羔羊，百分百人畜無害。

他閉著眼睛，胡思亂想了好一會。但疼痛卻遲遲未來。難道自己是已經暈過去了？被一拳擊暈？如果是那樣的話，倒也輕鬆。反正醫藥費政府會買單，還能放一場病假。可是，自己有這麼不耐揍嗎？雖然從小都沒被人揍過——小學時男生以打架為消遣時，他總是在一旁傾聽女生的悄悄話——但不至於一拳就被打到失去意識了吧？況且，我這意識還在啊。難道是暈了之後又恢復了？不可能啊，怎麼想都太快了。試試睜開眼睛吧？但他又有些害怕，生怕一睜眼，啪地就是一拳襲來。

他就這麼閉著眼困惑著。突然，他意識到剛剛近在咫尺的蒜臭味沒了。到底怎麼回事？他聽到自己的心跳蹦蹦蹦蹦——

「啊！」的一聲慘叫。

他半睜開眼睛，巷口的斜陽穿過他如女生般細長的睫毛，刺入雙眼，眼前一片朦朧，但隱約可見，幾個身影正在快速交錯，從左到右，再從右到左，不斷進入又離開他的視線範圍。

又是「啊！」的一聲慘叫。

心跳聲逐漸淡去，來自外界的聲音再次進入耳中，一連串混亂的聲響。

「你傻站在這幹嘛？」一個陌生的，尤其低沉的嗓子在他耳邊吼道。

恍惚間，一個黑影從眼前晃過。他被黑影重重地一推，幾步踉蹌，他退到了巷子外。這回他睜開了雙眼，而眼前斜陽正對著的巷中，一個穿著別校校服的男子正在和油頭男決一勝負。油頭男正對著蛔蟲的方向，蛔蟲看到他嘴角已滿是鮮血。其餘四人都趴在了地上，刺猬頭整個人倒插在大型垃圾桶裡，雙腳如兩根隔夜薯條般耷拉著。

「你條仆街啊！」油頭男高舉右拳，噴著口水，左搖右擺地朝著長髮齊肩的男生衝去。

只見男子的背影，向左一扭，那長髮如披肩般舞動著，右腿猛出，速度之快在斜陽下產生了殘影，如鞭子般，一腳甩在了油頭男左臉。油頭男的頭髮和從嘴中濺出的鮮血如飛機的尾氣般拖得老長，整個人如一條麻花般向後飛去。

男子藉著那腳的慣性轉過身來，正面對著斜陽。當他右腳完全落地站穩時，油頭男的頭已經撞到了剛剛他恐嚇蛔蟲時拍過的牆壁上。那殘留的手印，就像是他預先替男子準備的靶子，而他的頭，就是那支擊中紅心的箭。

男子一撩頭髮，蛔蟲看見了他的面貌：蹙著的粗眉，尖尖的鼻子，稍厚的嘴唇，毛躁的長髮，視線繼續向下，泛黃且皺褶的、有著幾滴紅色血跡的襯衫上寫著：聖德學校。

「你沒事吧？」

突然，蛔蟲發現自己身邊還站著一個短髮女生。看校服，那女的也是聖德學校的，她左右手上都拿著一個化了的甜筒冰淇淋：一紫一黑。

「沒事啊，就是衣服上的血很難洗。」男子看著襯衫上的血跡，苦惱地說，同時將從皮帶中逃逸的襯衫下擺塞回皮帶內，他可不想再因為校服儀容不整而被記手冊了，他的髮型已經讓他罪行累累了。接著，他將視線看向了蛔蟲，問：「沒事？」

「沒……沒事。」

那是蛔蟲與張儒行的第一次相遇。而那也是他在被三玉中學開除後，轉進聖德學校的唯一原因。

「也是那次我覺得儒行見義勇為好帥，然後就和他在一起了。」那個一手拿著葡萄萊姆味冰淇淋、一手拿著金沙巧克力味冰淇淋的女孩、黎莉對天沫說道。

「妳倒追的他？」天沫眼珠幾乎蹦了出來。她不敢相信以黎莉的姿色會去倒追別人。尤其是那個據傳既不剪頭，也不洗頭的學長。

「儒行有洗頭啦，他只是喜歡長髮罷了。」

「男生就該有男生的樣子，頭髮留那麼長，很邋遢欸。」

「這就像女生喜歡把裙子弄短一樣啊。」

「糟了，妳是真的喜歡上他了，都開始為他詭辯了，真是情人眼裡出西施。」

黎莉臉紅了嗎？或許臉紅了，但或許只是夕陽的映照。

一次見義勇為，收穫了一個迷弟和一個女友。對張儒行來說真是賺翻了。

當時，張儒行高二，蛔蟲高一。現在，兩人都是高三，因為儒行留級了。作為迷弟，能和偶像同年級當然十分開心。

「我都說了多少遍了，你叫我儒行就行了，不用加哥，儒行，就叫儒行！」

當天蛔蟲會改口，但到了第二天，他又會開始叫儒行哥。就像是他每晚睡覺時都會進行一次恢復原廠設定一樣。

而就在高三開學後的一個禮拜間，有一件事情一直困擾著蛔蟲。他發現班上新來的轉校生異常的眼熟，但那人到底是誰，他無論如何就是記不起來。

然而，就在一次體育課的途中，當轉校生摘下眼鏡擦拭時，他突然想起了這人的樣貌。

不得了！他心中一驚。

這個和儒行哥同桌並總是粘著儒行哥的人，正是玉門幫的幫主。

八

張儒行和黎莉大致商討了一個計畫：

讓珮雯帶著錄音筆去屈又石辦公室，把屈又石的話套出來，然後以此威脅他交出所有用來脅迫珮雯和其他女生的把柄，再讓他自己主動辭職。

「之後再把錄音的內容寄給他老婆？」

黎莉的提議讓張儒行感到吃驚。

「這不就等於是害他家破人亡了嗎？」

黎莉卻不以為然。

「他總該受點懲罰吧？況且，誰想和一個拉皮條的過日子？」

張儒行對黎莉的話也很不以為然。

「那他女兒呢？」

「他女兒會想要一個拉皮條的做自己老爸嗎？」

「這輪不到妳決定吧？」

他倆已經走到了儒行家樓下，平時他們都在這兒分別。

「那明天我們來投票。」黎莉撂下這句話就走了。

隔天，四人在興記冰室二樓的最拐角一桌。那是張儒行早上來讓老闆娘預留的。

「呦，是有什麼祕密要談呀？」老闆娘瞇著眼，分不清是一大早還沒睡醒還是在壞笑，「能不能算上我一個呀？」

張儒行木訥地說了聲拜拜。

回到當下，在珮雯和楊思淮面前，黎莉搶著把她和儒行商量的計畫說了。她昨晚想了一晚，突然又覺得自己想著把錄影內容寄給屈又石妻子實在有些過火了。雖然她的確很想替珮雯出一口惡氣，但因此而導致別人妻離女散，黎莉並沒有這麼心狠手辣。

張儒行聽到黎莉說到威脅屈又石自己辭職就結束了，心情不禁鬆了下來。因為他覺得如果是投票的話，珮雯和楊思淮很有可能讚成黎莉最初的想法。

「這個計畫的確不錯，」楊思淮聽完後開口，「但是用來對付像屈又石這種老狐狸，恐怕太小兒科。」

珮雯斜眼看著楊思淮，心想我的戲份已經演完了，現在看你怎麼表演，我就當個觀眾。

其實不用楊思淮說，計畫的發想者也覺得這計畫太低端。畢竟如果那麼容易就能做到的話，那為什麼珮雯或者任何一個被威脅的女孩沒有這樣做呢？

「那你有什麼好想法？」黎莉順著楊思淮的話問下去。

珮雯想起楊思淮昨天在巴士站和她說的話，忍不住哼笑了一聲，但被楊思淮斜眼瞪了一下，趕緊收住了笑意。她不禁冒了幾點冷汗。她早就知道楊思淮這人不簡單，但沒想到被他隨便一瞪，居然會被嚇出冷汗。就像自己是偽裝後準備逃出德國的猶太人，而身邊的楊思淮是蓋世太保。

於是，楊思淮習慣性地推了推眼鏡，說出了他早前在酒店套房中和珮雯說過的仙人跳計畫。他坐在最角落的位置，能看到整個二樓所有客人的動態。他掃視一周道：

「只有抓姦在床，才能讓屈又石就範。」

黎莉和張儒行都覺得有道理。但是兩人又都覺得，仙人跳這種只在電影中見過的操作，他們四個高中生能完成嗎？

「如果是仙人跳的話，我沒辦法參與。」兩人還沒反應過來，珮雯又說了一個意料之外的消息。

「為什麼？」三個字從黎莉嘴中溜了出來。她捂著嘴，因為嘴裡塞滿了意麵。

楊思淮替珮雯解釋了，因為屈又石這個老色胚只約自己沒約過的女孩，而珮雯——

「他約過我了。」珮雯很平靜，「這也是為什麼他手上有我的把柄。」

張黎沉默了。他們知道「約」這個字背後的含義不止是約會這麼簡單。至少不是他們約過的會這麼簡單。

「那我們就要再找一個女生配合我們？」黎莉嚥下意麵後說。

珮雯感知到了楊思淮的視線，於是她說：「但學校從事援交的女孩，都被他……」

「那怎麼辦？」張儒行還沒反應過來。但黎莉從珮雯說她沒辦法參與時，就大概有預感現在的事情走向是如何了。

珮雯和楊思淮的視線都看向了黎莉。而黎莉，正抿著嘴，眉頭緊蹙著。嘴角還沾著一點番茄醬。

張儒行突然反應了過來，他猛地扭頭看向黎莉，還沒來得及勸說，黎莉就說：

「那就只好我出馬了。」

張儒行知道女友的性格。她既然已經決定了，那再多費口舌也不會有任何改變。再加上，這本來就是唯一的辦法。另外，按照楊思淮的計畫，黎莉在被屈又石的髒手碰到之前，張、楊就會戴著在士多店買的蝙蝠俠面具，衝進房間將其「繩之以法」。張儒行的想法是，在此之上，把屈又石痛扁一頓。

「那房卡怎麼解決？」黎莉提問。這關乎到她的清白，她必須鉅細靡遺地問清楚。

「這點我可以參與，」珮雯說，「我和酒店的大堂經理很熟，他能提供萬能房卡。」

黎莉相信珮雯。更重要的是她相信張儒行。她知道張儒行一定會及時出現，就像他當時救蛔蟲一樣，雖然那明顯是場巧合。

在開始計畫之前，珮雯要先幫黎莉和屈又石搭線。

「妳確定要這麼做嗎？」珮雯不顧楊思淮視線的責備，「一旦我通知屈又石有新人想加入，那就沒有回頭路了。妳確定嗎？」她問了兩次。

「確定啊。」黎莉心想就算不幫妳，也得幫其他屈服在屈又石淫威下的女孩們。

珮雯看了眼楊思淮。後者的表情恢復淡定，就像是他與這計畫毫無關係，別說是始作俑者了，就連聽都沒聽過。

這男的——珮雯已經不再視楊思淮為同學了——到底是什麼來頭？說到底，她根本就不知道楊思淮為什麼要幫她把屈又石拉下馬。況且他完全心知珮雯根本沒有受到屈又石的威脅，所以根本就不可能是想要替別人伸張正義的熱血高中生，想到這，她瞄了眼張儒行。所以楊思淮到底為什麼要設計屈又石呢？她知道每個人都有自己行動的動機，但她找不到楊思淮的動機。摸不透的男人讓她感到恐慌。她的第六感告訴她，這個總是將自己情緒隱藏在反光鏡片後的男人，會在聖德學校搞出大事。而屈又石不過是那場大事的一個序曲，重頭戲還在後頭，至於那副鏡片的後頭究竟隱藏著什麼，她毫無頭緒。

在黎莉成為「魚餌」之前，楊思淮表示要排練一次。

「以防萬一。」他說。

四人約在這週末，就在計畫執行的十六蒲酒店，實地綵排一次。

張黎離開餐廳後去了香蕉車露。剩下珮雯和楊思淮兩人沿著坡道回學校。夏日當空，珮雯覺得自己頭髮已經化在了頭皮上。

「早知道我也去吃個冰淇淋了。」

「妳去啊。」

「不了，太遠了。」

「叫他們幫妳買啊。」

「你白癡啊，買回學校不都化了？」

楊思淮推推眼鏡，笑了笑。

珮雯呲了聲，低聲說：「裝傻。」

「什麼？」楊思淮轉身，正對烈陽。

又在反光！珮雯在心中嘀咕。

「沒事！」

楊思淮轉身，繼續向前。珮雯跟在他身後，那背影，莫名地讓她想起了自己的父親。

「妳是不是很好奇我為什麼要對付屈又石？」楊思淮又停下了腳步。

他轉身靠近珮雯，一步，兩步，距離近到陽光無法穿過兩人之間。他稍微低頭靠近珮雯耳邊——

珮雯感到耳朵一陣搔癢。她下意識地想將楊思淮推開——

「不告訴妳。」

珮雯向前將楊思淮撞開，嘴裡含糊地罵著髒話，快步上了斜坡。

「喂，等等我啊。」

蛔蟲發現儒行哥中午和楊思淮，還有班上那個總是給人感覺一放學就會直奔夜店的女生一起吃了飯。他忽略了黎莉姐，因為在他心中姐和哥是一體的。

他覺得不太妙。為什麼三玉中學玉門幫的幫主要主動接近儒行哥呢？儒行哥曾揍過玉門幫的成員，但對方一直沒來尋仇。他一直在為這點擔驚受怕。這次是找上門來了嗎？可是，為了找儒行哥尋仇，幫主親自出馬，而且還大費周章地轉學混進聖德學校，怎麼想都太誇張了。

到底是為什麼呢？蛔蟲想不通。但他覺得事態緊急，萬一等他想通了，儒行哥出事了，那可就回天乏術了。

於是，臨放學前的課間休息，他看準儒行哥去廁所的時機，跟著一起去了廁所。

僅僅一塊隔板相隔的小便斗，一直以來都是傳遞情報的好地方。張儒行正尿著，他的小老弟鑽來了他身邊。

「你離我這麼近幹嘛……」

一般來說，如果小便斗空著的話，男生們都習慣彼此中間隔一個。此時，蛔蟲緊靠著站在最後一個小便斗前的儒行哥。

「有個事情，想告訴你。」

「別叫我陪你上分，被阿莉發現我偷玩遊戲我就死定了。」遊戲指的DOTA。

「不是遊戲啦。」

「那是什麼？」

「關於你同桌。」

「楊思淮？」

「嗯。」

「他怎麼了？」

廁所門咔吱一響，蛔蟲回頭一看，他倒吸一口氣，是楊思淮。

張儒行注意到了蛔蟲臉色不對勁。但又想不出個所以然。只見蛔蟲轉身想走——他從一開始就沒拉下褲鏈，只是站在小便斗前罷了——但正當蛔蟲急匆匆地路過楊思淮時，楊思淮開口道：

「你以前也是三玉的吧？」背景聲是楊思淮的褲鏈聲，然後是尿聲，「我開學那天見到你，就覺得你臉熟了。」

蛔蟲定住了雙腳，同時瞪大了雙眼。他心裡正含著：「屌屌屌屌屌……」

這時上課鈴響了。

楊思淮拉起褲鏈，路過呆住了的蛔蟲，推開廁所門時說：「放學再說吧。」他回頭看了一眼蛔蟲——沒錯，他就是玉門幫幫主。蛔蟲在張儒行疑惑的注視下二顧小便斗，他拉開褲鏈，釋放被楊思淮嚇出來的恐懼——一下劇烈的哆嗦。

九

放學時，張儒行把功課交給伍sir過目。伍sir看著張儒行，忍不住點頭。

「看來你同桌真是幫了你不少啊。」

他看向門外，楊思淮和蛔蟲正在等他。

而家豪，他也學乖了，找了數學課代表，逼他逢一三五放學留下來教他作業。他受夠了伍sir不懂裝懂式的拖延時間補習法。更重要的是，他受夠了隔天就要目送一次張楊二人比他更早地離開這間教室。但今天，他又失敗了，因為張儒行在楊思淮的幫助下，放學前就把作業做完了。他暗自發誓，明天數學課一下課，他就要把作業做（抄）完。

如此一來，伍sir的課後補習班算是徹底失敗了。不過他本來就是做個樣子給校長看，至於有沒有成效，他可無法保證。反正老師到最後總是能把一切學業上的錯誤怪罪到學生的資質上。這是所有老師的殺手鐧。

張儒行等人穿過禮堂，去了面朝威尼斯賭場的鳥籠。三人耳後迴盪著女排練習的叫喊聲，眼前的威尼斯人在夕陽下泛著金光，那金光中有的不是異國氣息，而是錢腥鈔臭。

鳥籠上原本坐著一對低年級情侶在卿卿我我。張儒行在校內算小有名氣，且不是像家豪那種名氣，而是正面的名氣。但雖說是正面，低年級對張儒行的態度倒也和對家豪的態度相似——害怕。只能說是評價不同，但待遇相同。

小情侶中的男生一見張儒行踏上通往自己所身處的鳥籠的台階，趕緊拉著小女友的手，灰溜溜地路過張儒行等人跑了。

「你在學校還真有牌面。」楊思淮打趣道。蛔蟲心裡暗諷：能有你在三玉的牌面大？

剛走進夕陽照射之中，楊思淮就開始了正題。少見地他沒有先迂迴幾句。

「你之前也是三玉的學生吧？」

蛔蟲支支吾吾，張儒行替他回答了。

「嗯，那你肯定是認出我是誰了。」楊思淮的視線平均地分給了蛔蟲和張儒行。

與其讓蛔蟲說給張儒行聽，搞得自己處境被動，倒不如自己說出來要來的俐落。張儒行聽到楊思淮說自己曾是三玉中學玉門幫的幫主時，只是眉毛挑了下，除此之外也沒什麼多餘的驚訝反應。倒是蛔蟲，他在三玉時只在運動會上見過幫主一次，那次運動會幫主得了二百米短跑比賽的冠軍。當時他的臉出現在觀眾席斜對著的電子螢幕上。要不是他身邊的同學和他說那上面的人就是玉門幫幫主的話，他現在恐怕就沒有機會逼得楊思淮說出自己的身分了。

「但是，」楊思淮語氣從冰冷又變回了平時的輕鬆，甚至接近輕浮，「那都是過去式了，我在轉校前就卸任了。」

「你卸任的理由就是為了來這兒對付盧高勤嗎？」

蛔蟲先是聽到校長的全名，那感覺就像是二戰德國民眾不叫元首而直呼希特勒一樣。隨即儒行哥整句話的意思在他腦中縈繞，他不禁想出了神，玉門幫幫主要對付聖德學校校長？

楊思淮本不想多說。他想盡可能減少自己計畫的知情者。但張儒行既然都提了，不解釋一下又很奇怪，與其讓蛔蟲自己胡亂揣測張儒行的話，倒不如自己稍微解釋一下。

於是楊思淮大致說了一下盧高勤和威尼斯賭場私下勾結的事情。他有意跳過了張儒行父親的事情。

張儒行雖然不像珮雯那樣，堅定懷疑楊思淮的真實動機絕非是為了幫助他人。但張儒行並沒有那種探究他人內心的好奇心。他知道每個人都有苦衷，而當別人的苦衷使自己感同身受時，他就會出手相助，就像珮雯一事。他並不想參與別人的勾心鬥角，他只想做自己認為是正確的事情。

蛔蟲看著眼前的威尼斯賭場。他這會終於知道為什麼學校總是隔三差五地就會有就業培訓的人來演講。那些講師的演講內容總是在說以目前的澳門入職前景來看，進入博彩行業是最好的選擇。進入博彩行業說的好聽，實際上就是去做荷官。原來自己所讀的學校是一所荷官培訓基地。不過他也無所謂，畢竟他已經計畫好要考哪家大學了。校長和威尼斯的交易也只是適用於那類沒有升學打算（能力），又想靠高中文憑尋求一個好出路的人。他這時還不知道，他所崇拜的儒行哥正是那類人之一。而他，實際上很看不起那類人。

楊思淮觀察到了蛔蟲對張儒行的稱呼。他稍微放心了點，只要蛔蟲對張儒行的敬意猶在，那他的計畫就不至於洩露出去。這樣他就能殺盧高勤一個措手不及。而他不知道的是，讓蛔蟲對張儒行收穫如此大敬意的緣由，還要託玉門幫的福。對於那次全校鬧得沸沸揚揚的盜卷俠風波，他全程都沒有參與，所以根本不知道蛔蟲被當成替罪羔羊處置了。那會他正在和交往了三年的初戀鬧分手。如果他知道蛔蟲是被玉門幫陷害而被開除的話，那他可能就無法那麼淡定地說出自己是前任幫主的事實了。

張儒行其實很想替蛔蟲出一口惡氣。但他觀察到了蛔蟲的表情，那表情上明明白白地寫著：「別提那件事！」。既然當事人沒有這個意願，那他自然也就不多管閒事了。他之前曾多管別人的閒事，鬧了個兩頭不討好的狀態。吃一塹長一智，那種傻事他可不願再做。

張儒行插著口袋在操場邊等黎莉訓練結束。

楊思淮和蛔蟲兩人走在坡道上。蛔蟲與其保持著適當距離，太遠又怕惹楊思淮不爽，太近自己又不太自在，所以保持在中間可以剛好再塞下一個人的位置。同時，他心裡在糾結，如果一直同路下去的話，那他要不要索性換條路回家？就算繞點路，他也不想和楊思淮走在一起。

幸好，楊思淮在巴士站就停下來了腳步。他僵硬地和楊思淮說了聲拜。

「校長的事情，是我們三個人的祕密。」

楊思淮的聲音傳入耳中。他側頭一睹，他很確定說這句話的瞬間，楊思淮露出了威脅的表情——面無表情。

蛔蟲連連點頭，快步走了。他心跳之快，沒聽到楊思淮說的拜。

週五晚，四人到了楊思淮和珮雯初次以學生外的身分見面的那家酒店。

珮雯已經訂好了房間，費用由楊思淮出。雖然張黎想平分，但楊思淮很堅持，他說這次是他找兩人幫忙，所以費用應該他出。珮雯沒有出聲，儘管她才是最直接的受益人。因為她是常客，所以房費打了八折，但一晚上還是要價兩千八澳門幣。

「為了幫我你還是不惜血本啊，算上上次的房費和我的薪水，你是富二代？」珮雯在巴士上對楊思淮調侃說。

「錢這種東西，要賺就有了。」

珮雯在心裡哼了一聲，篤定楊思淮就是個以遊戲人間為己任的敗家子。

抵達酒店後，珮雯假裝是屈又石和黎莉走了一次流程。黎莉和屈又石穿過酒店大堂，坐電梯上房間。

然後在酒店大堂待命的張楊立刻乘電梯到房間所在樓層。他們手上已經握有萬用房卡。接著兩人在房門前待命，等黎莉大叫——屈又石開始脫衣服時——兩人就戴上面具衝入房間。

「會不會外面的人聽不到？」黎莉端坐在床邊問。

「不會，這間酒店很舊了，隔音並沒有那麼好。」珮雯坐在床邊蹺著二郎腿。

「接著儒行先帶黎莉離開，我拿起藏在房間一角的攝影機，然後和屈又石說明他的處境，接著就等他離職了。」楊思淮總結。

「應該再揍他一頓。」黎莉舉起拳頭。那隻用來扣殺的左手，可不比男生的小。

「附議。」張儒行舉手。

「好，那就先揍他一頓，然後再逼他就範。不過，」站在窗前的楊思淮的視線掃過其餘三人，「下手可不能太狠。」

「為什麼？」黎莉問。

「免得被警方發現。雖然可能性微乎其微，但我們還是要以防萬一。」

四人又商量了一下細節問題。但所有細節楊思淮都想好了。包括攝影機也是他提供。

「我們要不要為這次任務想個代號？」最後黎莉提議。她作為這起事件的女主角顯得尤其興奮。她雖然緊張，但覺得能把屈又石從學校趕走十分大快人心。她覺得自己是懲奸除惡的女武神，解放學校被屈又石壓迫的女生。

「叫屈服行動怎麼樣？」

黎莉提議。其餘三人都沒有意見。這代號她其實早就想好了。

「那這週六我就和屈又石說有新女孩想加入，如果順利的話，下週我們就可以進行……」

「屈服行動。」黎莉笑著補充。

「嗯……」珮雯不說，是因為她覺得取行動代號什麼的太幼稚了，讓她說出口簡直比叫老男人「Daddy」還丟人。

「屈又石會那麼容易就上勾嗎？」張儒行問。

「沒問題的，所有新加入的女孩他都要親自……體驗一下。」這句話當然也是珮雯編造的。的確，屈又石喜歡學生妹，但他從不約校內的女孩。除非校內女生主動投懷送抱，曾經就有個想要奪走珮雯一姐地位的女生向屈又石獻殷勤，但後來在珮雯的一點小手段下「被」轉走了。有前車之鑒，所以珮雯很確定屈又石肯定會上勾。

屈又石雖不約自家女孩，但珮雯知道屈又石經常光顧三玉。這是她在三玉的姐妹告訴她的。把屈又石拉下馬之後，三玉的生意可能就要減損不少了，不過這也不能怪她，商場就是戰場。況且，屈又石這種人本性難移，即便不能經營這檔生意，他肯定還是會來光顧這門生意的。珮雯自覺把男人看得透透的，然而唯獨一人，她目光正前方的楊思淮，唯獨這個四眼男她猜不透。

有了完全的計畫，一切就只等屈又石自己上勾了。四人離開房間，黎莉對楊思淮問：

「你不住這嗎？都付錢了。」

「不了，比起酒店我更喜歡自己家。」

「說不定思淮以後會是個居家好男人呢。」黎莉笑道。

「我只是在陌生的床上睡不著罷了。」

珮雯撇了撇嘴，心想黎莉還是太天真。同時，她也觀察到了張儒行的不以為然，外表愣頭青的他也察覺到了楊思淮的不對勁嗎？

兩側全是客房的過道，像是永無止境一般。兩名女生走在前面，珮雯正在教黎莉進了酒店房間後，讓對方先脫的話術。兩名男生滯後，張儒行對楊思淮開口道：

「你這個計畫的真正目標其實是盧高勤吧？」

楊思淮以清嗓代替了回答。於是張儒行繼續問：

「你是計畫著等屈又石出事了，盧高勤肯定不會見死不救，等他出手之後，再抓住他的把柄，把他一網打盡吧？」

楊思淮想著該怎麼回答，他的思緒飛快地轉著，要大方承認嗎？還是笑笑否定呢？

「你是不是很驚訝被我猜中了？」前方一處光亮，到電梯口了。走在楊思淮前頭的張儒行轉過身面對楊思淮說：

「我話先說在前頭，我只對付屈又石。在這之後，就沒有我的事了。」

楊思淮看著一頭亂髮的張儒行，正要開口——

叮咚，電梯到了。

「欸，你們兩個快點，還有別人呢。」黎莉的聲音從電梯口中傳來。

「來了。」張儒行邊說邊快步走向電梯處，楊思淮隨後。

四人擠在電梯中，楊思淮站在最外側。在電梯門關上的前一刻，只見楊思淮的鏡片反著光，嘴角微微笑著。

十

張儒行是初戀。黎莉是第二次，但她第一次是在小學，她覺得那次不算數，姑且算兩人都是彼此的初戀。

初戀總會以悲劇收尾。但這是在普通人身上的情況。張和黎也是普通人，但他們比普通人更幸運。除了排球之外，他們的興趣幾乎相同。談過戀愛的人都知道，相同的興趣是多麼的重要。兩人都愛看漫畫，黎莉的最愛是久保帶人的《死神》。她喜歡《死神》中的服裝，在一眾漫畫中獨樹一幟，她喜歡酷的東西，她討厭成為別人眼中的女生，她要做自己定義的「女生」。而儒行喜歡《火影忍者》。如果問他為什麼喜歡《火影》，他會說就是喜歡，沒有為什麼。但其實他的潛意識中是有理由的，那就是他和《火影》的主角鳴人一樣，都沒有父親。黎莉幾乎是在聽到了張儒行說最喜歡的角色是鳴人的當下，就明白了張儒行自己當時都不太明白的理由。而那時兩人還只是曖昧關係。

黎莉做夢也希望有個如同漫畫男主的男生走進她的生活。總是替別人打抱不平的學長顯然就是她一直等待的對象。而儒行呢？他一直就對可愛甜美型的女生沒有興趣。或許是因為他跟老媽生活久了的緣故，軟弱的女生雖說會激發他的保護欲，但同時也會讓他覺得不耐煩。所以學校的女生他一直看不上。他覺得她們都太弱不禁風了。直到當他在課後活動的漫畫班上認識了黎莉——一個家庭和睦，但父親總是早出晚歸，所以從小就幫母親分擔家務的女孩。他在黎莉的身上看到了他一直追求的堅強女孩的形象。至少從黎莉高一時身高就一米七的外在上來看是這樣的。

後來張儒行退了漫畫班，因為他只愛看不愛畫。況且他毫無美術天分，每次畫出來的人物都被認為是毀了容。加上他尤其詭異的上色天賦，有一次他畫了一顆地球，黎莉以為那是個黑洞。黎莉則是日漸成為了排球隊主力，沒了上課後活動的時間，所以就退了班，全身心地投入排球。要不然她其實還是挺有美術天分的。

綵排結束後，張黎坐在回氹仔的巴士上。張儒行說了他對楊思淮的猜測，除掉屈又石不過是楊計畫的第一步。楊真正的目標是盧高勤。

「我說完之後，他臉立刻僵住了。他肯定把我當成是個傻子。」

「那他真是失策了，我男朋友可是聰明得很啊。」黎莉握起儒行的手，放在自己腿上，「畢竟你也是看了那麼多漫畫，什麼陰謀沒見過？」

「不過可見他對盧高勤的仇恨有多深，想方設法地對付他。」

「而且還特地卸任了幫主。」黎莉說，「欸，幫主有什麼特權嗎？」

張儒行已經把楊思淮是玉門幫前幫主的事告訴黎莉了。

「我怎麼知道？」

「感覺好像漫畫哦，還幫主。」實際上黎莉覺得幫主這個稱號很幼稚。

「比較像金庸。」

巴士正在過橋。身後的澳門本島已是霓虹遍布，眼前的氹仔則只有零星燈火。

「對了，」黎莉說，「屈服行動之後，去見我媽吧？」

「見妳媽啊……」這已經是黎莉第三次問他了。要拒絕三次嗎？

「每次問你，你都不肯見。怕我媽吃了你嗎？我媽比我要溫柔很多，你放心啦。」
「我不是擔心這個。」
「你擔心留級的事？」黎莉看儒行不說話，又說：「不用擔心啦，我都和她說了——」
「妳和她說了！」
黎莉點點頭，「說了，怎麼了。」
「她怎麼說？」
「她叫我盡快和你分手。」
張儒行向椅背一倒，手從黎莉手中抽了出來，「啪」地一聲，拍在自己額頭上。
「騙你的啦，」黎莉見狀，咯咯笑著道：「她說讓我在學習上多幫幫你。她說拍拖就是要互相幫助啊之類的。」
「妳沒騙我吧？」
「我如果騙你的話，我還敢叫你去見我媽嗎？快點啦。」黎莉說的像現在立刻就去見一樣。
「快點什麼？」
「去不去見？讓屈又石屈服之後。」
「再說吧。」
「不行。我媽也想見你，早就想了。你這再不去可就不給面子了啊。我爸平常又不在，你怕什麼？」
其實張儒行不是怕。雖然留級的事他也有點擔心，但早在留級之前，黎莉就叫過他去她家，他一樣拒絕了。藉口是他覺得太快了。儒行所擔心的，儘管他不願承認，實際上是他的家庭。單親家庭就算了，問題他爸還去世了。之前，他聽他媽說，他爸是因為欠債而跳樓自殺，他覺得這事怎麼想都不光彩。黎莉媽如果問起他爸的事，他要怎麼回答？說我爸是個賭鬼，跳樓自殺了？現在，楊思淮出現了之後，又說他爸實際上是被盧高勤陷害的。關於這事，他還沒和他媽談。他根本不想提起這件事情，這和他到底有什麼關係呢？就因為一個死人，讓老媽心情不好嗎？沒有意義。但就是這麼一個死人，讓他不敢去見黎莉媽。他總覺得自己不那麼完整，就因為沒了父親。但他又拒絕懷著有父親才是完整的思想過活。因此，他恨他父親。不管那個幾乎是陌生人的男人是怎麼死的，他都恨他。

而張儒行對父親的矛盾想法，即使黎莉再心思細膩也無法看透。誰能看透呢？張儒行連一點看透的機會都不給。他把對父親的看法埋在了所有想法的最底層。而再深一點，就是他對父親的為數不多的記憶了。

黎莉沒有多說。一方面她不想逼儒行做某事。另一方面，她抱有著希望，希望告訴她屈服行動後，儒行也會屈服去見媽媽的。

珮雯和楊思淮站在巴士站前，目送著黎張這對情侶的離開。

又是和上次一樣的處境，楊思淮和她。這讓珮雯有些尷尬。什麼樣的男人她沒見過——無法被她掌控的男人她沒見過。但話說回來，楊思淮算是個男人嗎？

「你多大？」珮雯沒事找話。

「妳多大？」

「哪有人問女生年紀的？」

「妳不支持男女平等嗎？」

「支持啊，男女平等的意思不是女生應該享有知道男生信息和對自己信息保密的特權嗎？」珮雯原以為自己的玩笑會被楊思淮視為無聊。

「啊，妳說得很對，這和我印象中的男女平等一樣呢。是我錯了。我今年十七。」

珮雯哼笑了一聲。

「請問梁女士是在笑什麼呢？」

「沒事。只是沒想到你年紀這麼小。早入學？」

「是的。」

九月的澳門即便是傍晚也一樣濕熱。一般男生夏天身上都會有股汗臭，但楊思淮身上卻沒有。反倒有種樹木的清香。

「珮雯姐，妳一會——」

「誰是珮雯姐?!」

「是我誤會了嗎？我聽妳剛剛的話，還以為妳比我大呢。」

「我的確比你大，」珮雯靠近楊思淮，樹木味更濃了，她豎起食指對著楊思淮下巴——光滑的，沒有鬍子的下巴，「但我不是你姐。」

「被叫姐顯老，所以才不想被叫姐嗎？」

「當然。」

「那如果聽到阿姨呢？珮雯阿姨。」

「你再說一次試試。」珮雯作勢捏楊思淮的胳膊。

「我認錯。」

「你剛剛想問我什麼？」珮雯鼻腔中還殘留著樹木的味道。她無意識地希望那味道能再殘留久一點。

沒有回應。

「喂，四眼仔。」她推了楊思淮一下。

楊思淮側身對著她，但還是沒有回應。

「你剛剛想問我什麼？」

他靠近了一步。感覺像一座森林向她襲來。

「妳晚上有事嗎？我剛剛問。」

珮雯這時才發現楊思淮比她印象中要高。明明那天在巴士上就站在他身邊，可是卻沒有察覺他有這麼高。珮雯幾乎要抬頭才能看到他的臉。還是說，他靠得太近了？

「你想幹嘛？」

楊思淮又沒有回話。他只是距離珮雯很近地站著。低頭看著她，眼神是筆直的，就和那巴士站牌上反射的夕陽一樣。

珮雯當然知道楊思淮是在試探她。她怎麼可能不知道呢？這種男女之間的把戲還能騙得了她？只是，以往主動靠近異性的人，是她。她才是那個採取主動的人。因為她能看透男人，所以她總能占據主導。但是，自己身前的這個四眼仔——他甚至連男人都算不上——卻讓她感到混亂。她完全無法確定他的想法是不是和自己想的一樣。她更不敢問。本來在情愛中如狼似虎的她，如今成了羔羊。這種感覺是怎麼回事？她感受到了楊思淮的鼻息。她為什麼不敢開口？叫眼前這四眼仔退後點。她覺得自己耳根子很燙——肯定是今年澳門的夏天又升溫了，肯定是。她不知道變熱的並不只是澳門的夏天，還有她。她不知道這種身體突然變熱的感覺叫害羞。

嗶的一聲。巴士打開了門。珮雯匆忙一看，是她等的，她轉身想走，想從楊思淮的未知中開溜。但她剛跨出一步，手臂上就一緊——楊思淮拽住了她。她不敢回頭看，她從未遇過因為臉紅所以不敢看人——現實中的男人——的情況。

「你想幹嘛？」

她被他拽了回來。這次兩人的距離更近了。以楊思淮的力度來看，這似乎是無可避免的。她再度被森林的迷亂香味所環繞。她的視野中是一片白色，那是他的校服。

她的恐懼中帶著從未有過的興奮。恐懼是因為她似乎不知道他想幹嘛。興奮是因為她其實知道他想幹嘛。她被未知包裝而成的一清二楚給搞糊塗了，她腦袋全空了——都是夏天的錯，都是眼前這個四眼仔的錯。

等她再度回過神來時，她已走在了那條猶如無盡的酒店走廊中。而那條走廊通往的目的地是……

她不想再想了，因為太熱了。即便走廊中的溫度是恆定的二十三度。

十一

屈又石上鉤了。

或者說，在張儒行和黎莉的認知中是上鉤了。他們以為屈又石真的和珮雯說得那樣，所有新入行的女孩他都要親自體驗一次。而事實是屈又石秉持著「小心駛得萬年船」的訓誡，從不約校內女孩。但為了激起張黎的憤慨，珮雯在劇本上稍微誇張了點。當然，楊思淮也是共同編劇。

事實上，屈又石根本不知道今晚會出現在酒店門口的人是黎莉。他的確選了一個學生妹──三玉中學的──作為今晚的消遣活動，但那人並不是黎莉。是珮雯動用了點關係，把那名女生替換成了黎莉。屈又石當然會發現對象和自己選的女孩不一樣。但當替代品是個身材高𨈆，妝容可愛的女孩時，又有誰會拒絕呢？最重要的是，價錢一樣。

「到時候妳就說燕燕今晚不舒服，臨時換成我來陪您了。」放學後，珮雯在嘉模泳池外的公廁替黎莉化妝。

「他會認不出來眼前的人是黎莉？」張儒行站在女廁門前。不少路過的女生對他投以怪異的目光。

「穿著這身校服，」黎莉已經換上了珮雯準備的三玉校服，「配上我畫的妝，不可能會發現的。」

「如果妝掉了呢？」

珮雯白了張儒行一眼，「你還要等到自己女友的妝給屈又石舔掉了才衝進去？」

黎莉哧哧笑了。張儒行被珮雯嗆得無話可說。

「你就放心交給珮雯吧。」楊思淮說著拽住張儒行的肩膀，把他從女廁門口拖走。

珮雯聽到楊思淮提到自己，視線向他看去。兩人視線相對，珮雯趕緊挪開，重新注視在黎莉的妝容上。她的臉微微紅了，即便是在一層粉底下也能看得出來。黎莉就看出來了。她又哧哧笑了聲，珮雯的臉更紅了。

他們兩個肯定有鬼！黎莉在心中念叨。從上次綵排後，她就覺得這兩人不在一起的時候都挺正常的，但當兩人碰到一塊時，行為舉止就變得怪怪的。楊思淮還好，畢竟他可以用那副總會反光的眼鏡掩蓋自己的情感。但珮雯的羞澀卻是赤裸裸地表現了出來，她平時在學校可是始終保持著一副女殺手的模樣。黎莉還不太確定，所以還沒跟儒行說。但她這下確定了。這兩人肯定發生了點什麼。就在那天她和儒行上了巴士離開酒店之後。

到底是什麼呢？她心想。突然，她想到了那晚本應空著，用來綵排的房間。難道兩人……想到這，她臉也紅了。

黎莉頂著珮雯用了半個小時替她化好的妝髮，站在酒店房門前。

「我靠！」這是張儒行看到黎莉第一眼後的反應。

「真的看不出來了，」楊思淮評價，「這下你該放心了吧？」他對在一旁下巴掉在鎖骨上的張儒行說，「我就說交給珮雯就好了，用不著擔心。」

珮雯臉又紅了。我到底怎麼回事？她很清楚自己臉紅了。她甚至隱約察覺黎莉已經發現她臉紅了。她從來沒有為過一個生活中的男人臉紅。她以為這世界上唯一能讓她臉紅的人就是木村拓哉。但就像所有熱戀期中的女孩一樣，珮雯也無法控制自己的雙頰，在自己喜歡的人提到自己時染上紅暈。如果能持續這種狀態的話，倒也能剩下一筆腮紅錢。但不知道珮雯是否清楚，熱戀總是會消退的。對於這點，楊思淮倒是清楚得很。

黎莉按下了門鈴。門解鎖，露出一道縫。大概三秒，隨即，門朝內被拉開了。

屈又石那副在黎莉面前顯得格外矮胖的身子，出現在畫面中。黎莉臉上頂著日系可愛風妝容，屈又石頭上則頂著中年男子油膩系禿頭。他的臉皺成了一塊，像是還沒和好的麵團，那是他在細看。

「和我選的不一樣。」他說，聲音是尖的。就像是他的外表已經邁向枯竭，但他的聲音才剛剛從嬰兒邁入孩童。

「因為燕燕……」黎莉把珮雯教她的那番話說了。聲音有些顫抖。她的心跳速呈直線飆升。她本來還想著自己不會緊張的。去年在學界排球的逆轉絕殺就是她的功勞，面對滿場的觀眾都不緊張了，面對一個禿頭男怎麼可能緊張呢？這是她原本的想法。但她想錯了，她此刻十分緊張。

在酒店套房中看到自己學校的訓導主任，那個見到女生裙子短就必罵的校規信徒，如今居然花錢來把女學生的裙子掀開。她越想越覺得自己對這個世界的黑暗一無所知。而面對未知的黑暗，又有誰能不心跳加速而泰然自若呢？

「嗯……」屈又石上下打量著。黎莉覺得自己彷彿裸體。尤其是當主任的視線停留在她短裙下露出來的大腿時，「嗯！」

他在嗯什麼？

「進來吧。」

屈又石讓黎莉進去。但黎莉卻突然邁不出腿了。她感覺有股力量在她身後拉著她，告訴她，不能進去，一旦進去就糟了！這道門內就是地獄，而屈又石就是撒旦！

「進來啊。」

撒旦發出命令。黎莉深吸一口氣，腦子拚命想著儒行。沒事的沒事的，儒行會照計畫出現的。房卡都在他手上了，他一定會出現的。而且這麼做是為了解救一眾被撒旦欺壓的無辜女學生們，沒事的，沒事的！她回頭看了一眼走廊盡頭的電梯口，不見儒行的身影。

「啊！」

她還沒功夫細想為何儒行沒有在電梯口預備，就被屈又石拉進了房中。

一張加大雙人床。純白的被單，在黎莉眼中卻不知道怎麼搞的很反胃。她坐在床沿。屈又石是老司機了，已經洗好了澡，為了節省時間。這樣不但能享受久點，又不會太晚回家，被老婆懷疑。他這次的藉口和往常一樣：和校長開會。而他老婆總是會問怎麼老開會？而他則總是回答：那能有什麼辦法呢？那些女生太不受教，一個比一個叛逆！不開會想點對策，那下一代還有救嗎？況且，妳不也整天開會嗎？

他對自己的智慧感到佩服。說句心裡話，睡學生妹在他的扭曲的認知中，幾乎已經是合法行為了。他算是在替想要賺外快的女學生們創造一個就業機會。他這麼做完全就是出於善意。他甚至覺得，對方出力，他出錢。這不就是自由市場的根本嗎？所以這沒什麼不對的，有需求就有市場！他又不是不給錢，用暴力逼良為娼。這樣奉公守法，花錢買服務的自己，又有什麼錯呢？

黎莉戴著假睫毛的雙眼筆直地盯著寫字台上的液晶電子鐘。

現在是19：57。按照計畫，20：00，儒行和楊思淮就會戴著買的時候被獨眼龍婆婆無意間說中，兩人是不是要去行俠仗義的蝙蝠俠面具衝進房間。

在窗簾的拐角，她能看到楊思淮事先架設好的針孔型錄影機。

「第一次？」屈又石坐到黎莉身邊，貼得很近。他是要為此付錢的，他可不是那些初戀小男孩們，想著要循序漸進。

黎莉點了點頭。屈又石油膩的鼻子向她貼近，嗅了嗅。珮雯在黎莉脖子上塗了香水，這本來這不在珮雯的妝容套餐之中，是黎莉自己因為很喜歡珮雯的香水味，所以主動提議給她來一點的。珮雯照辦了，心裡想著有什麼後果妳自己承擔。

現在後果來了。她幾乎感覺到屈又石的鼻子貼在自己的脖子上。她一挪身子，與屈又石拉開了點距離。要不然，屈又石已經準備貼在她脖子上並吃下今晚的第一口了。

「欸！」屈又石撲了個空。

19：58。

「妳躲什麼呀？」他的鹹豬手放在兩人之間，像是自己有生命，朝著黎莉有著明顯色差的大腿爬去。

「欸，沒有妳這麼辦事的，妳再這樣我就要扣錢了！」

已經碰到汗毛了——黎莉如兔子般跳了起來，兩手貼在裙邊上，標準的立正姿勢。

19：59。黎莉回頭看了一眼時間。

「嘿，我知道了，妳想拖延時間對不對？當我是水魚（廣東話容易上當受騙的人的意思）？」

黎莉被屈又石的話嚇了一跳——難道計畫被他識破了？

「服務可是到九點的，妳能拖多久呢？」

啊，嚇死我了。

那隻鹹豬手拍了拍浴袍下毛茸茸的大腿，「坐上來。」

黎莉反而退後了半步。

「我叫妳坐上來！」屈又石的聲音瞬間高了八度。

她一怵。頭自己搖了起來。房門外的儒行不可能沒聽到。他沒衝進來將自己從地獄救出去的唯一可能性就是，他根本不在門口。

「坐不坐？」屈又石說著屁股就要離開大床。

不行，黎莉恢復理智，現在必須順著屈又石，即便儒行不在房門口，那也肯定是在電梯裡了，肯定的！

她輕輕地坐在了屈又石的大腿上。就像是只要夠輕的話，就不算真正觸碰到了屈又石一樣。

「這就對了！這才是主任的好學生。真乖！」屈又石滿意地淫笑著。鼻腔中發出嘻嘻聲。

20：01。黎莉瞪著時鐘，呆住了。她腦子徹底短路了。

「那我們開始吧？晚了一分鐘。不過看在妳第一次，我就不和妳計較了！欸，可不是每個客人都像我這麼好說話的哦，遇到我做妳的第一個客人，妳真是賺到了！嘻嘻嘻。妳表現好的話，我下次還找妳！聽到沒有？嘻嘻嘻。」

黎莉的大腦中間是一大塊空白。而在那空白的邊界，她感知到了一個滾燙的，帶著些許黏膩汁液的不明物體碰到了自己的腳踝。屈又石在她身後呼著帶有薄荷味的熱氣。她的鼻子被動地接收著，但她的意識卻沒有聞到，她拒絕接受一切感官，除了眼睛，她的眼睛牢牢地瞪著電子鐘上發出的液晶藍光：20：03。

那個物體越來越上，越來越燙，越來越上，越來越濕，從腳踝，到小腿，再到膝蓋。明明那東西那麼滾燙，但經過的地方卻是一片冰涼——是她的身子在發冷。那個物體到了大腿，還在向上。但她卻毫無知覺，那片空白正在擴大……

20：04。

兩行眼淚無意識地流出，劃過黎莉擦著腮紅的雙頰。她任由淚水滴落在三玉中學的米白色校服上，她沒有擦拭，因為她不知道自己哭了。

眼淚模糊了眼前的電子鐘。電子鐘的藍色液晶燈變成一團藍光，在她雙眼的淚水中打轉。那藍光像是在催眠她，讓她閉上眼。閉上眼，這一切很快就會結束的。等再睜開眼時，時間就會到九點的。

腫脹著的物體撩起了裙子，還在往上，還在往上。

黎莉懵然的意識中，突然有兩個字闖進了空白，那兩個字是儒行。

十二

十六蒲酒店大堂的U字型沙發上。

張楊兩人突兀地坐在暴發戶來來往往之中。

「為什麼是蝙蝠俠？」張儒行問楊思淮。

「你不喜歡蝙蝠俠嗎？行俠仗義，見義勇為，看你每天都在抽屜裡看金庸，我還以為你很熱衷這些事呢。」

張儒行皺起雙眉，心想自己的一舉一動都在四眼仔的監視中，「你有看最新的蝙蝠俠電影嗎？」

「諾蘭拍的，當然看過，神作。」

「那你覺得如果一開始他對殺了他父母的兇手開槍的話，他還能成為蝙蝠俠嗎？」

楊思淮翹著二郎腿，「我有說我想成為蝙蝠俠嗎？」

「這就是我一開始問的問題啊，為什麼是蝙蝠俠？」

楊思淮突然語塞，他看了眼手錶。

「差不多了。」

19:55，兩人從沙發上站了起來，走向電梯口。

楊思淮的黑色書包背在身前，裡面是兩副蝙蝠俠面具。

「如果你不想成為蝙蝠俠的話，幹嘛買蝙蝠俠面具？」張儒行在楊思淮耳邊問。

楊思淮看著電梯的金屬門上反光的模糊的張儒行，正想回嘴——電梯到達G樓。電梯門開啟。令兩人出乎意料的人出現在了眼前——家豪。家豪身後跟著跟著四名小弟，都是高二的學生。只見他們喧嘩著從電梯門走出。家豪一開始還沒發現眼前的張楊二人。

楊思淮趕緊拽著張儒行閃到一邊，但就差那麼一點，還是被家豪給認了出來。

「你們兩個怎麼會在這？」他雙頰紅的像個剛出生的嬰兒。身上一股酒氣。身後的小弟訕笑著，全喝醉了。

張儒行看了一眼手錶：19:58。來不及了。他一個心急，直接向家豪撞去，想直接衝進電梯。

「儒行！」楊思淮來不及阻止。

「你小子！」家豪被張儒行撞開，「抓住他！」

儘管張儒行力氣再大，也沒辦法一股氣撞開四名小弟形成的人牆。他被四名小弟抓住。時間在他腦子裡流逝。他一急，邊大叫著放開我！邊拳打腳踢。要是平常，四名小弟看到張儒行如此瘋狂，肯定會嚇得躲到一邊。但現在不同，他們喝醉了。而且這是他們第一次喝醉，趁著初嘗的酒勁，像是吃了菠菜的大力水手，覺得自己無所不能。張儒行算什麼東西？就算是訓導主任屈又石在面前，他們也照樣敢與之對抗。

楊思淮在一旁看著乾著急。家豪指派了小弟對付張儒行，於是他自己的目標就換到了楊思淮身上。

「你們兩個，跑這來幹嘛？」他打了個酒嗝，「開房搞基？」

楊思淮懶得和家豪廢話，上前對準家豪的下巴就是一拳。

家豪萬萬沒想到楊思淮出手會如此俐落兇狠。他趴在地上，嘴裡的酒精殘留的苦澀又添了一分血腥。他吐了口血在白色大理石地板。

「啊！」兩名從對側電梯走出來的女生看到電梯口的混亂，還有人倒在地上吐著鮮血，忍不住大叫。

保安趕了過來。張儒行還在和四名小弟纏鬥，如果保持理智，他分分鐘解決四人，但他現在，一心急著趕去黎莉身邊，在黎莉被……之前。然而，心一急，動作就沒了章法，蠻牛似的衝進了對方的包圍網中，越掙扎心越急，心越急，越找不出個突圍的機會。

先是一名保安，隨後又來了三名。瘋了的張儒行和醉了的四名小弟，已經到了癲狂的狀態，誰來都是拳腳相向。最後，還是楊思淮拽開了張儒行，他在張儒行耳邊喊道：「你再亂搞，黎莉就要被屈又石玩完了！」

張儒行頓時呆住了。他看著被四名保安分別按住的四名小弟。耳邊是噴著鮮血罵著髒話的家豪。他看了一眼手錶上的時間，茫然地回頭看向楊思淮。

「先上去！」

這時，大堂經理——珮雯的熟人——趕了過來。開始詢問保安到底發生了什麼事。家豪對著大堂經理大叫著，指控楊思淮的暴力行為。大堂經理知道張、楊二人的計畫，他先放了兩人離開。楊思淮和張儒行趕緊坐上了電梯。一到樓層，電梯門剛開一縫，張儒行就側身擠了出去。他在走廊中飛奔，雙眼不斷掃著房間號，差點跑過。他根本沒空管面具，用楊思淮在電梯時給他的房卡插進門中。他插進去之後才發現，門根本沒關。他心中一震，明明只須輕輕一推，但他還是卯足了勁撞了進去。

「阿莉！」

他掃了一眼廁所，隨即衝到床前。瞬間，他被嚇了一跳的同時，又鬆了口氣——穿著浴袍的屈又石雙目緊閉正面朝天花板、大字型地躺在床上。只見他頭邊一圈鮮紅，在純白的床鋪上如玫瑰花圈。而在那花圈旁，是一個閃著藍光的電子鬧鐘。

「儒行。」

張儒行看向門口，是楊思淮。他跟著楊思淮走到樓梯口，黎莉正捲縮在階梯一側。張儒行走到黎莉身邊坐下。只聽聞黎莉淺淺的抽泣聲。楊思淮把空間留給兩人。他回到房間中，看到了屈又石的模樣。

他切了一聲道：「總是在關鍵時候掉鏈子啊。」

他看到屈又石肥肚腩還在起伏著。只是暈倒了，沒什麼大礙。他抽了張衛生紙，將鬧鐘上的指紋擦掉。雖然料屈又石也不敢報警，但還是以防萬一。

他推了推眼鏡，將針孔攝影機放進背包，又嘆了口氣，離開房間並關上了房門。

電梯口風波靠大堂經理的關係壓了下來。連同黎莉在用鬧鐘敲完屈又石的頭後，從房間逃走的監視器畫面也被刪除了。

「妳欠我的人情打算怎麼還？」大堂經理在電話那頭對珮雯說。

「怎麼？你是不是頭上也想來一下？」楊思淮在珮雯的身旁，聽到她的回答，他偷笑了出來。

家豪也不敢追究什麼。畢竟如果要追究的話，他帶四個未成年喝酒的罪責更嚴重。他媽，家長會會長鄭女士問他嘴邊怎麼搞的。

「打球撞的。」

「打什麼球能撞成這樣？我要和你們體育老師反應一下。」

「只是打籃球而已！」家豪本就悶著被楊思淮打了一拳無處宣洩的怒氣。

「誰撞的你？」

「妳煩不煩！」

鄭女士嘀咕著走開了。但她已經決心在下次家長會上反應籃球運動太危險，應該禁止學生打籃球。

黎莉請假了。一整個禮拜，張儒行都沒有見到她的身影。天沫斷言肯定是張儒行做了什麼好事。而至於什麼事情能讓黎莉請假一週而且依舊沒有要復學的跡象，她只敢在腦力裡臆想著。

沒有人知道黎莉在八點到八點十九分——監視記錄上她從房間衝出來的時間——之間經歷了什麼。那天黎莉在大堂洗手間換下了有著點點血跡的三玉校服後，張儒行送她回家。的士上，她全程沒有主動開口。對張儒行的問題也只是嗯了幾聲。

張儒行解釋了為什麼他沒在八點準時出現。

「嗯。」

張儒行說他肯定會查清楚為什麼家豪會剛好出現在酒店。

「嗯。」

張儒行說楊思淮會做好善後，讓她不用擔心。

「嗯。」

張儒行問她發生了什麼。

她沒有回答。張儒行盡力不讓自己胡思亂想。他知道黎莉需要緩和一下情緒。但他沒想到，黎莉這一緩和，就緩和了一個禮拜。黎莉甚至連短信也不回。

張儒行急瘋了，各種各樣的想像在他腦子裡纏繞。他必須要和黎莉見一面。他去了黎莉家，是黎莉母親開的門。

「阿姨好，我是黎莉的……同學，張儒行，」他視線盯著略微生鏽的鐵門，「能讓我見一下阿……黎莉嗎？」

「她不太舒服……」黎莉母親嘴唇開了又關，關了又開，再三猶豫地說：「要不，你過段時間再來吧。」

張儒行在黎莉家樓下。他靠在燈柱下發呆。眼前是行人來往。阿姨的話是想告訴他阿莉沒事嗎？還是，阿姨只是想打發他離開？話說回來，阿姨到底知不知道發生了什麼事？阿莉會和母親說嗎？那些她沒有和自己說的話……

張儒行腦子一團混亂。他踢著街上的鋁罐發洩。

沒有人將黎莉的請假和屈又石的請假聯繫起來。畢竟是八竿子打不著的兩個人。如果黎莉平時操行表現差一點的話，或許還會有陰謀論傳出。但她操行很好，並不是會和訓導主任聯繫到一塊的人。

盧校長在早會上說屈主任因為身體不適所以暫時無法繼續教務，他希望同學們在屈主任休息的這段時間內繼續保持自己的表現，遵守校規，嚴格律己。

經常被屈又石雞蛋裡挑骨頭——尤其是女生——的同學大感快意，甚至希望他別身體不適了，乾脆直接身體機能停止吧。而那些因為懼怕屈又石，所以遵守校規的學生們則是覺得或許他們能稍微放飛一點自我，但想想又覺得算了，即便代表校規的訓導主任不在了，但校規還在啊。還是別和校規作對的好。

張儒行在黎莉的事上沒轍。他只好先調查為什麼家豪會突然出現在酒店。但無論怎麼想都覺得不可能是巧合。絕對是有人洩露了整個計畫。而那個人為什麼要這麼做呢？這麼做有什麼好處呢？為了仙人跳的關鍵一步失敗，然後呢？所以是為了保護屈又石嗎？不對，如果是要保護屈又石的話，那為什麼不在一開始就告訴屈又石他這次的約會是場陷阱呢？所以洩露計畫的人絕對不是為了保護屈又石。

張儒行在單人床上左思右想。他突然想到了在綵排那天他自己對楊思淮說過的話。楊思淮對付屈又石不過是釣盧高勤上鉤的第一步。他的目標從踏進這所學校開始就是盧高勤。然而，如果楊思淮釣的並不是盧高勤呢？如果，他的目標其實是張儒行呢？如果從頭到尾楊思淮的目標就是想讓我去對抗學校呢？如果他是想借我的手去摧毀盧高勤呢？

他在床上輾轉反側，越想越覺得楊思淮就是整起事件的幕後黑手。而如果事實便是如此的話，那楊思淮豈不是將黎莉的清白當成了犧牲品!?

張儒行氣得一下子從床上坐了起來。不行，明天一見到楊思淮就要把事情問清楚。他如此做下決定。但即便如此，他整晚也還是無法入眠。因為如果他的推測是屬實的話，那麼楊思淮將會從夥伴關係，超越家豪的位置，變為頭號敵人。

然而，出乎張儒行意料的是，隔天早上，兩人一見面。他還沒開口，楊思淮就在他耳邊說道：「我知道是誰洩露了計畫。」

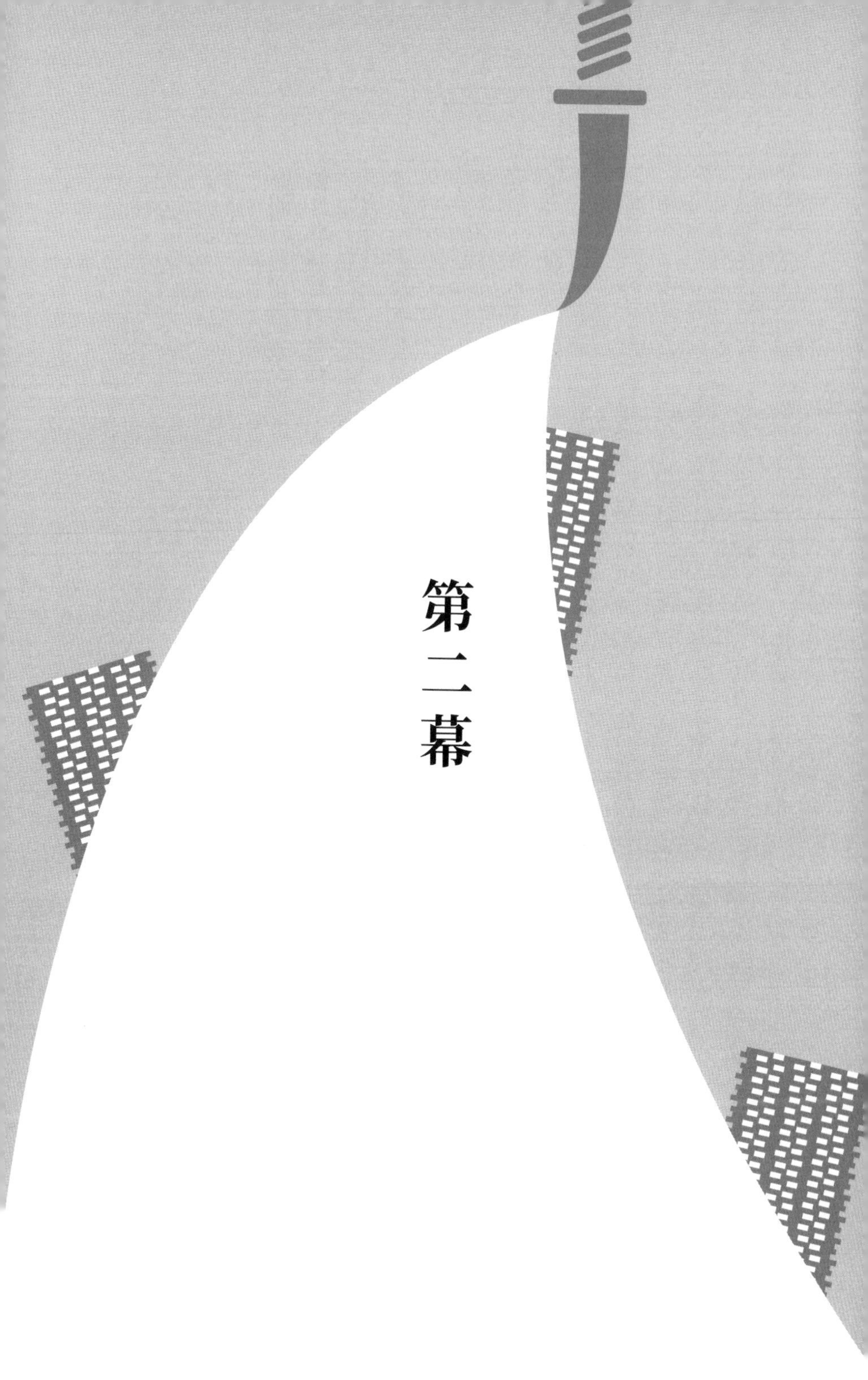

第二幕

一

時間回到屈服計畫之前。

楊思淮收到了一封郵件，發件者網名叫巨屌俠。

信件的內容是一系列照片。照片的內容是兩個穿著聖德學校校服的男女走在馬路上，最後進了酒店。

這是一封敲詐信。敲詐楊思淮如果不在三天內轉三萬塊過去，巨屌俠就會公開他和珮雯去酒店的照片。

關於敲詐，楊思淮算是老手。多數人以為敲詐的本質是抓到對方的痛腳（廣東話把柄）。只有抓住對方痛腳，才能脅迫對方做些非自願的行為，或者為自己的痛腳買單。但其實抓痛腳是敲詐步驟中的第二步。第一步應該是隱藏自己的身分。只有隱藏了自己的身分，才能營造出神祕感。而神祕感，也就是未知，未知才是人們懼怕的主要原因。雖然大多數人並不會察覺。

這個叫巨屌俠的人，他的確抓到了楊思淮的痛腳。如果在校園內公開了他和珮雯去酒店的照片。雖說不一定致命（被退學），但處理起來肯定很麻煩。然而，巨屌俠只是做了敲詐的第二步，並沒有做好第一步——他在偷拍的時候被楊思淮發現了，那狗仔隊就是珮雯的同桌——攝影發燒友蘑菇。

楊思淮在被偷拍後就託了昔日玉門幫的黑客，調查了一下蘑菇的背景。發現了對方的網名叫巨屌俠，專幹敲詐勾當。楊思淮心眼一轉，將錯就錯，把蘑菇這個遲早要來的敲詐安排進了自己的計畫中。有哪個敲詐者會預料到自己敲詐的對象同時也在準備敲詐自己呢？

楊思淮帶著微笑，拿著黑客給他的地址，找到了巨屌俠蘑菇的住所。

他按下門鈴，沒有回應，他又按了一下，還是沒有回應。直到按到第六下，才有腳步聲接近的聲音。

「誰啊？」

「外賣。」

蘑菇從貓眼看了看。對方離貓眼很近，看不清。

「那麼快？」

說著的同時門開了。楊思淮就是喜歡這種業餘的敲詐者——毫無防備。

鐵門剛開，蘑菇就發現自己是在引狼入室，他認出了楊思淮，哆嗦了一下，想趕緊關門。但為時已晚，楊思淮用腳堵住了門框。

「就別掙扎了吧？」

蘑菇瞪著楊思淮，手還在用力扯著門。

「你……你……你是誰？」他想裝傻。但演技實在拙劣。

「你連自己同學的長相都忘了嗎？」楊思淮沒工夫配合他演出，他還有個計畫正在進行著。

蘑菇的住所，一個兩房一廳的老舊公寓。他一個人住，父母都在珠海上班。家裡條件不錯，為了讓兒子拿到澳門身分，所以從小在澳門讀書。平日有個保姆會來打掃。但因為蘑菇總窩在房間裡，並且不讓保姆進去，所以客廳打掃得再乾淨也與他無關。他的生存空間依然是在那間混合著沖洗底片的刺鼻藥水味，以及青春期男生的濃郁體味的主臥。

「環境不錯嘛。」

楊思淮像是在參觀樣板房，在蘑菇的面前大搖大擺地東看西看。蘑菇，這個網名巨屌俠，在網上自認是無法無天的欺詐師，在現實中，不過是個滿臉交錯著青春痘和痘坑的未成年少年。他從來沒有遇到過這樣的變故。以往他敲詐的對象個個都是在網上再三央求，然後乖乖付錢。但楊思淮怎麼搞的？他怎麼還跑到自己家來了？是碰巧嗎？他會不會不知道自己是巨屌俠？

「你就是巨屌俠吧？」

但楊思淮一句話戳破了蘑菇的癡心妄想。他不得不面對現實了，但他就是面對不了現實，所以才躲進網路中去的。現在現實卻找上了門來，他還以為那是畢業以後才要面對的事。

「你不承認也沒關係，」楊思淮從他的房間逛了一圈出來，他捂著鼻子，「客廳和酒店一樣，房間卻和豬圈一樣。說回正題，你拍了我的照片吧？」

頂著蘑菇頭的巨屌俠毫無抵抗地點了點頭。他想不到自己還能怎麼辦。

楊思淮心想蘑菇是不是知道自己過去的身分，要不然怎麼會慫成這樣？可是也不對啊，如果巨屌俠膽子就這點大，又怎麼可能一開始在太歲頭上動土呢？他得出結論：蘑菇不是一般的慫。

「我可以要回我的照片嗎？」他看穿了蘑菇，也就懶得拐彎抹角了。拐彎抹角只會給慫貨一點討價還價的勇氣。

在楊思淮的監視下，蘑菇把照片全刪了。他腦子裡想著無數種偷襲楊思淮的想法。但想法終究是想法，現實質問他：偷襲了之後要怎麼辦呢？把楊思淮從家裡拖出去？那他報警呢？自己可是敲詐犯啊！沒辦法，沒有任何辦法。他只能照做。他不是屈服給了楊思淮，而是屈服給了現實。就和他以往一樣。

照片刪完，然而楊思淮還不打算放過蘑菇。現在手上握著對方痛腳的人已經是楊思淮了。他的計畫正在進行著。

「你還要再幫我一個忙。」

蘑菇表情僵硬。他知道自己已經被楊思淮吃住了。他只好把剛剛在心裡罵過的最難聽的話再罵一次。但他現在還不知道，他等會聽完楊思淮的「勒索」後，他還會再罵第三次第四次第無數次。

「事情是這樣的——」楊思淮拉開了餐桌前的木椅子，光那重量就感覺挺貴。

「你要多少錢？」蘑菇想用錢結束自己的噩夢。

「我不要錢。」楊思淮的回答讓蘑菇瞬間又罵了第三次。

「那你要——」

「你先聽我講完。」楊思淮用腳將身側的椅子勾了出來，然後順勢翹起了二郎腿，「坐下。」他用鞋尖指了指椅子。

蘑菇乖乖聽話。他仿佛在楊思淮身上看到了他老爸的影子。

楊思淮想讓蘑菇配合他的一個演出。

「可是……至少讓我知道整件事情的來龍去脈吧？」

楊思淮怎麼可能讓蘑菇知道整件事情的來龍去脈呢？

「你只需要承認你是把消息洩露給家豪的人就行了。」

「問題是什麼消息？」

「你不用知道。」楊思淮的鏡片一閃，那天家豪等人出現在酒店並非是知道了屈服計畫，他只是在三天前收到了那家酒店的酒吧寄給他的優惠券。正好是週五晚上，他就帶著四名小弟去了。為了確保家豪在八點前離場，楊思淮還找到了酒吧經理，那人是三玉的校友。他以前任玉門幫幫主的身分拜託酒保在八點前趕家豪等人出來。說辭是酒吧八點過後不准學生在場。而那優惠券，當然也是楊思淮放在家豪家郵箱的。

蘑菇知道自己不答應也得答應。而且就算多問，楊思淮也不會多說。但他就是想多知道一點信息。畢竟這不是明擺著讓他當替死鬼嗎？

「我說了細節你不用知道。」楊思淮不想和他廢話了，「聽好，最糟的情況，」他伸出食指，「就是被揍一頓。不會再糟了。你自己選吧，我剛剛看你房間的底片，有不少是我們學校女同學的走光照吧？你可別想偷偷刪掉啊，我全都拍下來了，你刪了也沒用。你知道這如果給警察發現了要坐多少年牢嗎？你快成年了吧？成年就沒機會進感化院了，會被直接送進監獄，監獄風雲你看過嗎？你敢進監獄嗎？」

蘑菇直晃腦袋。

「還有，不止是偷拍的罪名，還有敲詐的罪名。兩個加起來一起判，即便你是初犯好了，出來之後恐怕也得三十好幾了吧？另外，你覺得當你爸得知了你的所作所為後，會讓你有好日子過嗎？」楊思淮說著站了起來。

蘑菇的臉上寫滿了饒命。

「你不說話我就當你答應了。」

「最糟……」楊思淮在門前回過頭看向結結巴巴的蘑菇，此時的蘑菇看上去已經沒了生氣，「最糟就是被揍一頓？」

「我保證。」頓了頓，楊思淮又說：「被揍一頓，總比坐牢好吧？」

他點完頭，頭就抬不起來了。

「估計就在下週，到時候你就配合演出就行了。」

楊思淮走出蘑菇家，在電梯口遇到了外賣小哥。

「他應該沒胃口吃。」

楊思淮說的對，蘑菇看著送到的外賣，毫無食欲不止，反倒有點想吐。

回到張儒行本來想找楊思淮對質的那天。楊思淮告訴他自己找到了是誰洩露了他們的行蹤。

「是珮雯的同桌。」珮雯坐在他倆前兩排的位置。

「那個蘑菇頭？」張儒行說著就要衝上前去質問，絲毫不管現在還在上課。

「等等，」楊思淮按住他肩頭，「放學直接去他家。」

張儒行知道楊思淮已經調查好了。

一整天張儒行都過得很憋屈。黎莉復學了，卻故意躲著他。原本見不到黎莉還給了他種種猜想的可能性。但現在當面見到了，而對方卻躲著他，這無疑直接給了他一計重擊。很明顯黎莉是氣他沒有及時出現。要不然還能是為什麼呢？還能為什麼整整八節課加上課間休息，黎莉都跑到高二去找天沫而故意躲著自己呢？

張儒行的滿腔怨氣，全部發洩在了蘑菇身上。

正如楊思淮向蘑菇保證的那樣，他被張儒行揍了一頓。狠狠地揍了一頓。

「再打可就要死了。」楊思淮拉開張儒行。後者的腳還在踹著，直到和縮在牆角的蘑菇拉開了距離，還在踹著空氣。

要不是蘑菇把消息洩露給了家豪，黎莉會受這罪？張儒行的怒火熊熊燒著。他急需一個推卸責任的出口。而蘑菇，就是那個出口。

「我們還可以利用他呢。」楊思淮把張儒行拉到了一旁。蘑菇正在牆角抽抽涕涕的，左鼻孔是鼻涕，右鼻孔是鼻血。

「利用他什麼？」

「你先消氣。」

楊思淮把張儒行帶到了蘑菇的房間。

「真他媽臭。」

「青春期男生嘛。」

楊思淮簡直就像是房間的主人，他打開蘑菇電腦，敲擊滑鼠，打開了一個檔案。

「這是——」張儒行彎腰細看，他初中時打遊戲打多了，有點近視，「我屌！」

電腦螢幕中，是盧高勤和家豪母親，家中會會長鄭女士在車上激吻的照片。

「還要接著往下看嗎？」

楊思淮停下按動滑鼠左鍵的食指。這會盧高勤已經在脫鄭女士的襯衫了。

「不用了。」

「你猜家豪知道了會怎麼樣？」

張儒行斜視看著楊思淮。他知道這個昔日幫主腦子裡又在盤算著什麼計畫。但他不想管盧高勤的事。洩露消息的蘑菇也已經被教訓了。接下來他就要想著怎麼和黎莉和好就行了。其餘的事情他都不想管。況且，他還要顧著學業。和校長作對能畢的了業？

楊思淮知道張儒行在想什麼。但他會想到一個讓張儒行幫忙的計畫的，一個讓張儒行替自己解決掉盧高勤，再全身而退的計畫。

二

班級抽籤換位。因為伍sir看有楊思淮的加持，張儒行的成績有上升趨勢，所以兩人被暫時綁在了一起。張儒行有些抗拒，但他沒有拒絕的資格。伍sir只是問了楊思淮願不願意繼續和張儒行同桌，根本沒管張儒行的意願。

珮雯和黎莉變成了同桌。就坐在楊思淮和張儒行的前面。

四人心中對於這次換位的想法皆不同。但一言蔽之都覺得有些尷尬。黎莉還是躲著張儒行。張儒行放學後等她一起放學，她卻是低著頭無視路過，完全不給張儒行說話的機會。楊思淮嘗試給兩人製造機會，但卻被黎莉敏銳地發現了。於是楊思淮也被黎莉加入了屏蔽名單。

「她到底為什麼不理我？」張儒行看著黎莉人去座空的座位，對珮雯和楊思淮求助。

「你不是說她在氣你沒有按計畫出現嗎？」珮雯用手指捲著髮絲，蹺著二郎腿，側對著張儒行。

「那也不至於氣這麼久吧？加上她請假的一個禮拜，這都快兩個禮拜了。」

「肯定還有別的原因。」楊思淮說。

張儒行也覺得肯定還有別的原因。但如果黎莉連說話的機會都不給他的話，他又要怎麼對症下藥解決問題呢？

「欸，話說回來，」珮雯用翹著的那條腿踢了楊思淮伸出座位的小腿一下，「你把錄影帶寄給屈又石沒有？」

「還沒有。我在想要怎麼給他看到。如果是寄的話，萬一被他家人看到，那就失去威脅的意義了。他可能會破罐子破摔，直接來個魚死網破。」

「我還以為你是在擔心他的家庭破裂呢。」

「我們現在都有點自身難保。沒工夫管他家庭破不破裂的。」

「什麼意思？」張儒行扭頭問。

「如果家豪告訴屈又石那天在酒店遇到了我和你的話，那你覺得屈又石會放過我們嗎？」

「他會懷疑到我身上嗎……」珮雯蹙眉道。

「有可能。」

「對了，錄影帶能給我看一下嗎？」張儒行問，「我想知道到底發生了什麼事。」

「就和黎莉說的一樣啊，她拿鬧鐘把屈又石打暈了。」

張儒行雖然相信黎莉的話，但同時卻又有著懷疑。他總覺得這個懷疑的答案就是黎莉為什麼不理他的原因。

「珮雯，」他又說，「妳能幫我問問黎莉嗎？為什麼不理我。」

「你們情侶間的事情自己解決。」

「那我先走了。」張儒行說著拿起書包站了起來。臨出教室前，他又對楊思淮說：「錄影帶，給我看看。」

楊思淮沒回應他。他走在走廊上，覺得楊思淮和珮雯兩人怪怪的。可他沒心思揣測他倆的關係。他只想快點恢復他和黎莉的關係。

「走吧？」張儒行走後，楊思淮也站了起來。

「你說屈又石會找上我嗎？」珮雯微微仰頭，臉上沒了張儒行在時的氣場。

「我會盡快想辦法讓他看到錄影帶的，到時候他就是甕中之鱉了。」

珮雯仰視著楊思淮，她選擇相信他。

黎莉母親並不知道黎莉到底是怎麼了。她在這兩週裡受到的精神折磨不比黎莉小。她一開始以為是感情問題。但在每天黎莉不得不面對她的晚餐時段，黎莉又強硬否定，稱自己的情緒和儒行無關。

怎麼可能會無關呢？黎莉這種年紀的女生的煩惱，百分之九十是來自異性，百分之十是來自升學。她也曾十八歲，清楚得很。

然而黎莉的問題，是無論如何不可能對母親開口的。即便是面對比較容易開口的閨蜜天沫，黎莉也開不了口。

她說這事情與儒行無關，表面上的確是無關，但內裡，卻又是她折磨的根源。要不然她也不會躲著儒行。

正當她忍無可忍，每晚只能蒙著枕頭吶喊宣洩時，珮雯向她搭了話。一開始黎莉還是不打算說。但在珮雯軟磨硬泡之下，她開口了。

黎莉的自白，珮雯其實是隱約能猜到的。要不是儒行是個完完全全的直男，他也不可能完全沒有察覺黎莉躲著他的理由。珮雯不知道楊思淮為什麼沒說，畢竟錄影帶就在他手上那天儒行要看，但他沒給，珮雯就已經覺得不對勁了。黎莉開口後，她不僅沒有感到驚奇，反倒是一種「就和我想的一樣」的感覺。

黎莉之所以煎熬，躲著儒行的原因，就是因為在張儒行晚到的十幾分鐘內，雖然沒有被迫和屈又石發生關係，但她的確是被屈又石侵犯了。

「怎樣的侵犯？」

黎莉垂著頭，嘴唇無助地顫抖著。

「妳都主動和我說了，就把事情經過說全吧，還在乎那點細節嗎？」

黎莉說了，珮雯一陣沉默。侵犯這詞從珮雯的角度來看，實在有太多種解讀的空間。但她知道黎莉沒有她的經驗。她也知道女孩在有一定經驗前，對這事都是能避則避的。只有像她這樣身經百戰，才會到了把性當成茶餘飯後談資的地步。而黎莉所說的經過，在她看來不過是和在早高峰人擠人的巴士上，被色鬼大叔趁機揩一下油的程度。儘管，面對性騷擾，她可是絕不會忍氣吞聲的。

「我覺得妳只能去和儒行直說。錯也不在妳，妳有什麼好躲他的呢？」

「可是……」

「可是什麼？妳覺得他會怪妳？那種情況也不是妳能控制的吧？而且是他沒按照計畫出現……」珮雯想了想用詞，「……出現打斷屈又石的，能怪到妳身上嗎？」

「可是如果我當時……如果果斷一點……」黎莉看著護欄外的小一片濕地，那是澳門僅存的紅樹林濕地。在那之後，一條大馬路相隔便是威尼斯賭場。以前那條大馬路和威尼斯賭場那整塊地都是紅樹林濕地。澳門僅有的自然風光。以前。

「妳能在屈又石得寸進尺之前反應過來就已經很不錯了。」珮雯淡淡地說。她對男人獸性大發時是什麼模樣可是一清二楚。她真希望這會手邊有根菸，因為她也想起了些令她心裡不怎麼舒服的回憶。

她拍了拍黎莉。十分潛意識的動作。她是在自己也沒發覺的情況下產生了同情。

黎莉回頭看向身後的珮雯。第一次的，她覺得珮雯十分親切。之前，她覺得珮雯有著一種自己無法接近的成熟。她知道那種成熟與珮雯和男人間的經歷有關。而她也覺得自己無論如何無法逾越與珮雯之間的鴻溝。她只能同情珮雯的遭遇，所以她義無反顧地擔當了魚餌。但她並沒有將珮雯放在自己朋友的位置上過。充其量只是同學。雖說在珮雯替她化妝的時候，她有過那麼一絲兩人是好閨蜜的感覺。但那也就只是一瞬間的感受。

而現在，她覺得珮雯能夠體會她。很奇妙的，珮雯也覺得黎莉能夠體會她。兩人這時產生了一種強烈的同理心。在男人欲念的醜陋陰影下，兩人成為了彼此相依的好姐妹。

但珮雯並沒有受這種情感支配太久。她對性的道德觀念已經模糊了。這時和黎莉產生了共鳴也不過是本能地想將自己代入受害者的角度。她知道自己想從他人身上博取些同情、收穫些安慰，無論那人是誰——她突然想到了某個四眼仔。但她突然想到，在黎莉身上收穫安慰？真是笑話！就因為被摸摸大腿、抓抓胸部，而鬱鬱寡歡兩個禮拜的黎莉，我能從她身上獲得什麼安慰？她突然對黎莉的弱者形象感到厭煩。她不想和黎莉一同扮演受害者的角色了，於是她拋下一句：

「如果妳告訴張儒行實情之後，他發火怪罪妳，那這種男友不要也罷。我還有事，先走了，拜。」

黎莉看著珮雯的背影。明明比自己矮小瘦弱，但內心卻比自己要強大得多。她突然發現了她之所以覺得自己無法逾越和珮雯之間鴻溝的原因了。那原因就是，她是依靠著男人的存在，而珮雯則是男人依靠的存在。雖說，珮雯是拿錢做事，看似受控於男人，但實則，她才是掌握了男人欲望的人。她想珮雯在感情方面肯定非常成熟，這點是她要學習的。

她看著日落灑在那片僅存的濕地上，兩隻不知名的鳥兒正在戲水。她告訴自己要鼓起勇氣，把實情告訴儒行。

黎莉眼中的感情達人珮雯，如今自己也身陷感情漩渦之中。那漩渦的中心，不是別人，正是那個她無法猜透的楊思淮。

她和楊思淮已經發生了關係，而且不止一次。一開始，她以為自己不過是和楊思淮玩玩的。她假裝忘了自己在綵排完那天，在巴士站時是如何被楊思淮給迷惑住的——一切還在我的掌控之中，我想結束隨時都可以結束。她給自己洗腦，瘋狂給自己找著藉口，越是沉醉於楊思淮的神祕舉動，就越是說自己不過是和他鬧著玩的。搞曖昧嘛，這對她來說還不是家常便飯嗎？什麼樣的曖昧對象她沒有過？什麼樣的男人她沒法玩弄於股掌之中？

而楊思淮，就是那個她無法掌握在股掌之中的曖昧對象。

那晚的第一次做愛後，從此只有楊思淮約她，她從來都約不到楊思淮。每次被約，她都跟自己說，要頂住，不能屈服，得吊他胃口，男人比女人更犯賤，要欲擒故縱。但她不知道是，只要是有了要頂住的想法，那往往就已經屈服了。於是她每次都還是去了，但她也每次都懊悔，警告自己下次不能再犯了，警告自己要找回主動權，警告自己正在引火燒身。但每次，她自我催眠的主動權都只能維持到楊思淮約她之前。只要那四眼仔一開口，或者一動手，她的主動權就自動讓了出去。

自持是吃透了感情的她不肯承認自己在楊思淮身上全面敗北了。於是她就加倍地自我欺騙，認為自己不過是和楊思淮玩玩而已。或許，在楊思淮眼中，他倆的確是玩玩而已。但對珮雯來講，她對楊思淮從巴士站那天開始，就已經後知後覺地認真了。

甚至，她連客都不接了。她開始厭煩了與別的男人交際。時時刻刻，她只想和楊思淮在一起。每次楊思淮約她，她都能興奮到臉紅，連帶心跳砰砰砰地狂跳，如初戀般強烈的情愫在她體內全然失控地躁動著。不對，甚至連初戀都沒有這麼使她著迷過。

到底這個四眼仔有什麼吸引人的地方？珮雯還真說不清。她的心裡還在抗拒著自己喜歡上了楊思淮的事實。她陷入了理性與感性的漩渦，一句話總結：她戀愛了。

而越是說不清，她就越是覺得楊思淮神祕，而越是神祕，她就是越是控制不住地喜歡。

一開始，她還會罵自己：「妳就是犯賤！」

到後來，她開始認命說：「我就是犯賤！」

這時，喜歡經過了多次生理的纏綿與心理的催化後，已然蛻變成了愛意。而當珮雯這種越親密越激情似火、敢愛敢恨的女生，與越親密越無法看清內心，若即若離的男人產生愛意時，幾乎就和飛蛾發現了火光或小孩的舌頭發現了結冰的鋼鐵一樣危險。

但珮雯會在意危險嗎？這刻，她唯一在意的事情就只有，到底楊思淮是否如自己愛他般，愛著自己。

三

屈又石想了個蹩腳的藉口。他說自己頭上的傷是摔跤所致。他老婆倒也信了，她是銀行經理，平時業務很忙，也沒空去琢磨屈又石的謊言。

這天週六，屈太太本想他能幫忙送一下女兒去上週六的興趣班（才藝班）。但屈又石指著自己頭上的傷，說自己這樣子沒臉見人。屈太太急急忙忙地帶著女兒走了，送完她自己還要趕回公司加班。她心裡怨著老公既不肯送小孩上學，又不肯早起做早飯。她臉拉得老長，女兒人小但懂事，知道媽媽心情上遮著烏雲——小孩總以為心情不好就是烏雲作祟——於是早上乖巧地上了學，一句抱怨也沒有。一個家一個早晨，只能有一個女性鬧脾氣。如果多於一個，那就會上升到戰爭等級。而這種戰爭估計等女兒到了青春期時，就會時常爆發。

屈又石聽著鐵門被摔上的重響。心裡也是揪著難受。他的深層惱怒是上週五的陰溝裡翻船事件。他這種老司機居然會被一個新人敲暈在床上，搞得頭破血流。這無疑是對他老司機地位的最大嘲弄。而更氣人的是，他還沒能得逞！他知道自己那晚就是奔著流出點什麼去的，但那流的絕不應該是頭上的血！

他看著桌上的微波點心。深層惱怒被表層惱怒暫時取代：連早餐都不好好準備，這叫什麼妻子！自己早上吃什麼其實無所謂，但是女兒呢？她正是長身體的時候！怎麼能吃這種沒營養的微波點心呢？

他聽說女兒的身高隨父親。而他，一個一米六出頭的男人。不能說很矮，但絕對不高。如果女兒將來長得矮不隆冬的，那他得負全責。但這時女兒長不高的鍋，他可不背了。要怪就怪給女兒天天吃微波點心的妻子。

他曾經用批評女學生的語氣批評過妻子對早餐的不用心。隔天，早餐發生了變化。從微波小籠包，變成了微波肉包。

「變大了就代表更有營養嗎！」他對著兩顆圓圓白白的肉包發火。而這火氣他是永遠不敢當面發在妻子身上的。

屈太太是個十足的女強人。澳門是個小地方，她任職的那所銀行在澳門只有一家分行。因此，她的責任幾乎堪比地區負責人。為了達到業績，她從不拒絕加班。而手下的職員，除非是遇到生老病死的問題，否則也一律必須加班。她的目標是澳門分行的業績超越香港分行。但要搞清楚的是，香港在二〇〇八年有近七百萬人口。而澳門呢？才五十萬出頭。用屁股想，都能想明白，這業績是無論如何都無法超越香港的。而銀行的大部分職員，因為久坐，屁股都很大，所以他們當然知道屈經理（她和丈夫同姓）是在「強人」說夢。這強人，既是描述她女強人的事實，也是在暗諷她強人所難。

「屈機」是另一個年輕職員們私底下用來稱呼她的綽號。在廣東話中就是牛逼的意思，多為年輕人使用。他們覺得屈經理要超越香港分行的夢想實在「屈機」。

屈又石娶了個屈機的老婆並非自己所願——按他所願倒是一輩子光棍來得自由——而是社會壓力所迫。

「做教職人員的，怎麼樣還是組織個家庭吧？自己沒有孩子怎麼教別人的孩子？」這是屈又石他媽在替他安排相親時說的話。

屈又石不用母親提醒，自己也知道家庭是教職人員的一個標配。他在大學讀師範時曾有一次組織家庭，獲得教職人員基本兩件套（師範文憑和家庭）的機會。但他在去對方家見家長後，女方就把他拋棄了。並不是他不懂得和長輩相處，他在自己父母面前就扮演得十分乖巧。而是，他的目光，總是控制不住地朝女方正在讀高中的妹妹看去。

那身學生制服對他有著最原始的憧憬。他死也不會承認自己讀師範做老師的夢想是為了讓偷瞄女學生裙子成為一個合理合法的理由。但事實就是如此。尤其是當上了教導主任後，別說合理合法了，看女孩子裙子的長度那就是他的天職！是他的責任！而屈又石最看重的就是做人的責任。要不然，他怎麼會聽從母親的安排和當時還只是個小銀行職員，但卻已經拚死拚活工作的未來太太結婚呢？

他履行了做兒子的責任——聽話。於是，他扛起了做一名合格的社會人和教職員的責任——結婚。

屈太太努力的盡頭，是想讓現在剛上小學的女兒高中能去國外留學。

「你自己做老師的應該清楚，澳門這種小地方能培育出什麼人才？我們的女兒將來可是要成為世界一流精英的，不能讓她毀在澳門的教育水平上。」她的言下之意就是丈夫的教育水平實在入不了她的法眼。

屈又石只是點點頭表示同意。太太想怎麼樣就怎麼樣吧，雖說這家的大部分日常開支是自己在擔著，但實際上太太賺的可要比自己多多了。他知道太太的錢是存著給女兒出國接受一流教育用的。他也知道自己在澳門所施行的是三流教育。但他並不會和只是廣東一個小縣城出身，連三流教育都沒怎麼受過的太太爭吵。因為家庭不過是他的一個責任，他單純地只是在履行責任，但責任並非他生活的全部。他知道人不能被責任壓垮，但又不能任性地卸下責任。人只能找點空隙喘口氣。而他知道人只有在滿足自己原始憧憬的時候，最能夠喘口氣。於是他加倍地對女學生予以關注。老師們都覺得他為了學生的校服儀容真是煞費苦心，甚至被新上任的盧校長選為了訓導主任。如此一來，屈又石的職責和他的夢想又更加地貼合了。

後來他發現了學校女生的援交現象。而他發現的渠道是他在花錢滿足原始憧憬的時候，他問起中介有沒有新花樣時，對方給他看了幾個新人女生的照片，而其中一人正是他學校的珮雯。

「怎麼，你認識？」中介見屈又石盯著珮雯的照片看了許久。

「不、不認識。」

不查不知道，一查嚇一跳，他沒想到珮雯在他的眼皮底下，居然運作著一個類似姐妹會的援交組織。這簡直是對訓導主任的侮辱，更是對他夢想的踐踏。成為一眾女學生的中介，這當屬自己的天職啊。於是，他利用訓導主任的身分，逼珮雯把話事人的位置給了他。珮雯當然心中不爽，而這份不爽引發的一系列連鎖反應，我們都知道了。

這時，屈又石正躺在沙發上，模樣並不比一個暑假無所事事的高中宅男成熟多少。盧高勤給他批了一個月的假，對他的受傷緣由沒有多問。屈又石知道盧高勤既不是傻子也不是像自己妻子那樣，是因為太忙所以沒工夫細究，他是在給自己台階下。盧高勤對屈又石在學校做的事情一清二楚。他當初選屈又石做訓導主任，恐怕就是想找個人同流合汙。而整個學校，有誰能比屈又石更汙呢？

但他也知道盧高勤對他接管珮雯的援交事業有些不滿。盧高勤覺得辦學校還是得有基本底線。學生們生財有道，那他不管。問題是學校不能藉著權勢插一腳進去，這就顯得不正道了。

「正道？他媽的你和賭場勾結就算是正道？」屈又石在沙發上東想西想，地板上放著一罐札幌啤酒，他拿起來啜了兩口。

這時，門鈴響了。

屈又石不情不願地從沙發上爬了起來。嘴裡喊道：「誰啊？」

「屈主任，我，家豪。」

家豪本想第一時間在屈主任生病時去探病。他作為黑傘會的掌門人自然是要和訓導主任打好關係。要不然他那時常觸犯校規的過家家（扮家家酒）又怎麼可能在屈又石眼皮底下持續進行呢？

就算屈又石對男同學的行為幾乎是放任不管的，但像家豪這種在學校拉幫結派的，如果他母親不是家長會主席，而家長會主席又不是校長盧高勤的情人，屈又石肯定不會像現在這樣視若無睹。甚至當黑傘會在學校裡充當風紀委員的身分，到處抓捕違規同學——他們才是最違規的——時，他也是表示讚許，在早會時公開稱家豪和他的小弟們是維護學校秩序的優良學生。

屈又石和家豪面對面坐在餐桌前。兩顆肉包子還在中間放著，就像是餐桌上的裝飾品。

「屈主任，」因為屈的發音在廣東話中比較繞口，所以學生們都直接叫主任，只有家豪偏要把這屈字加上，以此凸顯自己和屈又石的關係與其他學生不同，「你的頭還好嗎？」他看著屈又石額頭上的紗布。紗布中央還滲著血。

「沒事，只是不小心撞倒的。」明明他對妻子說的理由是摔倒的。

「撞哪啊？能撞破。」家豪沒話找話，他顯然沒有自己所想得那麼處事圓滑，情商高超。

屈又石舔了舔嘴道：「你嘴角怎麼了？」

「嗯？」

「別和我裝傻，你嘴角，」他指了指家豪那特地偷用了母親用來遮黑眼圈的粉底遮掩的嘴角，「打架了？」

「沒有啊，我很久沒打架了。」家豪這句倒是實話，他只是被打，並沒有去打。

「那你嘴角怎麼搞的？也是撞到了？」

家豪心思一轉。既然屈又石已經識破了，那不如乾脆告訴屈又石張楊二人去酒店的事。他本想著自己找個機會解決（復仇），但直接告訴訓導主任不是更快嗎？就算屈又石不追究兩人去酒店究竟是為了什麼，那他倆動手打人的事，總是要被追究的吧？況且還是在公眾場合大打出手，這不是在破壞校譽嗎？訓導主任是用來幹嘛的？執行校規的。那校規是用來幹嘛的？維護校譽的！

「其實……」家豪將上週五的事加油添醋地說了一遍。其中將去酒吧的事情換成了去餐廳。

屈又石一開始還以為肯定又是家豪沒事找事，挑釁張儒行打架。但一聽到故事的地點在那間自己當時就在場的酒店時，他立刻察覺出了不對勁。

等到家豪全部說完後，他的兩條眉毛已經連成一線，嘴巴也緊緊地抿成了一道縫。家豪看到屈又石臉上這嫉惡如仇的表情，心想自己報仇一事是肯定穩了。但他沒想到的是，屈又石此刻所想的，是為自己報仇。

對屈又石來說，這其中還有許多疑點。只憑家豪的話，他無法完全確定張楊二人與自己的翻船事件有關。然而如果都只是巧合的話，那似乎也太巧了些。總覺得是有人在幕後策劃了這齣情節。那人到底是誰？他的目的是什麼？他連成一線的雙眉像是接通了大腦的超負荷工作線路，此刻正在以當年考大學時的運作速度思考著。

一團混亂中他想到了一個或許可以給他解答的人。

「家豪，我要拜託你一件事。」

四

週一課後補習班上。楊思淮有點事，只剩張儒行一人面對伍sir。家豪自從開始威脅數學代表數學課下課後立刻完成作業並給他抄後，就再也不被補習班束縛了。

伍sir當然知道家豪的把戲。但他除了感嘆一聲上有政策下有對策外也別無他法。本身讓家長會會長的兒子留校補習就不是個好主意，他覺得自己當初想到這個想法，肯定是腦子因為澳門的潮濕天氣而生鏽了。他大學是在北京讀的，那時他才知道原來地球上並不是每個地方都潮濕到需要定期喝完涼茶祛濕的。

張儒行和他大眼瞪著小眼。

「怎麼了？你同桌不在作業就完成不了了？還是你期中考試的時候也要思淮陪著？」

「可以嗎？」

「你覺得呢？」

張儒行切了一聲，無視伍sir對他瞪的一眼，他轉移注意力，聽著從操場傳來的聲音——女排訓練的聲音。

「你和黎莉是不是吵架了？」

伍sir突然說了句本不應該在學校提起的事，讓張儒行驚了一下。

「很正常很正常，情侶都是這樣。過幾天就好了。」

張儒行知道伍sir並不是老古板型的老師。對於高中不能談戀愛什麼的，他也不過是做作樣子，順應校規罷了。

「你別看我現在這樣，我當年讀高中的時候也是很叛逆的。」

「伍sir你也在高中拍過拖嗎？」

伍sir哼笑了一下，不置可否。他並沒有在高中拍過拖，但他在高中的確很想拍拖。奈何沒有女生想和他一起犯校規。女生嘛，肯定想和個帥哥一起觸犯校規，那多刺激多浪漫。像伍sir這種只會在桌子裡偷看金庸的書呆子，誰會看得上他？

「我啊，」但如今身分不同了，伍sir已不再是當年那個書呆子——儘管樣子依舊很呆——了。在學生面前，尤其是在很酷的學生——比如張儒行——面前，他怎麼也得耍耍威風，「肯定拍過啦。」

「幾次？」張儒行帶著壞笑問。

「幾次啊……」伍sir進入了一種飄飄然的虛榮狀態，「那得有兩三次吧？」

「是兩次還是三次？」張儒行的壞笑越來越明顯了。伍sir已經完全被虛榮矇騙了。

「這個，記不得了。」他甩甩手，示意幾次都差不多，反正自己是經驗豐富，這點張儒行你啊，是比不上的。實際上伍sir直到大三才交第一任女友。

「伍sir，」這時，一個低沉的聲音從教室門口傳出，「拍幾次都不記得了，那你的前女友們還真有點可憐啊。」

伍sir聞聲，像是幹了壞事的學生般「欻」地站了起來，面朝教室門立正站好。張儒行笑了出來。站在門外的正是校長盧高勤。張儒行在問伍sir談過幾次時，盧校長就已經站在門外了。

「盧校長……那個……我……」

似。

盧高勤的高鼻樑上架著一幅細邊圓框眼鏡，一剎那，張儒行覺得那無法看透的面容和楊思淮有幾分相似。

「是張同學吧？」盧校長無視一臉緊張的伍sir，向張儒行說。

張儒行點頭。

「我記得之前參觀漫畫社的期末展演時看過你的作品，嗯……怎麼說呢，那幅畫讓人印象深刻啊。」

盧校長走進教室。伍sir下意識地向後退了一步。

「我找伍sir，」他撇了伍sir一眼後看向張儒行，「有點事情，今天的補習就到這裡結束吧。」

張儒行收拾書包，心想伍sir要為自己的早戀付出代價了。

「張同學，」張儒行路過盧校長時，他說，「可不要因為屈主任不在，就開始搗亂啊。」

張儒行一怔，隨即加快腳步，先離開現場再說。當他走到教室門口時，盧高勤又補了一句：「他不在，我還在。」

張儒行隔著教室牆邊上的半身玻璃窗，睹見盧高勤那兩片反著光的鏡片正如兩盞探照燈般盯著他。

他都知道了。張儒行心想。他都知道了！

伍sir還愣在原地。他等著校長開口，然後坦白自己剛剛說的早戀經驗云云全是無中生有。孰料校長找他並非因為聽到了他的高中風流韻事，而是——

「伍sir你也知道，學校有規定教職員之間是不能發生戀愛關係的。」

伍sir微禿的頭頂滲出汗滴。和Miss梁的關係可比早戀什麼的嚴重多了。因為——

「如果被發現的話，那麼教師之間有一方必須要自行辭職。」

伍sir吞了口口水。怎麼想都不可能是要求女友辭職吧？但是，如果自己辭職了之後又能去幹什麼呢？

難道要去做荷官嗎？伍sir瞬間幻想到如果和同屆畢業生一起成為荷官，那豈不是要被人笑話死？而在他想到同屆畢業生的時候，他第一個想到的就是張儒行，因為張儒行曾經寫過一篇夢想是當荷官的作文。

「這次是被一名老師發現的，我不方便告訴你他是誰，他也不是故意舉報你，只是不小心說漏了嘴。欸，你別緊張，我沒有要嚴肅處理的意思，教員也是人，彼此產生情愫，很正常嘛。什麼教職員不能交往啊，這都是上一輩人留下來的校規，但是，整個澳門學界的風氣都是如此，我也沒有權利提出修改。只是，你和Miss梁兩個人低調點。至少在學校和學校周圍低調點。如果是被學生或者家長發現的話，那我可就沒辦法了。你懂我意思嗎？」

伍sir眨巴著眼。他還沒反應過來校長是什麼意思。

「再被發現的話，我只能公事公辦了。」

他明白了。他趕緊上前，雙手握住了校長的手，謝謝他的不辭之恩。

「唉，教員也是人嘛，很正常。行了行了，低調點就行了。」盧校長轉身要走，又說：「欸對了，伍sir，剛剛離開的張儒行，是不是和新轉學的楊思淮走得很近？」

伍sir說兩人何止走得很近？簡直如同兩兄弟，幾乎形影不離。

「而且楊思淮成績很好，從他測驗成績來看，他期中考估計能在前三。他轉學的時機剛剛好，正好可以幫張儒行惡補一下，不然他今年恐怕又很懸。正巧楊思淮今天有事沒留下來，平常的話，楊思淮都會留下來教張儒行作業。」

「是這樣啊。」盧高勤揮揮手，「那還請伍sir多注意注意兩人，因為我聽說楊思淮在之前那家高中，好像是大哥一樣的存在。」

那不就是家豪一樣的存在嗎？伍sir心想。在他的思想中，家豪這種母親在學校有話語權的「官二代」，已經是校園內最窮兇惡極的人物了。像三玉中學玉門幫那樣的正規幫派，有點太為難他的想像力了。但在自己眼前如此知書達理的楊思淮在三玉是和家豪一樣的存在？絕對不可能。

「好，我會盡好自己做班主任的本分的。」他心想先這麼答應著，反正也沒什麼好注意的。按他多年的教學經驗，楊思淮是標準的模範學生。

張儒行在操場外等著黎莉練習結束。

自從黎莉不與他接觸後，他已經兩個多禮拜沒有和黎莉一起放學了。午飯時珮雯和他說了黎莉躲著他，是因為怕他知道當時的事發經過後，覺得自己女友被屈又石玷汙了。聽到這番話的瞬間張儒行忍不住追問：「黎莉被屈又石玷汙了？」

「我只是隨便選了個詞。」珮雯吸了口菸。張儒行雙眉緊皺，他討厭香菸，更討厭女生抽菸。

「那到底發生了什麼？」

「楊思淮沒有給你看錄影帶嗎？」

「沒有。」

「那你就自己去問黎莉吧。我也說不清楚。」珮雯把菸丟到地上，踩了踩。推開茶餐廳玻璃門走了進去。那餐是張儒行請的客，算是珮雯幫他打探了黎莉心聲的報酬。

他心裡有了點底。至少黎莉不是氣自己而是怕自己。他覺得只要和黎莉聊開了，應該問題不大。

黎莉早在練習結束前就發現了操場外的張儒行。

「要我幫妳把他趕走嗎？」天沫問黎莉。語氣中充滿了希望她一聲令下的意味。

但黎莉知道珮雯中午和張儒行吃飯時肯定說了自己的苦衷。她看著兩人走出教室的。她知道她和珮雯吐露心聲一方面是需要傾訴，另一方面就是希望藉由珮雯去轉告給儒行。儒行肯在操場邊等自己放學，那基本上就是等於不介意屈又石曾對自己做的事。

她走到儒行面前。其他女生都在嘰嘰喳喳哄笑著。只有天沫路過儒行時瞪了他一眼。但儒行根本沒有功夫察覺。他全副心神都在黎莉身上。

這是他期盼已久的面對面接觸。這兩週的時間讓他知道自己是多麼依賴黎莉。黎莉突然的不理睬簡直讓他像是經歷了一次失戀。現在一切猜忌都弄清楚了，他大大地鬆了口氣。失戀變成了一次失戀綵排。

兩人面對面站著。都不知道要如何開口，搞得像是初次約會的初中情侶。

「去……去香蕉車露嗎？」張儒行嘴裡蹦出這幾個字。

黎莉舔了舔嘴唇，鹹鹹的汗水味。

「好。」她點點頭。

「我幫妳拿吧。」儒行接過黎莉掛在肩膀上的裝著替換衣物的側背包。

「謝謝。」她尷尬地說，有些臉紅。她不知道自己在說什麼，說謝謝搞得完全像陌生人一樣，不過不說又很沒有禮貌。到底自己之前會不會和儒行說謝謝呢？她藉著思考這些瑣碎的細節來逃避直面儒行。

她在想儒行什麼時候會問那晚究竟發生了什麼。她不知道她該怎麼回答。或者說，她還沒準備好要回答。她知道儒行已經從珮雯那知道了，但如果讓她再親口和他說一次，她覺得自己不一定能做到。不，是肯定做不到。

但一路上，儒行什麼都沒有問。他倆只是走著，一直到了香蕉車露坐下，吃到了半個月沒吃的熟悉口味，一直到吃完，他都沒問。

兩個人走出香蕉車露，那天空是紫紅色的，石子路閃著光，像海面的波光粼粼。儒行主動向黎莉靠近，他們手背碰觸了一下，兩下，在第三下時，儒行握住了黎莉的手，就和以前一樣，儒行主動握起黎莉的手。兩個人都是一陣心動，那是一種很久未感受到的心動，那種心動隨即讓這對情侶又恢復了往日的安心。一切又回到了那晚之前，一切又變回了和從前一樣。

五

楊思淮沒能陪張儒行補習，是因為他去找蘑菇了。

他尾隨蘑菇到家。倒楣的蘑菇直到進電梯那刻才發現自己被楊思淮跟蹤了。

「嗨。」

「你怎麼又來了？」蘑菇嘴角被張儒行打裂開的傷口到現在還沒完全癒合。每每講話都是一陣刺痛。他的聲音像是捏著嗓子說話的人妖。

楊思淮走進電梯，替蘑菇按下樓層。到底是誰住在這？蘑菇敢怒不敢言地用眼神說著。

「不歡迎我嗎？」

誰他媽的會歡迎你？蘑菇又罵道。當然是在心裡。但他替自己的膽小找了個藉口——嘴角痛！

楊思淮跟著蘑菇進了家。他直挺挺地站在玄關處，沒有要再往裡走的意思。

「我是想問你借個相機，」楊思淮對正在脫鞋蘑菇說，「能在晚上拍照的那種，你有吧？就是ISO要能調高的。」

「你要借來幹嘛？」

楊思淮揚了揚嘴角，給對方一個禮貌的微笑，蘑菇知道自己問多了。

其實本來楊思淮在門口等就行了，但他怕蘑菇耍滑頭關上門就再也不出來了，以防萬一，他還是跟了進來。

他接過蘑菇遞給他的相機，看了看相機上的參數。

「夠你在晚上拍的了。」

「膠捲呢？」

「這是數碼的。」

楊思淮點了點頭，對著取景框看了看，一片黑。蘑菇伸手摘下鏡頭蓋。看見了。

「現在看是挺清楚的，晚上不會看不清吧？」他再三確認，這事關重大。

「不會。」

「鏡頭夠遠嗎？」

「你要長焦？」

楊思淮點點頭，「原來拍得遠的鏡頭叫長焦啊？」其實他知道長短焦之分，他只是故意讓蘑菇裝一下專家，「我就知道找你沒錯，你很專業啊。」

聽到楊思淮的奉承，蘑菇滿臉的痘痘都笑了。他知道楊思淮要幹嘛了，要偷拍。沒想到楊思淮也和自己有一樣的興趣。他虛榮的笑轉變成竊笑。楊思淮看蘑菇那猥瑣樣就知道他在想什麼，但他懶得解釋。蘑菇想怎麼誤會都行。

「你要拍誰？不如我來幫你拍吧？」蘑菇給相機換了一個長了一倍的鏡頭。

「我是要拍鳥。學校後面濕地的鳥。地理報告。」

蘑菇又竊笑了一下，心想：你再裝！

「謝啦，過幾天就還你。」說著楊思淮把相機放進背包。

「你可別弄壞了啊！」
楊思淮沒有回話，消失在了鐵門後。

那天夜晚，楊思淮的家中。珮雯在他身邊。她放學後買了點吃的直接去了楊思淮在澳門舊城區的兩室一廳的老舊唐樓。楊思淮給了她鑰匙。

「妳最近都沒有客人嗎？」楊思淮閉著眼，靠在木床架上。他的這所房子是他母親留給他的。
「都推了。」珮雯把「為了你」三個字嚥進了喉嚨。她知道男人不喜歡女人給他們過重的負擔。
楊思淮不語，隨手拿起放在床頭的報紙，半邊臉被窗外當鋪的紅色霓虹燈染成了紅色。
「你一直都一個人住嗎？」珮雯靠近楊思淮，將臉貼在楊思淮的胸膛上。那胸膛熱得發燙，像個剛裝滿熱水的熱水袋。
「嗯。」
珮雯猶豫了一下問：「你父母呢？」她沒能把自己的好奇用和剛剛一樣的方法嚥下去。
「我媽去世了。」單眼皮的男生說，「因為酗酒去世的。」
珮雯輕輕嗯了聲，沒再追問，「我之前就想問了，你也會看報紙？」珮雯奪過他手上的報紙，「財經版……？」
「要不然妳以為我付妳的錢是從哪裡來的？」
「不好笑。」珮雯的臉色突然一沉，「那次……那次我們什麼都沒做。」
「所以如果我們做了，妳反而不會收錢了？」
「去死！」珮雯將印著股市走向圖的報紙搓成一團，朝楊思淮丟去。

「好啦好啦，我開玩笑的。」他將珮雯擁入懷中，瞬間，珮雯的身體就軟了。
「欸，那你現在賺了多少？」
楊思淮揉著珮雯的髮絲，想了想後說：「最近金融海嘯，虧了不少，如果是一年前的話……」
「多少？」
楊思淮將嘴唇貼近珮雯的耳邊，「這麼多!?」珮雯從楊思淮的懷裡坐了起來，看著他。
「但現在都沒了。」
「那怎麼辦？」她又回到了楊思淮的懷抱中。
「等待。」「等待……？」「等待。」
良久，兩人在紅光下靜默著。只有楊思淮每下分明的鼻息和珮雯幾乎無聲的鼻息。
臨近午夜，珮雯換上衣服準備離開。楊思淮坐在床邊，看著珮雯著裝。
她期待著楊思淮說出一句她想聽到的要求。但他沒有。他倒是說了點別的：「要我送妳回去嗎？」
但那不是她想聽到的。
「不用了。我又不是小孩。」
「那妳自己注意安全。」
「嗯。」她打開臥室門，心裡還抱有一絲期待。
「那個……」
她轉過身，視線正好相觸。
「嗯？」
原本想問的話就在嘴邊了，但出口的卻是：「欸，等你的股票重新值錢之後，你打算拿去做什麼？」

楊思淮打了個哈欠，想也沒想就說：「去北海道開民宿。」

「最好是。」

楊思淮翻了個身，背對著珮雯，「到家之後給我打個電話。」

珮雯知道自己被逐客了，她嗯了聲後，走了。

家豪站在電燈柱下。氹仔的夏日夜晚依舊悶熱。他快速地拽著自己的衣領搧風。

「媽的，熱死了。」

無數飛蟲在他頭上的電燈環繞。他抬頭看了一眼。那一團由蟲子組成的不停轉動的黑洞，更讓他心煩了。

幾天前屈又石指派了個任務給他。他現在正在執行那件任務。

「別帶任何人和你一塊，」屈又石雙手交錯地放在餐桌上，「你一個人去，把事情問清楚。我能相信你吧？」

家豪滿頭是汗。他已經等了快五個小時。從七點到現在。他沒戴錶，所以不知道自己到底等了多久。但足以把他的耐心耗盡。要不是這件事情也關乎他自己的復仇，他早走了。

他踢著地上的碎石，口裡不停地咒罵。這時，一個身影在不遠處的黃燈下接近。他一眼就認出了那苗條的身材。他趕緊躲進街燈照不到的巷弄中。腳步聲接近，他抓住時機，像登場亮相的舞台劇演員般從黑暗中走進聚光燈下。

「啊！」

剛好也走進路燈黃光下的珮雯被他嚇了一跳。

「什麼人！」珮雯連續向後退了幾步。家豪一急，心想珮雯不會直接轉身逃跑吧？他急忙拽住了她。

「放開我！」

「閉嘴！」他低吼著，同時用力將女生拽向自己。

「你……你想幹嘛？」拉扯間，珮雯認出了家豪。下一秒，她就想到了家豪和屈又石的關係，又聯想到了屈又石曾多次見過她和楊思淮一起放學。

家豪使勁全力，珮雯被拉進了小巷中。那是燈光無力照射的死角。就這一下功夫，她的襯衫就已被汗水浸濕。她知道家豪肯定把在酒店見到張楊二人的事情告訴屈又石了。

「回……回答我的問題，我就……就放妳走。」家豪口齒不清，方才的拉扯讓他氣喘不止。

「你要問什麼？」珮雯發現家豪身邊並沒有帶小弟。她頓時卸下了一層驚慌，態度也就瞬間強硬了起來。

家豪察覺到了珮雯的語氣中多了些強硬，少了些驚慌。他心想就憑妳也敢看不起我？

「你和張儒行和楊思淮兩人什麼關係？」他啪地一掌拍在了珮雯耳邊的牆上，決心要把珮雯嚇哭。

「同學關係！」但珮雯才不吃他這一套。她又不是沒見過兇狠的男人。況且家豪在她眼中根本不算是個男人。

「放屁！妳放學之後不是經常和他們兩個一起嗎？」

「我和他們兩個一起和你有什麼關係？」

家豪氣得磨起了牙，但又找不到反駁的話。於是他直切主題：「妳知不知道他們上週五在酒店的事？」

「什麼酒店？」

「十六浦酒店！」

「沒聽過。」

家豪知道珮雯的主要工作地點就在那裡，這句沒聽過根本就是把自己當猴耍。他本就心急氣躁，被珮雯這樣一激，更是火得又咬牙切齒，又全身顫抖。

「你問完了沒有？問完了就讓開，我趕著回家。」

珮雯說著想將家豪推開。家豪把她手一撥：「沒完！」

「你還想問什麼！」她看家豪這副模樣，已經完全沒了恐懼。一開始她還以為是遇到變態了，所以她才表現得如此驚恐。她發現是家豪後，生怕家豪會幫屈又石向自己尋仇，但一看到家豪這副氣急敗壞的小屁孩模樣，頓時只覺可笑。

「你覺得你這副模樣能嚇得了我嗎？比你脾氣暴的人我見得多了！有些真的就是在道上混的，你以為自己在學校裡橫行霸道就算根蔥了？嗯？你算老幾？」

珮雯也沒了耐心。正好她因為楊思淮的冷漠而憋了一肚子氣。坐巴士回家的路上，她就在生楊思淮的氣。都快半夜了，還不把人家留下，讓自己去趕末班巴士回家。有這樣的男人嗎？本來她想著這氣還得嚥進肚子裡，就跟她和楊思淮在一起時嚥下了許多其他的東西一樣。但現在好了，她遇到了家豪，正好當她的出氣包。平時在學校他屁股後面總是跟著五六個小弟，那肯定是不能惹的，但現在他就一人，那他算個屁？

被珮雯一頓衝，家豪先是愣了愣，隨即抓住了珮雯的瘦窄的雙肩——

「行啊，有張儒行和楊思淮撐腰就這麼囂張是吧？」他邊說，雙手邊加重力度。

「放開！」珮雯雙手從下向上抓著家豪的雙臂。

「妳是不是和張楊兩人合夥設計屈主任？是不是！」

「我不知道！」她氣勢比家豪大，但力氣上卻無法抗衡。她用出全力都拽不動，心一橫，不顧自己新做的美甲——特地做給楊思淮看的——死命地用十指掐進了家豪爆出青筋的雙臂中。

「屌你老母！死八婆！」家豪大吼著放開珮雯。燈光昏暗，他看不清自己的雙臂，但從那火辣辣的痛覺來看，肯定是被抓出了血。

珮雯哼笑一聲道：「知道厲害了麼？還不快滾開!?他媽的再敢碰老娘，老娘把你眼珠子摳出來！」

「死八婆！」家豪怒上心頭，不但不讓開，反而撲了上去。這一撲，倒是珮雯沒有想到的。她原以為家豪會就此罷休，但她低估了家豪的自尊心。作為富有家庭中的獨生子，家豪從小就是眾星捧月的對象。家豪家豪，家裡的自豪啊！這顏面他能丟？這委屈他能吞？尤其是來自一個出賣自己身體的婊子！

無預警地，家豪猛地伸出雙手，掐住了珮雯的脖子，前後大力搖晃。

「妳說不說？說不說！」

珮雯被家豪突地攻擊，其力度之強，後腦勺「碰碰碰」地在牆壁上撞擊。

「你……你要我……要我說什麼……」

「是不是妳幫張楊設計屈主任的？是不是！」家豪已經失了智。在他的責問中，只剩下一成是替屈又石追問的，其餘九成都是想著替自己報張儒行的仇，以及給珮雯點教訓，看她下次還敢不敢在自己面前囂張！

「我……我……」

珮雯雙手拍著家豪手臂。家豪手臂上的傷口被拍的猶如刀割。他連聲吼著：「屌屌屌屌。」手上越發用力。

「咔……咔……」珮雯口中噴著口水。她扭動著全身的關節，但因為背後是面死硬的牆，無論她怎麼掙扎，都像是個被釘在砧板上的鰻魚，掙扎只是白費力氣。

巷弄漆黑一片，家豪看不清珮雯的樣貌。否則，看見她眼珠上吊的模樣，他肯定立馬會因為害怕而回復冷靜。但他除了一個黑影外什麼都看不清。他的心被怒火所籠罩，而他的雙眼，則被囝仔的夜晚所遮蔽。

他盲目地將力氣輸向雙掌。他因為自己對珮雯的絕對掌控而狂喜。他不但不想鬆手，反倒想一直這樣掐下去。

「還敢對我亂罵嗎！嗯？知道我不好惹了吧！快說！妳和他們兩個偷偷摸摸地到底在幹嘛？快說！」

突然，巷口傳來了一個清脆的聲響。精神處於高度興奮且高度緊張的家豪瞬間察覺。他扭頭一看，手上自然地放鬆了力氣。

「什麼人！」他衝到巷口外的黃燈下四處張望。

隨即，一聲悶響。家豪回頭朝聲響處一看，在那黃燈竭盡所能照射的邊緣，珮雯雙眼緊閉，一頭亂髮的面容，赫然出現在他眼前，他猛然向後一退，靠著牆，喘著粗氣，剛剛因狂怒而流下的汗水如今變得冰冷，貼在他額頭上，像是冰珠。

他知道自己闖禍了。但他連觸碰珮雯的勇氣都沒有，他的勇氣隨著他的怒氣消散殆盡。他站在黃燈的正中央大腦空白。珮雯，那個被他襲擊的女孩，現在不知是死是活。不行，必須趕快離開現場，在被任何人發現之前！面對與逃避，他毫無疑問地選擇了後者。

月光下，一個身影晃蕩穿越囝仔街道，失望落魄。同一月光下，一個身影靜止地躺在骯髒巷弄，氣若游絲……

六

天是灰綠色的。積雲很厚，像座萬里長城，阻隔在世人與陽光之間。

「估計要來颱風了。」黎莉站在喜記咖啡店外。她和儒行恢復聯繫後，兩人約著一起買早餐帶回學校吃。就像是要補回之前形同陌路的日子似的，兩人現在分秒不離。

「每年都是八九月來，這次還挺遲的。」張儒行接過裝著兩碗辣魚米線的袋子，錢已經放在了用作收銀台的麵包玻璃櫃上。

學校除了兩人外只有楊姨。早上是楊姨最忙的時刻，她像往常一樣貼心地替儒行開了風扇，然後就開始了逐層樓的打掃。

雖然張儒行沒有多問，但黎莉心裡卻總覺得有個疙瘩。她看著吸著米粉的儒行，正想開口——一聲悶雷。儒行抬頭一看，學校對面的威尼斯人被烏雲壓著，那烏雲簡直像一座山。

「感覺它會倒呢。」

「啊？」黎莉想說的話就著一口米粉吞進了肚子裡。

「我說那烏雲，」儒行拿筷子一指，「不覺得很像一座山嗎？感覺掉下去就會把威尼斯壓倒。」

「哦。」

「妳怎麼了？」

黎莉看著男友的雙眼。

「沒事。欸，你頭髮是不是該剪了？再不剪又要被記手冊了。」

儒行摸了摸幾根已經超過了鬢角的頭髮。

「怕什麼？屈又石又不在。」然後他想到了伍sir，於是又補了一句：「也是該剪了。」

「我記得剛認識的時候，我問你為什麼要把頭髮留那麼長。」

「我回了妳什麼？」

「你回說『動漫裡的主角頭髮不都這麼長嗎』。」

儒行哼笑了聲說：「真是中二病。」

「你現在留長頭髮還是為了和動漫主角一樣嗎？」黎莉伸手摸了摸儒行的鬢角。

「櫻木花道剪短了，但宮本武藏卻越留越長。明明都是同一個漫畫家畫的。」

「但井上雄彥的頭髮很短啊。」

「因為他禿了。」

一聲悶雷，黎莉抖了下後問：「還是你又和你媽吵架，她不肯幫你剪了？」

「沒有。」張儒行隱瞞道。

「那我期待你明天的新髮型。」

珮雯一整天都沒有現身。上午時，黎莉還以為她只是睡過頭了——就和她往常一樣。但到了第三節課

她依舊沒有出現——

「這就奇怪了，你說她是不是生病了？」

探。

「可能是來M吧。」（廣東話「來M」是來月經的意思）張儒行說。

「你說呢？你和珮雯私下不是很熟嗎？」黎莉對著正在整理筆記的楊思淮問。她這話既是詢問也是試探。

「妳和她私下不熟嗎？」楊思淮嘴角微笑，筆依然在動著，視線也牢牢貼在筆記本上。

「肯定沒有你和她熟。」

楊思淮抬頭看了黎莉一眼，又轉頭看了看張儒行，「你女朋友在說什麼？」

張儒行搖搖頭。

黎莉哼了聲。心想你就繼續裝吧，看你能裝到什麼時候。她視線掃了教室一圈，又說：「不過，家豪今天也沒來上學。」

「那傢伙經常翹課啊。」儒行說。

「可是和珮雯同一天……」

「妳想太多了啦。」楊思淮說，「並不是所有事情都相互關聯的。」

「墨菲定律。」黎莉說著，上課鈴響了，「放學我去珮雯家看看，我不放心她。」

「妳知道她家住址？」楊思淮問。

「對啊。」

「那看來是妳和她比較熟。」楊思淮已經拿出了地理課本放在桌面上。

「是是是，你是全副心思都放在學習上的好學生，怎麼會有時間談戀愛呢？」黎莉已經是明說而非試探了。但楊思淮也只是笑笑。

「那我和妳一起去。」儒行對黎莉以最輕微的程度笑著——上揚嘴角。

「好，那──」

「不行，」楊思淮打斷黎莉，「今天放學有點事情和你談──」對張儒行說。

「什麼事情？」黎莉也打斷了楊思淮。

楊思淮看了一眼黎莉，「關於把錄影帶寄給屈又石的事。」

「上課了，別說話了。」老師走進教室。

黎莉做了個無奈的鬼臉轉過身去。地理老師看著窗外的厚雲，心想自己或許該去威尼斯賭場碰碰手氣，他翻開課本，對著黑板嘆了口氣。

放學時男同學個個像鬥牛般橫衝直撞，衝出校門，生怕慢了一步就不讓放學的樣子。

「那妳自己小心哦。」儒行對黎莉說。

「嗯，記得請阿姨幫你剪頭。」

「嗯，晚上再打電話給妳。」

黎莉揮揮手，等著在校門口擠成一堆的低年級男學生們交通堵塞結束，才踏出校門。

楊思淮和張儒行在老地方──餐廳上方的鳥籠。正對著威尼斯賭場。此時的黑雲與早上的無異。讓人覺得時間凝固了。

「你說，如果雲有重量的話，那我們不就都被壓死了嗎？」楊思淮的話讓儒行哼笑了聲。

「覺得我很無聊？」

儒行搖搖頭，心想楊思淮的腦迴路居然與自己一樣，「有威尼斯替我們頂著呢，怕什麼？」

楊思淮笑了，聲音很乾脆，與他平時些許壓抑著喉嚨的聲音不同。

「那它被壓垮了之後呢？明年呢？明年誰來替我們頂著？」楊思淮指了指對面的威尼斯。

「賭場只會越蓋越多，」張儒行看著威尼斯旁正在拔地而起的未知建築物，「越蓋越高，越蓋越多……無論如何都不會壓到我們頭上的。」

「這麼有信心？」

「你去過官也街嗎？」儒行問。

「巴士站對面那條街？當然去過啊。我開學那天不知道學校下面就有個巴士站，怕坐過，就在它前面的幾站下了，然後就穿過了官也街才到學校的。」

「我小學的時候那條街一天到晚都沒幾個人。除了學生就是買菜的街坊鄰居。現在中午你去看看人有多少。全是來觀光的。你覺得那麼多人，威尼斯一個賭場夠住嗎？」

「所以你就想進賭場就職？因為前景光明？」

張儒行看向楊思淮，眼神中給予了答覆。

「的確威尼斯旁邊的幾塊地都已經開始動工了，好像路氹連貫公路之後會改名叫什麼路氹金光大道。想想也覺得挺好笑的，我從小就都覺得澳門是個無聊的地方，但外地人卻偏愛來澳門玩。」

「賭是人的天性。」張儒行說著的同時，威尼斯開了燈，黃澄澄地一片，在昏暗中發著光，像一排巨型蠟燭。

「真是個膚淺的地方。」

「你有什麼不膚淺的追求嗎，楊幫主？」

「膚不膚淺我不知道，但至少是個有趣的追求。」

「你先把寄錄影帶的事說了吧。」

「我說的就是同一件事啊。」

「啊？」

「我覺得我們可以模仿一下別人的伎倆。」

「模仿別人的操作？模仿誰？」

「蘑菇。」

張儒行眼前的烏雲似乎變了模樣，變成了蘑菇的模樣。他看了看自己拳頭上的紅腫，那天下手狠了點，他沒法不感到愧疚。

「我的計畫是……」

楊思淮的計畫是學習蘑菇威脅他那樣，開個網路郵箱，再將錄影片段通過電子郵箱發給屈又石。

「我們要杜撰一個人物出來，一個匿名人物，讓他去對付屈又石。」

張儒行挑起半邊眉道：「像死亡筆記？」

「什麼筆記？」

「沒事。你繼續說。」

「你說那個漫畫是吧？我聽過，但沒看過。」

「你繼續說。」

「其實很簡單，郵箱我已經開好了，地址是隨機生成的。」

「不怕被追蹤到？」

「不怕，我找我以前的學弟處理好了，他在黑客方面有點研究。」

張儒行心想不知道是學弟還是小弟？

「那你都搞好了，還要我幹嘛呢？」
「不，還有個至關重要的問題沒有解決。」
「什麼？」
「名字。」
張儒行以為楊思淮沒說完，等了半天。
「你有想法嗎？」
「啊？你是打算讓我想？」
「對，至少給我點靈感。」
「你那麼喜歡蝙蝠俠，就叫蝙蝠俠啊。」
「我不喜歡抄襲。」
「那就叫匿名？」
「那很無聊欸。」楊思淮坐在了石階上，「也很膚淺。」給了張儒行一個歪嘴笑。
張儒行俯視著他，心想真是看不透這人到底是認真的還是在搞笑。
「這不是重點吧？」
「不，這是重點，而且是重中之重。」楊思淮拉著張儒行褲腿，把他拉到自己身邊坐下，「你想，如果只是隨便起一個類似惡作劇的名字，屈又石萬一連點都不點就刪除了呢？所以要起一個會讓他感到被威懾住的名字，讓他以後都不敢再踏進聖德學校半步的名字。」
「看到郵件裡的那段影片後就會被威懾住了吧？」
「不不不，必須給他製造一個假想敵，一個具體的幻想恐懼對象。」

「具體的幻想恐懼對象？哈哈哈，這句話布魯斯·韋恩是不是也說過？」

「認真點。那拿我們名字的部首呢？叫弓木，公墓的諧音。是不是很恐怖？我聽著都覺得毛骨悚然。」

「弓木的諧音？」

「弓木，公墓，公共墳墓。」

「那叫墳場。」

「我查了，墳場在台灣叫公墓。」楊思淮從褲袋中掏出了第一代蘋果手機。

「你要打給誰？」

「我上網查給你看啦。」

張儒行突然想到自己在電視中看到的蘋果手機廣告。他決定了自己在威尼斯賺的第一個月工資就要拿去買三部蘋果手機，一部給自己，一部給老媽，一部給黎莉。他忘了考慮自己的工資到底夠不夠。

「不用查了。不是墳場在台灣叫什麼的問題，是我覺得名字取什麼都無所謂的問題。」

「那我就自己決定了，就叫公墓。」

張儒行站了起來，拍了拍屁股，「你根本就不需要靈感吧？隨便吧，叫什麼我都無所謂。」他走下樓梯，「什麼時候發？盡快發吧，我怕屈又石搞出什麼花樣。」

「今晚就叫學弟發。」

「對了，」張儒行在階梯最下層扭頭對楊思淮說，「盧高勤好像察覺到什麼了。昨天補習班時他跑來警告了我一番，叫我不要在屈又石不在的時候搗亂。」

張儒行看楊思淮沒說話，又問：「你怎麼看？」

「能怎麼看？他肯定是察覺到了什麼。」

「正中你下懷吧？你不是就想著靠對付屈又石把盧高勤引出來嗎？」

「我可沒這麼說過。」

張儒行哼了聲，轉身離開的同時說：「反正我之前就告訴你了，對付盧高勤我可不奉陪。你自己加油吧。」

楊思淮看著張儒行遠去的背影。嘴角就和綵排那天離開時，電梯門關上前那一刻一樣，揚起了。

「你奉不奉陪，可不是你說的算啊。」楊思淮低語說。

而他的微笑可和張儒行對黎莉微笑的性質不一樣。

黎莉來到了珮雯家門口。樓下的管理員大爺看她不知道密碼，很隨性地替她開了大門，也沒問她找誰。她向大爺道了謝，找到珮雯家門口，按了半天門鈴，但沒人開門。

「那個，不好意思，」於是她跑回大堂，問管理員大爺，「請問你知道九樓C的珮雯在家嗎？」

「啊？」大爺有點耳背，他關掉了收音機，拿起茶杯，對著裡面吐了吐嘴裡的茶葉，然後從搖椅中挺起上身對著黎莉。

黎莉又重複了一遍問題。

「啊，珮雯，珮雯家啊，啊，她昨晚就沒回家……我記得……嗯……十一點多吧，兩個男的……兩個男的啊，把珮雯她爸帶走了。」

「珮雯父親被抓走了？」

「不是抓走啦，是帶走。」大爺說完咳了口痰，「突」地一聲，吐進了垃圾桶裡。黎莉不小心看到了那深綠色帶著點血絲的濃痰。她覺得自己沒胃口吃晚飯了，正好當減肥吧。

「那珮雯的母親在家嗎？我剛剛敲門——」

「珮雯的母親？死鬼左好耐啦！」（珮雯的母親？死了很久啦！）大爺沒有絲毫修飾。

黎莉走出珮雯位於工業區的住宅樓。她不知道楊思淮的家庭情況如何，但與儒行和珮雯相比，自己的家庭算是既幸福又美滿了。

她看了看巴士站。來的時候是在馬路對面，回程是在她這一邊。她沿著人行道走向巴士站，一縷夕陽穿透積雲照射在她身上。看來這雨終究沒能如願落下。黎莉想到了便祕，隨即又聯想到了大爺的那口老痰，估計在他喉嚨裡發酵了好一段時間。

她路過一個巷口，往裡一睹，不禁心裡一怵，要是自己半夜遇到壞人，被抓進巷子裡的話——「同學，妳是聖德學校的學生嗎？」突然身後有人叫住了她。

她拋下幻想，回頭一看，一個身穿發黃白襯衫，打著深紅色領帶但衣領沒扣，腋下兩片汗漬，挺著小肚子，一下巴都是鬍渣，即便遠距離也能看到鼻子上不少黑頭的中年男人站在她眼前。她正疑惑著要不要和這個第一印象十分可疑的陌生大叔說實話，那留著三七分髮型的陌生大叔又說：

「我是澳門司法警察局的警官陳為司，正在調查一起有關聖德學校女學生半夜遭歹徒襲擊的案件，請問妳是聖德學校的女學生嗎？」

聖德學校女學生半夜遭歹徒襲擊案件。黎莉下意識地瞄向使她發怵的小巷。

「同學？」警官的視線停留在黎莉胸前的校徽上。

黎莉發現了警官的目光，知道隱瞞也沒用，於是說：「我是珮雯的同桌。」而她也無意隱瞞，如果珮雯真的出事了，那她肯定會是第一個衝出去伸手相助的人。

七

麥當勞內坐滿了各式人群。有約會的情侶、三五同行的好友、面露疲態的上班族和不想歸家或無家可歸的老年人。

黎莉和陳為司面對面坐著。他本想挑個角落的位置，但所有角落的位置都被情侶們霸占了，他只好選了靠窗的位置——這對警官來說可不是什麼好選擇。

「妳說妳是珮雯的同桌？妳和她很熟嗎？」

黎莉點頭。她面前是警官請客的冰檸檬茶。

「你說她被人襲擊了？在巷子裡面？」黎莉不想讓警官東問西問，而自己卻對狀況一無所知，於是她單刀直入。

陳為司眼前放了杯黑咖啡，他其實是想點奶昔的，但他知道自己的身體已經不允許他再糟蹋了。上週例行做了體檢——三高。他嗯了聲，看得出黎莉心裡著急，於是說：

「是這樣沒錯。」

黎莉下意識地想倒吸一口氣，但她突然想到屈服計畫，她絕不能讓警官看出破綻，於是她趕緊拿起檸檬茶，用力吸了一口。

「找到犯人了嗎？」

「找到犯人我就不會出現在這裡了。」

妳問的什麼白癡問題啊？黎莉在心中對自己罵道。

「那珮雯她……」

「她昨晚就已經醒了。」

「她記得兇手是誰嗎？」

「這就是問題所在，她說她不記得了。」

黎莉瞬間明白了珮雯為什麼裝傻——襲擊她的人肯定和屈服計畫有關。

陳為司覺得珮雯肯定是在裝傻。因此他才會抽出時間自行調查，但說實在他對這起案子並沒多大興趣。他知道其中肯定藏有疑點，但那疑點又能是多大的事呢？他估計——憑他從警二十年的經驗——也就是學生情侶間因愛生恨之類的襲擊事件。

但一來，因為呆在警局實在無聊，二來醫生讓他多運動運動——

「你再不多動點，五十歲之後想動都動不了了。」體檢醫生是警隊中的老相識張姑娘。她以前可是個大美女，警隊中人人追求的對象。可如今已是三個孩子的媽，身材和樣貌也都嚴重走樣——就和陳為司的肚子一樣，鬆弛。

「這麼嚴重嗎？」

「跟你熟，所以就不拐彎抹角了。你愛聽聽，不聽拉倒。反正澳門警察嘛，到最後個個是受內傷退休，而非外傷。內傷是什麼？就是三高。我看你啊，也無可避免。」

妳的臉不也無可避免嗎？陳為司在肥肚腩裡嘟囔。

「那人生嘛，不吃吃喝喝，多無聊呢？妳還說我，妳敢說自己沒有中年發福嗎？」

「你和我比啊！」張姑娘在旋轉椅上轉了一圈站了起來，「我可是三個孩子的媽！你生了幾個？」

「一個。」陳為司裝傻笑著，心虛地伸出食指。

張姑娘給了他一個大白眼。接著，他被趕出了醫療室。

而此刻，張姑娘的面容變成了黎莉。有朝一日，我眼前的小姑娘也會變成那樣的母老虎嗎？啊，時間真是世界上最窮兇惡極的罪犯啊。可惜，我可沒有逮住時間的能耐。

陳為司例行對黎莉問了幾個珮雯在學校時的問題。黎莉都應答自如。這倒也沒什麼困難的，畢竟她只需要如實作答就好。珮雯在學校內，除了花枝招展，回頭率不小之外，也沒什麼特別的。特別之處都在放學之後，而放學之後的事情黎莉一概回答不知道。

「所以她在學校人氣不低囉？」

黎莉點頭。

「男友有嗎？」

「據我所知沒有。」

沒有？那難道不是恐怖情人？不不不，沒有男朋友才危險。這說明有很多男朋友！陳為司基於從TVB（香港最大的電視台）的八點檔中，看到的劇情進行推測。他覺得自己幾乎已經得到真相了，再來就是去聖德學校，把那個血氣方剛的小兔崽子抓出來就行了。

「陳警官，你在懷疑是我們學校的男同學襲擊珮雯嗎？」

陳為司想了想。不能告訴黎莉。萬一黎莉和嫌疑犯有接觸的可能性呢？不能打草驚蛇。

「目前還不知道，我還需要多點線索。」

黎莉一眼就看破了陳為司的謊話。這警察的說謊功力和儒行不相上下。

最後，陳為司給了黎莉一張名片。讓她有什麼發現就打給他。黎莉心想雖然很謝謝你的檸檬茶，但線索什麼的，恐怕我是幫不了你了。

「能告訴我珮雯所在的醫院嗎？」

「山頂醫院。」陳為司收起錢包，他的名片分散在錢包的各個夾層裡，「她過幾天就能出院了，沒什麼大礙。」

黎莉離開麥當勞後，去了山頂醫院。醫院幾乎沒人，畢竟澳門不少診所，一般小傷小病的不會特地跑來山頂醫院。

她找到了珮雯所在的病房。整間病房共六個床位，但只有珮雯一人躺在左側的第一個床上。珮雯看到黎莉，先是來不及隱藏的驚訝，隨即是被壓抑下去的感動。她半睜著眼，希望藉此能掩蓋自己的真實情緒。她想盡可能的表現出冷酷，她不想讓自己看上去是個受害者。

「妳脖子……」黎莉一進去就看到珮雯脖子上圍著白色護頸。

「沒斷。」

「還痛嗎？」

「不動就行。」珮雯的頭部保持在同一水平，只有眼睛追蹤著黎莉，「別離我太近，我仰視不了。」

「哈哈，好。」黎莉看到窗邊椅子上掛著一件米白色外套，男款的，「妳爸呢？」

「他去吃飯了。」

「還想見見叔叔呢。」

珮雯用眼神問了為什麼。

「因為妳很漂亮啊，叔叔肯定很帥吧？」

珮雯翻了個白眼，「妳真的是來探病的嗎？」

黎莉靠近珮雯耳邊，問她究竟是被誰襲擊的。珮雯說出的答案就和黎莉猜想的一樣。

「那說明屈又石還沒收到錄影帶。」黎莉說。

珮雯心裡想著楊思淮。她以為楊思淮早就把錄影帶寄給屈又石了。

黎莉和珮雯說了楊思淮放學時找儒行談寄錄影帶的問題。

「也不知道為什麼拖到現在才寄。」黎莉環著胸。

「他肯定是有什麼考量吧。」

「能有什麼考量？越晚寄就越有可能被屈又石尋仇啊，這不是明擺著的事嗎？」

珮雯找不到話。她反覆想著楊思淮對她說過的話——她本來也擔心屈又石會找上自己，但楊思淮總是說不用擔心，他會處理好的。但現在她所擔憂的事情發生了。而楊思淮這會在哪呢？

「我晚上就問儒行錄影帶的事到底解決了沒有。」

「妳和他沒事了？」珮雯不想多談和楊思淮有關的事。

「就……也沒多解釋什麼。主要是他也沒問。」

珮雯有點羨慕黎莉。她說：「妳不打算主動說嗎？」

「我想說來著……但都沒找到機會。」

「他不問只是顧及妳的感受。」

「嗯。我知道。」

「同學來了啊。」這時，珮雯父親，一個身材瘦長，樣貌清秀，有點女性氣息的男人走了進來。他的外表實在不像是名廚師，更像是名牧師。

黎莉和珮雯父親客套了幾句。有長輩在，她不便和珮雯多聊，於是匆匆就告辭了。

走出醫院，天色已全黑。但厚雲仍像城牆般圍在空中，阻擋了所有星光。黎莉沒直接搭巴士，而是漫步下山。她的心情就像這夜空一樣，本是星光熠熠，但此刻卻有心事堵著，擋住了所有快樂。

隔天，楊思淮受到了黎莉的責問。午休時，三人都在老地方。低年級生看見三個高三學生霸占著鳥籠，沒人敢靠近。主要是其中一人是張儒行——全校唯一敢公開和家豪抗衡的男人。而現在家豪請假缺席，也就是說，張儒行是學校之下，眾學生之上。

「我昨天已經託人發郵件了，但還是晚了一步……」楊思淮彎著腰坐在石階上。他少見地摘下了眼鏡，揉了揉鼻梁。那樣子像是在懺悔。

黎莉聽出楊思淮的悔意。自然也就不好再責怪他。她知道珮雯渴望楊思淮去探望，但又礙著面子不好意思說。既然如此，那就只好她來說了，正好還了珮雯幫她和張儒行傳話的人情。

「你去看看珮雯吧。她可是因為你的大意才被襲擊的。」

「嗯，我今天放學就去。」

「你最好在七八點的時候去。」

「為什麼？」

「她爸會去吃晚飯，不過如果你不怕見到她爸的話，」說到這，她瞄了一眼又在盯著威尼斯看的儒行，「那也無所謂。」

「這有什麼好怕的？」

張儒行感覺話題好像在往自己身上靠，彆扭地乾咳了聲。

「我不知道啊，你可以問問你的好同桌。」

「你很怕長輩？」楊思淮對張儒行問。

「不，」黎莉插嘴，「他不是怕長輩，是怕見家長，懂嗎？」

「不懂。」

張儒行切了一聲。

「對了，你頭髮怎麼還沒剪？」

「昨天我媽太累了。」

「你們真的沒有吵架嗎？」

儒行不想讓楊思淮知道他和老媽的關係，於是猛地一轉身，對黎莉腋下掏去，黎莉「呀」地一聲大叫，底下的低年級生們都嚇了一條，「認輸沒？」儒行撓著癢，黎莉笑得流出了淚。

「不過，」儒行停下了撓癢黎莉的手，聽楊思淮說，「如果那個姓陳的警官查到家豪的話，那麼我們的計畫也有被曝光的風險。」

「可是我們是在懲惡除奸啊。」

「法律可不管這個。我們的確是威脅了別人，」楊思淮的眼神讓上一秒還在打鬧的情侶一下子嚴肅了起來，「屈又石暫時不用擔心了，我猜他這週內就會離職，問題是家豪。」

「所以我們要保證他不被警察抓到嗎？」儒行問。

「嗯。」

「但我們要替珮雯報仇吧？總不能讓她平白無故被家豪襲擊吧？」黎莉問。

「嗯。」

張儒行走到楊思淮身邊，「我猜你又有計畫了吧？」

楊思淮戴回了眼鏡，看向張儒行，眼鏡如以往般反著光。

八

張儒行剛走出電梯就在自家大廈門口看到了黎莉的背影。兩人打過招呼，走在路上。張儒行臉上掛著尚未睡醒的迷糊，黎莉臉上則是猶如晚上失眠時清醒的決心。她對男友說了那晚發生的事情，說完兩人正好走到了興記。

「老樣子？」

黎莉的心情在坦白後的暢快以及不知儒行會是作何反應的忐忑當中。

「加蛋。」

她看著男友，正想再解釋幾句。

張儒行掏著零錢，嘴裡含糊著：「抱歉啊，我當時沒有及時趕到。」

她看著他，解釋的話散落在了清晨潮濕的空氣之中。

「是我對不起……我應該在他動手之前——」

「妳沒有錯。」

因為張儒行的一句話，黎莉從忐忑中獲得了解脫。天空明明還是烏雲遍布，見不到丁點陽光，但黎莉卻覺得就如萬里晴空般，心情中的烏雲盡散。

楊思淮聽從了黎莉的話，挑了晚飯時間去了醫院。果真，病房中只有珮雯一人。

「妳怎麼樣？」

珮雯不予理睬。她覺得楊思淮應該在住院的第一天就來探望自己。從前只有她冷落男人的份，從未被男人冷落過。她的傲嬌讓她不能輕易饒過楊思淮。

但楊思淮來的目的，並非是和珮雯兒女情長的。

那晚珮雯一人回家，楊思淮尾隨其後。他知道屈又石絕對不會善罷甘休。而屈又石在學校的親信，除了盧高勤外，非家豪莫屬。這種髒活，怎麼想也不可能是由盧高勤來執行。

他問蘑菇借了能在黑夜中拍攝的相機，目的就是為了拍攝到家豪的罪證。他本以為家豪充其量也就是恐嚇恐嚇珮雯。但沒想到，在珮雯的激怒下，家豪居然動手了。這當然是求之不得。家豪做得越過分，那他就越會被楊思淮吃得死死的——就像收到錄影帶後的屈又石一樣。

那顆讓家豪恢復理智的石子，正是楊思淮丟的。他雖然是利用珮雯，但他可沒想過要害死珮雯。畢竟兩人也算是有過「同床之恩」。

家豪逃跑後，他本想把珮雯帶回自己住處，再行善後。但熟料，卻有路人經過。他肯定是不希望有警察介入的，但也別無他法，畢竟他帶著相機，相機裡就是可能會反將自己一軍的罪證，再考慮到他和珮雯的關係，實在無法保證遇到警察之後會發生什麼。於是他選擇轉身離開，反正家豪的痛腳已經到手了，接下來再見機行事。

珮雯聽到楊思淮劈頭蓋臉地只問警方都跟她談了什麼，除了開場白的那句「妳怎麼樣？」外，就再沒有關心，一下子就火了。

「你可以不要一直問警察的事嗎？」她冷語道，胸口卻不斷起伏，掩飾不住自己即將滿溢的情緒。

楊思淮知道女人的心思，必須得先哄情緒再聊正事。但他因為急著想知道警察的進度，所以才沒控制住追問。雖然黎莉和他說了遇到陳為司的事，但他推測這種老油條警官並不會對未進行背景調查的人透露太多情報。要想大致推斷出陳為司對這件案子的調查的深入程度，還是得直接問被害，也就是珮雯。

「抱歉，我不該一上來就問妳這些的。」他堆起了靦腆的笑意。他自己覺得似乎有些虛假，但這對狂戀中的珮雯卻十分管用。

他為了使虛假看上去稍微真實那麼一點，他把手放在了珮雯的手背上。珮雯趕緊一縮手說：「別動手動腳的，等會給我爸看見了。」

他知道自己安全了。珮雯雖然還在生氣，但現在已經有了點笑罵的意思。她那副荔枝大眼，掩藏不住絲毫笑意。

他又說了自己應該把她送回家之類的，表示後悔的話。珮雯完全相信了他是全副心思關心著自己的。嘴角上揚的幅度代表了她對楊思淮的滿意程度——已經幾乎滿分了。

「妳什麼時候出院？」

「明天上午。」

還好今天來了。楊思淮心想。

「那我明天早上來接妳。」

「你不上學？」

楊思淮說他可以請假。

「不用了。我爸會來接我啦。」

「我不能見妳爸嗎？」

「你想見我爸？」珮雯一下子緊張了起來。她沒想到楊思淮比她想到還要認真。這當然是好事，她就怕楊思淮對她不認真。

「妳不想我見，我就不見了。」

「我……」珮雯完全傻了。她在楊思淮的套路下大腦已經完全失去了作用。

「那再說吧，」楊思淮見好就收，畢竟他怎麼可能真的想見呢？「那妳明天下午會來上課嗎？」

「不想上，只請半天假不是很虧？要請就請一天。」

「那我們出去玩吧？我請下午假。」

珮雯真是感動壞了。她覺得楊思淮肯定是認為她受傷是他的錯，所以想要盡力補償自己。但實際上楊思淮只是想在安撫珮雯的同時，好好把陳為司的事問清楚罷了。

對楊思淮的愛意把珮雯壓得死死的，而且那愛意仍在不斷高漲，就像是整個澳門都被仍在積聚的厚雲壓得死死的一樣。而在那厚雲積聚到臨界點之後會發生什麼，則是每個澳門人都心知肚明的。

鄭女士在梳妝台前打扮。台子上的瓶瓶罐罐與商場專櫃相比有過之而無不及。那是她三十多年來累積的寶物，是她看上去永遠二十出頭的魔法粉塵與藥水。

「媽媽今晚要出去吃飯，晚飯阿豪你自己叫外賣吃哦。」

家豪躺在自己床上，身邊堆滿了《熱血高校》的漫畫和報紙。他這兩天以腸胃炎為由請假。他媽——鄭女士欣然同意。她從不認為兒子在她的菁英教育下會說謊，但事實是她所謂的菁英教育就是忽視兒子的真實情況。

「阿豪，聽到沒有？」

「聽到了！」家豪朝房門大吼，隨即轉個身將頭部埋進枕頭中，「煩死了。」

鄭女士拿起造型是一個巴黎鐵塔的香水瓶，「嚓嚓」在全身鏡前的空氣中噴了兩下，然後昂著下巴走進飄散著的香水中——這算是她的定妝儀式。

「媽媽走了哦，錢在桌上，別吃太刺激的！要不然你肚子又要痛了！」

門鎖扭動聲在家豪耳中響起，直到門鎖再次鎖上，家豪走出房間。他看了看桌上的綠色紙鈔——五百元整。

他沒有任何胃口。或許他真的得病了，但不是腸胃炎，而是心病，一種名為心虛的病。

他不敢去學校確認珮雯到底是生是死。他這幾天把他以往錯過的新聞全部補了回來。他媽驚訝平時只知道看漫畫的兒子怎麼突然看起新聞了。他回了句：「不行嗎？」他並不是在看新聞，他是在尋找珮雯還活著的證據，尋找讓他解脫的救命稻草。

他腦子很亂。就像他的髮型——沒有做定型的大背頭油膩膩的分叉的貼在額頭上，像是兩根觸角。如果是在平時，自己這副模樣他肯定是會看不下去的。他的髮型完全照抄《熱血高校》中主角源志。他多臭美啊，無時無刻活在自己的幻想裡。而那大背頭就是自己脫離現實的證明。而現在呢？他在電視螢幕的反光中看到了自己額頭上的兩根觸角，簡直比張儒行的「狗啃頭」還丟人。

他媽問他要不要約髮型師理髮，他也只是回答：「之後吧。」他覺得他的反常是尤其明顯的，但他媽卻是毫無察覺，大概完全相信他真的是鬧肚子了。

他腦子亂的原因是他不斷地在腦子裡演練珮雯被人發現後，可能發生的事情。最壞的情況無非是他被警方找到，然後被起訴蓄意謀殺罪——如果珮雯真的活活被自己掐死了。第二壞的情況是他被警方找到，然後被起訴傷人罪。第三壞的情況是他沒被警方找到，但事情被校方得知，即便他媽是家長會主席，他爸也捐了不少錢給學校，他還是會被學校開除。

他知道自己犯了再多權勢都無法彌補的過錯。他想著是不是應該和屈又石說說，畢竟這事是因他而起的。但當他好不容易拿起電話打給屈主任時，屈主任的電話卻無論如何都打不通。屈主任是知道了自己的所作所為，所以斬斷了和自己的聯繫嗎？他無法不這樣懷疑。

但事實是，屈又石並不只是斬斷了與家豪的聯繫，而是一切斬斷與學校相關的聯繫——因為他已經收到來自公墓的郵件，並認真且仔細地看了一遍。而他也只敢看一次，生怕看第二遍的時候被老婆女兒碰巧看到。他不止是把影片刪了，還把整個郵箱帳號都刪了。

於是家豪徹底孤立無援了。黃燈下那個半截身體捲縮在牆邊，半截身體像是被陰影切斷的珮雯反覆出現在他眼前。

他開始做起了噩夢。他以前從未做過噩夢——那是除了一盞黃燈外，其餘都被黑暗填滿的空間。他看見一人影走到黃燈下，披頭散髮，渾身傷痕——

「是我。」珮雯的聲音包圍著他。

她緊閉著雙眼。但卻像看得一清二楚般向他接近。越近，他越能看清珮雯的脖子上有一圈如鮮血般的紅印，深陷皮膚內，像雕刻的花紋。他知道那圈紅印是自己的傑作——他親手雕刻的。他知道，世界如果有鬼的話，那麼珮雯死後絕對會是其中之一。他還知道，世界上的鬼，如果會向害死他們的人復仇的話，那他絕對會在被復仇的名單之中。

珮雯轉眼就到了他的眼前。她掐住他的脖子，他雙腳離地，無法呼吸，他踢動雙腿，但突然身後多了一堵牆，他被牢牢地按住在這面牆上——

「風水輪流轉！」珮雯的聲音再度將他包圍，他聞到從珮雯嘴中飄出的血腥。

他痛苦地合上雙眼，耳邊盡是尖聲的狂笑——與其說是珮雯的聲音倒更像自己的母親。

「去死吧！」

啊！他喘著粗氣，鎮定了些，因為發現自己坐在沙發上，而剛剛的一切都是噩夢。他撩起T-shirt摸了一下自己的背，全是冷汗。連白日夢都被噩夢取代了。他雙眉表現的是焦慮，雙眼表現的是恐慌，雙唇表現的是冷汗狂冒後的口乾舌燥。他從沙發上站起來，雙腿表現出逃的欲望，但客廳不給他任何餘地，即便他家在地小人多的澳門來看已經是豪宅了。

這時，他耳邊冒出了一個並不怎麼熟悉的響聲。他一看，是電腦。他走到電腦跟前，晃了晃滑鼠。桌面右下角顯示收到了一封郵件。他根本不記得自己什麼時候申請過郵箱。他一看標題：

犯罪現場實拍——寄信人：公墓。

九

盧高勤站在二十三層的自家客房窗前。窗外是濃密的烏雲，他彷彿在照一面鏡子，鏡子中有他和床上全裸的鄭女士。

他的老婆無法生育。這當然不能成為他外遇的藉口，只能說是起到某種合理化的託辭。他老婆肯定是知道的，這點他也知道。但兩人並不戳破——他老婆在外面也有男人。作為結婚二十年的老夫老妻，這點自由還是要給予對方的。

否則的話，婚姻將何以為繼呢？

鄭女士並非盧高勤的第一任情人，但她立誓要做盧高勤的最後一任。她想和他結婚，她還能生育，她想替他留個後代，再為家豪添個弟弟。

「妳老公還在美國嗎？」

「提他幹嘛？」鄭女士正裸著上身，穿著絲襪，「你老婆呢？還在賭場？」

盧高勤的老婆，曾經一個從廣東鄉下來澳門讀大學的高材生，認識了比她大兩年，從外國留學回來，正在澳門大學進修教育學位的盧高勤。盧高勤是在國外什麼都玩遍了，回澳門就想娶個賢妻良母，之後安心做個教師，在澳門安居樂業。而她，從小就忙著讀書，肩負著一家人的使命——她還有個弟弟，但不愛讀書，只能在鄉下混日子——來澳門求學，自然對於愛情，連幻想的時間和空間都沒有。

她對盧高勤是一見鐘情。研究生中的海歸美男子，身材高䠷，每天梳著油頭，路過妳時身上還帶著一種「迷幻」的香氣。她第一次感受到了愛情的張力——心跳的加速與鼻孔的擴張。

而在一眾用花枝招展倒追盧高勤的女高材生中，盧高勤也看上了她——

「為什麼是她？」同為海歸的朋友問，他可是正享受著每晚換枕邊人的「後大學」生活。

「她是過日子的人。」這是盧高勤的答覆。

但過日子三個字，在中文的語境中，並不單指兩個人過日子那麼簡單。它還包含了第三個人，第四個人，甚至在搭上了雙方的家人、親戚、朋友、同學、同事、閨蜜、兄弟後，能延伸至關乎無限個人的日子。這是過日子所肩負的壓力，而這種壓力是在真正邁入日子之前所無法想像的。更何況，兩人在肩負了無數人的壓力的同時，還要肩負一個無論如何就是少了一個人的壓力——不孕的壓力。

跳過中間的四處求醫，那只能說是花錢買罪受。兩人徹底沒了希望。不育二字便是家庭二字的死刑宣告。即便盧高勤受的是西方教育，但歸根結底是一個中國人腦子。況且，不是他不育，是她不育。他是具有風度的，親朋戚友的壓力他都扛了下來。本來妻子就扛著門不當戶不對的壓力，他不忍再讓她承受「有瑕疵」的罵名。

不過，有不順心就有順心。那會他正是下任校長的大熱人選。他想著，兩人生活也不錯啊——當校長當到退休，然後就帶著還沒出過國的妻子環遊世界。甚至，領養個小孩也未嘗不可。他是這樣計畫的，很美好。但終究他是男人，男人的肩膀終究比較寬。他扛下了，她沒扛下。為了家庭，她放棄了事業，但家庭中卻沒有個孩子，那等同於失業。如此家庭不再是散發正能量的太陽，而成了一個吸走一切光明的黑洞。她失去了生活的意義，這讓從小就被教育人需要眼前有個意義的她徹底迷失了。

就這樣一直迷失，外在的一切都與她無關了。但她終究是人，人終究要尋找寄託。她找到了，但不是丈夫，也不是家庭，而是賭場。

盧高勤沒想到妻子會染上賭癮。澳門人從來是小賭怡情，賭癮什麼的是外地人才會患上的病。但她老婆，雖說不在澳門出生，但住滿了七年，也拿了永久居民，怎麼也算是個澳門人，怎麼就染上賭癮了呢？好在，她也只是玩玩老虎機，並不是真的坐在賭桌前，用盧高勤的錢和某個大陸土豪一擲千金。

盧高勤體諒妻子的空虛。他沒有阻止，因為不忍心把那唯一的寄託從她手中奪走。直到後來妻子被賭場男公關——一個台灣帥小夥——給乘虛而入，他也假裝不知情。戴著頂隱形綠帽。既然別人看不到，自己也就裝不知道。但其實，這也都是藉口，他早就對妻子失去愛意了。畢竟妻子那段空虛的日子，他也是同甘共苦的。年近四十，正值壯年，他難道就不需要寄託嗎？他比妻子更需要寄託，尤其是肉體上的寄託。

他是早有盤算的。戴上隱性綠帽之前，他就在外面有人了。那人是學校的英文老師。小時候也是出國唸書，還和盧高勤一樣，都是去的溫哥華。兩人相差十歲，但卻是一見如故。先是職場上司下屬關係——那時盧高勤已是校長，校史上最年輕的校長——再是私下朋友關係，接著發展成地下情人關係。這段感情，盧高勤從不知道妻子是否知情。因為他也無暇顧及。等他回過神時，妻子已和男公關在半夜煲起了電話粥。所以他有了藉口——是妻子先不忠的，自己不過是被逼無奈罷了。

但學校卻是比妻子更為敏感。或者說，更沒有包容性。他被覬覦其校長地位的副校長給舉報了，董事會找上了盧高勤，讓他抉擇是繼續搞地下戀，直到身敗名裂，還是立刻和英文老師斷絕往來，保住自己未來的升遷之路。

「小盧啊，你是聰明人，這麼顯而易見的問題，你還不會選嗎？」滿嘴爛牙，肚子堪比懷胎十月孕婦的主席站在盧高勤面前，那雙長期吸菸而指尖發黃的豬手拍著他的肩膀。

「那Miss楊會……」

「這你就不用管了，董事會會處理的。」

他選擇了大部分男人都會選擇的路，於是，他的職位被保住了。而在那之後，他再也沒聽過那名女老師的消息。澳門教育界比澳門的土地面積更小，其包容性就更不要提了。

因為毀了女老師的前途，盧高勤有過一段低潮期。那時，他妻子又和男公關打得火熱。他好幾次在床上找到長度比自己頭髮長又比妻子頭髮短的髮絲。但他沒和老婆大吵，也就是小吵了幾次。然後他搬到了客房。

「反正空著也沒人睡！」

他這話無疑是在暗示沒孩子的事實。他徹底傷了妻子的心。但這也不是第一次了。畢竟不育的人是她不是他。那晚妻子哭了整晚，盧高勤第一次沒有主動認錯，兩人徹底是「同屋異夢」了。

盧高勤送走鄭女士。鄭女士又提起了一起離婚再一起結婚的事。他沒給定論，只是說等家豪畢業後再說，免得惹人議論。這是他一直以來的推搪。或許他想說的是等家豪畢業後，鄭女士也就會從家長會功成身退。到時候他就能斬斷和鄭女士的關係。世上成熟女人多的是，他幹嘛偏要吊在鄭女士這一棵樹上呢？看看她的身材，也是日漸走樣了，沒意思。孩子什麼的，他早就沒有渴望了。父母也都去世了，沒人給他壓力。本來他就不是個十分喜歡孩子的人。要不然當時他如果想要孩子想得瘋狂，他不早和妻子離婚了？還計畫著退休後和她無牽無掛地環遊世界？

另外還有家豪。盧高勤從看見他第一眼起就知道那小子是個禍端。要我做他的養父？癡心妄想！自己好歹也算是個教育家，學校裡有家豪這樣的老鼠屎，那是個別家庭教育不當。如果是自己家裡出了家豪這樣的孽子，那就是自己一輩子的失敗。盧高勤仔細地扣上襯衫紐扣，他看著鏡中的自己，眼前的男人除了尊嚴和事業外一無所剩。誰想從他手上奪走這兩樣東西，那就得做好萬全的心理準備。

盧高勤回到家中，他坐在辦公桌前，無心工作，剛剛一頓運動，身體還挺累。他正沉浸在感嘆自己已不再年輕時，妻子回來了。門是被摔上的。盧高勤還以為是雷聲。

「回來了？」

他走到大廳，語氣保持著夫妻間微妙的相敬如賓。但妻子卻主動打破了禮儀，一下撲進了他的懷中。他聞著妻子身上的複雜的香水味，有點水果又有點鮮花，更多的是甜膩，讓人聯想到二十歲花季少女的甜。

連續地嗚哇。妻子哭著，她的濃妝在盧高勤的白色襯衫上印下彩繪。盧高勤嘆口氣，一手摟著妻子分不清是腰還是肚子的屁股上方，一手平復著妻子抽動的背。

這種情況，他之前就遇到過一次了。開始，他覺得煩躁。頭頂那隱性綠帽幾乎要現形了。出去玩男人的時候笑得多花枝招展啊？什麼顏色都往臉上塗，把自己的臉當成是畢加索手中的調色盤。這下被男人玩了，五彩繽紛糊成了一團，成了無從辨識眼睛鼻子嘴的抽象畫。現在需要我來安慰了？那我算什麼？放在後車廂有備無患的輪胎嗎？

他是很想罵出口的。但是，二十年的關係，雖然有名無實多年，但就算是室友，那也是有情感的。就當自己是她哥哥吧。他在心裡和自己說。話說剛交往時，她是不是也曾叫過自己哥哥？但因為自己覺得這種稱呼又土又肉麻，所以就對她勒令禁止了。有這回事嗎？真的老了，記不得了。

「妳吃飯了沒有？」

一連串地「嗚嗚」。儘管身體已不再年輕，但發出的悲鳴卻是一樣的——和她父親去世時一樣。

「我去做飯。」

幾次擤鼻子後，她在他懷中點點頭。

飯桌上的確是有一絲尷尬的。好在窗外悶雷連連，倒像是在替兩人對話。

妻子已經卸了妝換了衣服。他倆相對坐著，吃著盧高勤加熱的燉牛肉配水煮青菜加橄欖油。青菜是現煮的，燉牛肉是妻子前天燉的。雖說盧高勤不在妻子的心上，但家事還是做的。這是在農村時養成的習慣。兩人碗前都放著一個高腳杯，高腳杯內的液體是深紅色的含酒精的葡萄汁。

「妳弟弟怎麼樣？還在做電影院生意嗎？」

「不知道。很久沒問了。」

「要不要把妳媽接來和我們一起住？我看妳弟弟結婚之後也沒空照顧她吧？」

「再說吧。」

轟隆──雷聲像是在告訴盧高勤，別再沒話找話講了。他將紅酒一飲而盡，站起來──

「妳慢慢吃。」

他走過她身邊，被拉住了手。

「再陪我一會。」

他看著她已經見底的高腳杯，還有那沒上腮紅但卻透著紅光的已經暗黃了的臉頰。他坐下的同時，酒杯裡被續上了紅酒──

「我明天還要上班。」

「再喝一點，就一點。」

他想著在自己的影響下，那個從鄉下來的農村女孩也開始愛喝紅酒了。他突然又想到，自己影響她的習慣，她和多少個小白臉分享過呢？用著他的錢，說著從他這學到的紅酒知識。但那都只是一瞬間的敵對想法。因為酒後的她實在太像了……太像那個當年他喜歡、甚至愛過的女孩了。

三瓶紅酒在餐桌上作為看客。看著盧高勤和妻子在客廳中央相擁起舞。這些情調也是從溫哥華帶回來的。那年他在高中的畢業舞會上摟著的女孩，別說模樣了，連是什麼膚色他都想不起來了。

他倆聞著彼此身上的葡萄熏香。唱片機中的爵士樂正幫著他們卸下最後的防備。他們的腳對住了二十多年的房子是輕車熟路的——自己就走向了臥室。她被推倒在床上，已是閉上雙眼，準備好了忘卻。盧高勤調整了幾下呼吸，但剛恢復了些許理智，就被窗外的悶雷擊回了混亂狀態。他乾脆不想了，讓身體自己行動，這身體這麼多年來已經累積足夠多的經驗，讓其「自動駕駛」了。況且，又不是當年青澀的少年少女，他何來的顧忌？於是他手動拋棄了顧忌，向眼前的妻子襲去。但就在他貼近妻子耳邊，嘴唇準備一路下潛時，一個電子合成聲出現在他耳中——

是郵件。

他仰起身子，被壓在下方的妻子摟住他脖子讓他繼續。這麼晚了會有誰找他？他想起了自己身為校長的身分——他想起了妻子今晚是為何而醉。他的自動駕駛被關閉了。

「你去哪——」

他光著身子，走到客廳，解鎖電腦，郵件標題是：

聖德學校盧校長與家長會鄭會長的幽會精選集。寄件人：公墓。

「怎麼了？」

伴隨妻子叫喚的是又一聲悶雷。各種聲音在他浸泡在酒精中的腦子裡糾纏。他關上了唱片機，打開了郵件。

十

從厚雲中散發出的濕氣，混合著炎熱的晨風吹拂在聖德學校前的坡面上。

張儒行和往常一樣，上學時給黑仔帶了一個狗罐頭，給自己買了辣魚米線作為早餐。天還是黑色的。日出在烏雲後徒勞無功，烏雲像一條漆黑河流，在晨鳥頭頂流淌。

他坐在老地方吃著辣魚米線。這天黎莉沒能起床，他早上看到黎莉的短信，半夜三點發的：和珮雯聊到現在才睡，明天早上不陪你吃早餐咯，愛你。

這個時間點，校園中本應只有張儒行和楊姨。但一個人影出現在了校門口的坡道上。張儒行一眼就認出了那個瘦長的人影是誰——楊思淮。

他正準備揮手，只見楊思淮轉身走進了通往教務處的走道。張儒行心想不對勁。這麼早跑來學校直奔教務處，難道楊思淮是想偷考卷？怎麼想也不可能，該偷也是他去偷。

他收起裝著辣魚米線的塑料碗，往地上一放，然後溜到教務處轉角，偷看一眼——沒人。他等著楊思淮出現在走廊上。半分鐘後，楊思淮走了出來，只不過不是從教務處，而是從與教務處並排的校長室中。

他以為楊思淮要朝他的方向走來，趕緊躲進了身旁的女廁。過了一會，沒聽到楊思淮的聲響。看來是按原路離開了學校。

張儒行琢磨著從女廁走出。正好撞倒了拎著紅色膠桶準備進來打掃的楊姨。張儒行尷尬地撇開臉——

「你帶黎莉去看煙花了嗎？」

急匆匆地溜走了。

矗立在烏雲河流中，三十七層的高級公寓中。

家豪收到來自公墓的郵件後更加恐慌了。看郵件前他是熱鍋上的螞蟻，看郵件後他是炭火上的燒鵝。前者燒死也就死了，剩下黑不溜丟的屍骸。但後者可不止是死，還得被燒出滿滿的油水，供食客們邊觀賞邊食指大動。

不管這公墓是誰，有一點是肯定的，那就是對方就想看著自己淌著汁水，任人宰割的模樣。要不然為什麼要讓他在週五晚去大譚山見面呢？他不敢想像自己赴約之後會發生什麼，他心知肚明自己平時得罪不少人，怕是棍棒等候著。難不成還有開山刀？這在《古惑仔》裡可是基本配備。一個冷顫，他又想起了燒鴨，用來片鴨皮的快刀。他在小學暑假和父母去北京時是親眼目睹過的，一刀一片，刀刀到肉。別說片皮刀和開山刀了，即便是蝴蝶刀他也怕啊。難不成還有槍？那倒是痛快，一槍將我斃了吧！他在腦子裡對自己大吼。

他媽回來了。一副愜意輕鬆的模樣。家豪無心多想老媽是遇到什麼開心事了，他又怎麼想得到，在這就連天氣都在便祕的天，她老媽是出去和他的校長偷情了呢？

「晚飯吃了沒有？」

家豪沒有回答，躲進了房間。

「吃的什麼？嗯？」她發現了桌上的五百塊，「欸，你沒吃啊？要不要媽媽給你煮點什麼吃？嗯？」

她覺得兒子肯定是腸胃還在不舒服，「要不要煮點粥給你吃？」

家豪現在只想把他的擔憂吃掉。但他腦子不太好，把擔憂吃進肚子裡不就是憂上加憂了嗎？

叮噹——門鈴響了。這個點能有誰？他已是驚弓之鳥，他吼著：「別開門！」的同時衝出房間——

「你好啊，是家豪的同學啊？」

「阿姨好，我是家豪的同學楊思淮，來給家豪送數學作業的。」

「進來坐，給你倒杯喝的。」

「不了阿姨，我還趕著回家吃飯呢。」

「家豪，快來謝謝楊同學，人家特地跑來送作業給你，快點。」

家豪站在客廳，和站在門口的楊思淮對上了眼。

為什麼是他來送作業？家豪一瞬間懷疑，但只是一瞬間，下一秒，擔憂又湧上了心頭，把懷疑擠出了無法多項目工作的大腦。

他把作業隨手一丟，丟在房間的木地板上。

「欸你這孩子！不好意思啊楊同學，家豪腸胃不太舒服……真的不留下來喝點什麼再走？」

「不了阿姨，怕等會下大雨，我先走了，再見。」

鐵門關上了。他應該問問楊思淮珮雯的情況的。

「你這孩子！人家大老遠跑來送作業給你！你也不說聲謝謝！這就是我教你的禮貌嗎？」

「煩不煩！」

他衝著房門外的老媽大叫。煩不煩！他衝著自己心門內的擔憂大叫。

在二十年前建成，因為缺乏維護，外牆顯得過於老舊的二十層住宅大樓。入住的時候還是全氹仔最高的建築，如今卻是一群高級公寓圍觀下的矮子。烏雲在這矮子頭上流動，就像雙手提著塑料袋的屈又石，想混出頭但總是甘拜下風的矮子。

盧高勤在屈又石家樓下堵到了他。滿手食材的屈又石還想裝著沒看到盧高勤匆匆路過——「屈主任，你兩個星期沒上班，是已經把我忘了嗎？」卻被盧高勤直接攔住。

「我已經辭職了。」屈又石想硬闖。但盧高勤比他高出一個頭。情況形同初中肥宅對抗高中籃球隊。

「我還沒批你辭職呢。」

屈又石低頭挑眼看著盧高勤，心裡嘰哩咕嚕地罵著。

盧高勤把屈又石帶到了一家消費高到明明就在自家樓下，屈又石卻從來沒踏進過的咖啡店。兩人坐在咖啡店內的一個拐角。屈又石周圍放著一袋袋食材，其中一袋是魚，搞得咖啡店內混入了一股魚腥味。女大學生店員皺眉盯著兩名中年大叔。

屈又石縮在椅子上，不知道是在為魚腥味感到丟人，還是不敢面對盧高勤。

「我就不拐彎抹角了，你辭職的理由是被人發現了吧？你的小事業。」

屈又石不想多說。他知道盧高勤一直都嚴厲反對女學生援交。但他並沒有真的採取行動去阻止女同學援交，畢竟這種東西也不是單靠校方就能禁止的，有供應是因為有需求。盧高勤不過區區一所學校的校長，能斷得了來自整個社會中老男人的需求？他所阻止的是身為校方的屈又石去插手女學生援交——

「我以為你聽我的話就沒幹了，你看看現在的結果，滿意了？你是怎麼和你老婆解釋的？說我把你炒了？」

「我什麼都沒說，就說辭職了。」

「她信？」

「她有什麼好不信的？啊？」

屈又石剛和女強人老婆說辭職，就受到了老婆的職場上對下式的拷問。他天性就怕老婆，不敢多嘴，只是唯唯諾諾地點頭哈腰。老婆越問越氣，問不出個所以然，因為屈又石不敢說出個所以然。他就說自己不想幹了，可為什麼不想幹了？他怎麼都說不出來。他就是不想幹了。這也不能怪他，那郵件實在來得太突然，他在想到藉口搪塞老婆前，就趕著把工作辭了。哪怕是被老婆生吞了，也比被全澳市民知道自己是雞頭兼職中學訓導主任要好吧？只是被生吞和被活剝的區別罷了。要他選，還是被老婆生吞了算了。也正是如此，他也沒空想怎麼應付盧高勤。要不然他怎麼會直接承認自己就是因為援交的事情被迫辭職的嗎？

但他還想再掙扎一下。人活著不就是為了掙扎幾下再認命嗎？就像他插手援交，不也是一種另類的掙扎嗎？

「是怎麼一回事？」

屈又石還想在盧高勤面前掙扎一下，他支支吾吾的——

「快說！你覺得辭職就沒事了？你知不知道珮雯被人襲擊住院了？嗯？」

「珮雯……」

「你別和我裝了。人家本來做得好好的，你偏要摻一腳，你摻一腳也就算了，你還把生意整個搶走，你以為我不知道是吧？我可是校長！聖德學校內發生的一切我都知道！」

屈又石在家裡得屈服於老婆，現在又要屈服於盧高勤。他們當他是什麼？姓屈就一定要屈居人下了？

「你都知道，行啊你都知道，那你來找我幹嘛呢？你都知道的話。那你說我為什麼辭職？嗯？你不是都知道嗎？」

盧高勤剛端起咖啡杯，就聽到屈又石一番稱得上是對抗的掙扎。他停住了手，合上了張開的嘴，放下了咖啡杯。

「說啊！」

屈又石爽啊，我現在還怕什麼呢？什麼都不怕了！那袋子裡的魚，開始還蹦躂了兩下，現在完全不動了。死魚做起來多難吃？那又怎麼樣呢？還管魚的死活嗎？人的死活都來不及管了！還不是被逼的？

「你要我說什麼？」

「我為什麼辭職，你不是都知道嗎？那你說啊！」

好在咖啡店內沒別的客人，也就只有收銀台後的女大學生瞪大著眼看著好戲。她也沒思考兩人的對話內容到底在爭執什麼，她只是單純地在看戲，鼻子也已經習慣了那亂入咖啡芬芳的魚腥。

盧高勤被屈又石一發怒，搞得沒辦法，只好軟下來。屈又石見狀，知道是自己贏了。這幾天在老婆那受得氣算是發洩了。他不是傻子，他知道盧高勤和自己存在著利益關係，要不然盧高勤也不會跑來找自己。他只是要以對等的關係去處理，現在他得到了——即便回家後他依舊卑微。

屈又石從自己被砸傷那天講起，一直講到收到郵件後，按照郵件上的要求辭職。

盧高勤的表情，躲藏在眼鏡後面。就像是躲在烏雲後的夕陽。再洶湧再強烈，也依舊看不見。

「公墓……」

「公園的公，墳墓的墓。就是墳場的意思。」屈又石解釋。

「我知道。」

盧高勤怎麼會不知道呢？他昨天剛收到來自公墓的威脅信。信中的照片裡，他正和鄭女士走進酒店。

「你推斷這人是誰？我想過會不會是酒店的人，但我和他們無冤無仇啊，加上，我從學校離職對他們也沒有好處吧？這麼一想，還能有誰？那不就是珮雯嗎？而且，我被襲擊那天，家豪還在酒店遇到了兩名學生，其中一人，和珮雯走得很近，我猜他們是合夥的。」

「所以你才叫家豪去襲擊珮雯？」

「我有病啊，叫他去襲擊珮雯，襲擊珮雯我有什麼好處？我只是叫他去問清楚事實。」

那不就是等同於是讓平時就扮演著古惑仔的家豪去逼問嗎？盧高勤這話沒說出口。

「你知道家豪這幾天也沒去上學嗎？」他問。

「那還用想嗎？肯定是怕因為珮雯的事被抓唄。」屈又石說。

「他的確是該怕，你也該怕。」

「什麼意思？」

「警察已經找上門來了。查到他就等於查到你，都是時間的問題。」

屈又石不說話了。他沒想到這個可能性嗎？他肯定想到過。但他又能怎麼辦呢？什麼叫事已至此？什麼叫早知今天？什麼叫後悔？什麼叫——

「但你先不要急。」盧高勤打斷了屈又石心中的排比句練習，「你剛剛說家豪在酒店遇到的那個人，和珮雯走得很近的人，是張儒行嗎？」

「張儒行？那個整天和家豪作對的留級生？不是不是，是一個轉學生，叫楊……什麼，楊思淮。」

「楊思淮……」盧高勤默念了一遍。

「不過家豪遇見的另外一個人是張儒行。」屈又石補充。

「嗯……」盧高勤想起了伍sir的話，楊思淮經常幫張儒行補習。

「據我推測啊，那公墓就是珮雯和楊思淮！要不然怎麼可能珮雯一受傷我就收到了郵件呢？這也解釋了為什麼他當時出現在酒店。他們就是一夥的！早就設計好了！就為了把我弄出學校！」他越想越氣，語氣也就不受控制了。

「你小聲點！」

「照我看，」他壓低聲量，「抓住楊思淮就行了！」

「怎麼抓？他做錯了什麼嗎？嗯？你被人抓姦在床還被拍了影片，於是你氣急敗壞，指派手下的學生半夜去堵一個女生，還把人家女生弄傷送進了醫院，你覺得誰對誰錯？你覺得警察知道了整件事情會抓誰？你覺得到最後誰會被關進監獄？」

屈又石思考著盧高勤的話，越想越喪氣，幾乎是被宣告了死刑。他連買的菜都沒提，站起來就想走。

盧高勤見狀，開口道：

「坐下，我有個辦法。」

十一

放學時，趁著黎莉練習排球，張儒行和楊思淮去了星星公園。黑仔一路跟著他們。

「抱歉啊，我沒罐頭了。」張儒行對走在他身側的黑仔說。

「你每天都會給他罐頭嗎？」楊思淮問。

「嗯。」

黑仔聽到張儒行這樣說，但還是跟著他。

「他可真黏你啊。」楊思淮說著，從自己的純黑書包中拿出了一個狗罐頭，是張儒行平時買的牌子。

「他可能是覺得你比較可疑，所以才特地跟著保護我呢？」張儒行皺眉看著楊思淮蹲下來，將罐頭放在小黑面前。

楊思淮摸了摸低頭吃著狗罐頭的小黑的頭：「我有什麼可疑的？」

張儒行看著小黑的尾巴輕鬆地搖晃著，問：「你從哪來的罐頭？」

「我買的啊，還能從哪來？」楊思淮哼笑道，站了起來，看了看即將沒入山頂地平線的夕陽，又說：

「你知道三玉附近也有很多流浪狗嗎？」

的確，張儒行每次路過三玉，都會看到成群結隊的流浪狗。他的視線不由自主地隨著楊思淮看向了夕陽。

「我在三玉的時候，每天都會和朋友去餵狗。」

「是朋友還是小弟？」

楊思淮歎了口氣，「我看我這輩子都無法擺脫幫主的刻板印象了。但最近，那些流浪狗都消失了。」

「捕狗大隊。」

「嗯。每三個月都會進行一次安樂死。找天我可以帶你去狗房看看。」

「別了。」看了自己讓自己難受。張儒行沒把話說完。

「不瞞你說，我原本的夢想是在這之後去北海道開個民宿，然後再養條狗。」

小黑狼吞虎嚥後，剩下連汁都不剩的空罐頭，牠歪著頭看著兩人。楊思淮從書包裡拿出一個塑膠袋，將狗罐頭放進去，紮好。

「但現在有小黑了，我在想乾脆直接帶牠去北海道算了。」

「不行。」

楊思淮挑起一邊眉毛，饒有興致地看著語氣堅定的張儒行。

「牠是我的狗。」

「你連自己都養不起，還養狗？」其實楊思淮早就觀察到了張儒行會用自己的飯錢去買狗罐頭給小黑。

張儒行說不出話，楊思淮甩著手上的塑膠袋，「隨便吧，」朝著夕陽走去，「到時候我們再看看，小黑想跟誰。」

朝著夕陽漸落的方向，兩人一狗到了星星公園。一個月前，楊思淮在這和張儒行說了盧高勤與他父親的暗鬥。對此，張儒行到現在還是半信半疑。

土，把尿埋了起來。

「要坐進去嗎？」楊思淮用下巴指了一下眼前的鳥籠遊樂設施。比起一個月前，它鐵鏽得更厲害了。

「我昨天早上看見你偷進校長室了。」張儒行說。看著黑仔在公園沙地裡撒了泡尿，然後用後腳踢土，把尿埋了起來。

一陣沉默，一陣熱風。兩人額頭上都冒出了汗滴。

「你去校長室幹什麼？」

楊思淮呼一口氣道：「你早上在學校幹嘛？」

張儒行知道楊思淮等於是承認了。他說：「吃早餐。」

「看不出來，」楊思淮走到下去公園的三階樓梯前，坐了下去，「看不出來你是會大清早買早餐到學校吃的人。」

張儒行站在他身後，等著他開口。楊思淮看著泥地上張儒行的倒影。他快速地在腦子裡過了一遍自己的計畫。

楊思淮手上一共有兩份照片。一份是搜刮自蘑菇——盧高勤和鄭女士車震照和開房照片。一份是他親自掌機——家豪襲擊珮雯的照片。對於要如何利用這兩份照片，他自己和自己腦力風暴了多日。最後，他得出一個計畫，而這個計畫的第一步，就要冒著被目睹的風險潛入校長室。

「你不是說不想被捲入其中嗎？」

張儒行張著嘴說不出話。他知道自己被反將了一軍。

「好奇害死貓啊。」楊思淮頓了頓又說：「還是，你想幫忙？」

「沒興趣。」

「你不是沒興趣，你只是怕對付了盧高勤，自己沒辦法安穩畢業。」他回頭看向張儒行，「如果我說我有辦法讓你既能出一份力，又能全身而退順利畢業，你願意幫忙嗎？況且，這也是幫你父親復仇。」
「我對復仇沒興趣，對制裁盧高勤更沒有興趣。」
從這句話楊思淮知道張儒行肯定沒有和關玲提起此事。
「明明都是一件事。我真是不懂，你到底有多膽小啊？」
「你激我也沒用。不過，」張儒行又開口，「你說能讓我全身而退的計畫是什麼？」
「我開玩笑的。」
「什麼？」
「怎麼會有既能伸張正義，又能全身而退的好事？即便是漫畫裡的主角，也沒有這種待遇啊。」
「但是，如果你真的想知道的話，我的計畫，我告訴你也無妨。你放心，不用你幫忙。」
張儒行不說話。他開始覺得自己找楊思淮對質簡直是自尋死路。
「我的計畫是……」
楊思淮開始詳盡地解釋起了自己之後的計畫要怎麼走。除了最關鍵的一點他沒有講。
「可是家豪一直沒回學校，你要怎麼給他栽贓？」聽完後，張儒行問。
「他不來學校，我不能去他家嗎？澳門又不大。」
那天楊思淮去家豪家，就是為了給家豪栽贓。他藉著轉交功課之名，將盧高勤和他媽的偷情照片塞在了功課裡面。
「他肯定不會打開功課看的。」楊思淮推了推眼鏡。
「為什麼？」
「你想，當一個人正擔心著自己會不會被警察找上門時，他還會有心思做功課嗎？尤其當那個人還是學校古惑仔的大哥時。」

「而且，」楊思淮又說，「就算他發現了又能怎麼樣呢？發現了更好，到時候他見到盧高勤肯定一個頭腦發熱就衝了上去。說不定，他在家就忍不住要和鄭女士對峙了。」

「他會和盧高勤見面？」張儒行坐在了楊思淮身側，楊思淮用餘光瞄了一眼，嘴角瞬間上揚。黑仔三兩步蹦到他腳邊躺了下來，他自然地順起了小黑的毛髮。

張儒行看在眼裡。他以前以為愛狗的人都是好人，但楊思淮究竟是善是惡，他看不透。

「你忘了我發的那兩封郵件嗎？」

一個響指在張儒行腦中打響，他不得不佩服楊思淮的縝密部署。如果家豪和盧高勤真的像他安排的那樣在大譚山會面的話……他緊張到不自覺壓著嗓子問：「你想讓他們兩個在大譚山互相殘殺？」

「你這成語用的也太過火了吧？」

「不就是這樣嗎？」

楊思淮的食指在張儒行面前晃了晃，同時嘴中發出咂咂兩聲。

「他們根本就不知道對方的祕密。我剛剛說的是萬一家豪發現了盧高勤和鄭女士偷情。但那種機率幾乎等同於零。我只是想栽贓家豪，當然如果他要和盧高勤拚個魚死網破，我肯定是樂於相見。」

「你想借刀殺人？」

「哈哈哈，你怎麼不是『自相殘殺』就是『借刀殺人』？你覺得我會把希望寄託在家豪那顆腦子上嗎？他只要乖乖地當我的棋子就好，真正要殺死盧高勤的刀，可輪不到他來當。」

莫非楊思淮口中的那把「刀」就是自己？他正準備再提出問題——

「我只能告訴你這麼多。」

張儒行一愣。耳邊又聽到楊思淮說：「你實在想知道完整計畫的話，歡迎你週五晚上九點親自蒞臨見證。」

完整計畫。張儒行心頭一揪，什麼完整計畫？這與他有關嗎？

「你到底在計畫什麼？」

張儒行看向一直在嘗試用眼神「穿透」他的楊思淮。後者半邊鏡片反著光，剩下一隻眼睛盯著他。他知道楊思淮不會自露馬腳，於是「切」了一聲。

「哈哈哈哈哈——」楊思淮最後撓了撓小黑毛茸茸的下巴，站了起來，拍了拍屁股上的灰塵，又拍了拍張儒行的肩膀，「你該去接你女朋友了吧？我先走了，拜。」

「喂，你真的想把小黑帶去什麼鬼北海道的？」

小黑在兩人之間跑了幾個來回，舌頭伸得老長。

「我什麼時候說話不算話過？」說完，他轉過身。

張儒行看了眼夕陽下漸行漸遠的楊思淮背影。

「喂，」他對那背影喊道，「週六有煙花匯演，你要不要帶上珮雯，和我和黎莉一起去？」

「再說吧！」

那背影逐漸被黑暗吞沒——烏雲只給夕陽留下了一絲空隙。但到底，他是被黑暗吞沒，還是主動朝著黑暗走去呢？

小黑回到張儒行身邊，他摸著原本自以為全校只有他一人喜歡的流浪狗，看著牠黑得發亮的雙眼問：

「你也想跟他去北海道？」

小黑吐著舌頭，搖著尾巴，不置可否。

便祕了一個禮拜的天空，終於忍不住飄起了細雨。

還以為今天不會下雨呢。楊思淮心道。明明放學時烏雲散了一些。他沒有帶雨傘。好在是毛毛雨。

「不知道以後會不會禿頭呢？」他對著一座一看就知道有經常擦拭的墓碑說。

墓碑上的名字叫楊依萍。那人正是楊思淮的媽媽。她在楊思淮小學一年級時服用過量安眠藥而去世。

「聽說本來是一名英文老師，」警察局，小學生模樣的楊思淮坐在過道邊的椅子上，負責此案的大鬍子警察正在辦公室內和組長報告，「後來好像因為和學校中某個教員發生了關係，而被學校解僱了。」

「那為什麼到現在才自殺呢？」組長問。

「還不確定是不是自殺，」楊思淮在椅子上擺蕩著雙腿，聽著大鬍子警察略微沙啞的嗓音，「在死者家中的衣櫥裡發現大量烈酒。推斷當事人有酗酒習慣。再加上長期服用安眠藥，可能是意外身亡。」

「她兒子呢？有說當事人有酗酒習慣嗎？」

「那個小孩啊……」大鬍子警察回頭看了看門外，撓了撓頭，「從帶回來到現在一句話都不肯說。」

楊思淮對媽媽的記憶是既清晰又模糊的。他記得媽媽做的飯很難吃，大部分都是水煮的。

「這叫西餐，健康。」

他記得媽媽的聲音，時而清澈似春季的毛毛細雨，時而粗糙似手指不小心刮到牆壁。他記得媽媽的雙手，是骨肉分明的，很白，白到能看見裡面交錯的青色血絲，也很冰，冬天手牽手在公園散步，她總會說：「思淮是媽媽的暖寶寶。」他記得媽媽的頭髮，是很柔軟的，他每晚睡覺臉都要貼著媽媽的一撮頭髮才能入眠。他記得媽媽的服裝，總是單調的，因為她在賭場上班，所以一年四季都穿著白色襯衫和黑色西褲，外加一件黑色背心，上面掛著寫著媽媽英文名——Chris——的名牌。

「我原本叫Christine。但是經理說太難讀，所以被改成了Chris。」

他記得媽媽的雙腳，是纖細的。初中前他會用兩根竹子來形容，因為他喜歡熊貓，所以凡是細長的東西他都說像竹子。初中後他會說那是雙模特腿，是班上女孩們的小象腿所沒法比的。他還記得媽媽的背部，那是他和媽媽一起泡澡時，幫媽媽擦背時刻在記憶裡的。

「思淮擦得好舒服啊，你長大了還會幫媽媽擦背嗎？」

「會的。」

「哈哈哈，來，轉過去，到媽媽幫你擦了。」

可以說，他記得媽媽的所有細節。無論多鉅細靡遺，無論多日常瑣碎，只要是有媽媽在內的，他都記得。但是唯獨，唯獨他記不清媽媽的樣貌。

他坐在警察局的椅子上，擺著雙腿。媽媽的樣貌……媽媽的樣貌……媽媽的樣——

一張黑眼圈深邃，沒有眉毛，雙眼無神，薄唇上幾乎全是死皮，臉頰的黃斑如浴室瓷磚上的汙跡，眼角皺紋像是乾裂的荒地——那是媽媽的模樣，媽媽喝完酒的樣貌，楊思淮主動選擇忘記的樣貌。

「存摺上只剩三百多塊，」大鬍子警察的聲音在楊思淮被鬢角微微擋住的耳中迴盪，「聽她同事說，有客人對她毛手毛腳的，她把剛燉好的佛跳牆淋在了對方頭上，然後就被解僱了，之後就一直沒找到工作。」

「那孩子怎麼辦？」

「房子是買的，差一點才供完。民政總署那邊好像接管了。」

楊思淮坐在椅子上，擺動著雙腳。他回憶著媽媽，既清晰又模糊的媽媽。

一聲雷鳴，雨水傾盆而至。

他站在媽媽的墓前。雨滴滑過他的額頭、滑過他的眉毛、滑過他的鏡片、滑過他的眼窩、滑過他的鼻翼、滑過他的嘴角、滑過媽媽的墓碑。他嘴唇顫抖了幾下後開口道：

「等著，媽媽，等著兒子替妳報仇。」

十二

週五夜，雷聲陣陣，白光如惡龍般在黑雲中竄動。七點出頭，昨日的雨水尚未蒸發，細雨又至。如紗布般的毛毛雨幕中，楊思淮站在巴士站前，手機在耳邊：

「我前天就和妳說了，今天不行。」

「你今晚到底要去幹嘛？為什麼不行？」珮雯在線路那頭，底噪是雨滴敲打玻璃。

「和小學同學聚餐。」

「哪個小學同學？」

「和妳沒關係吧？」

「我是你女朋友，你去和誰吃飯我無權過問嗎？」

「妳有嗎？」

趁著珮雯的啞然，楊思淮掛了電話並關機。他無暇顧及珮雯的猜忌。愛情和親情的取捨，他毫無疑問地會選擇後者。

巴士停在了大譚山觀景台下，楊思淮下車。他抬頭看著與雷雲距離之近，看上去幾乎會被劈到的山頂，那裡就是他籌備已久的舞台。楊思淮沒搭電梯，他選擇踏階而上，順便整理一下在他腦海中已排練多次的劇情。

盧高勤和妻子恢復了愛情。他不知道會持續多久，但重拾的愛情難免使他被性愛麻痺了的靈魂再次激蕩。但今天他沒空和妻子重溫熱戀時光，他吃完妻子做的晚餐，出發赴約。

「你去和屈又石說，我對他週五約你出去非常不滿！」玄關，妻子靠在他胸前。鼻息中噴發著葡萄的甜味——衝動誘惑他將妻子抱進臥室，撲倒在床。

但還是理智勝利了，他畢竟是校長。

「我會幫妳傳達的。」

妻子不肯放開摟著以盧高勤的歲數來看十分苗條的腰的雙手。

「再親一下。」

帶有酒精的吻，讓盧高勤再次迷醉。媽的，如果不是……他把矛頭指向公墓，如果不是他，盧高勤就能在這暴雨良宵與妻子在酒意中纏綿。世上還有比這更美妙的事嗎？盧高勤在妻子的充滿溫存的雙眼注視下踏出家門。無論那個叫公墓的人是誰，他會後悔自己惹錯人的。

屈又石已駕車在樓下等候許久。盧高勤撐著黑傘走來並上車。

「怎麼這麼久？」屈又石瞄一眼時間：七點十七分。「你喝酒了？」他鼻子嗅了嗅。

「開你的車，別遲到了。」

媽的，到底現在是誰遲到？屈又石黑著臉駛向漸大的雨幕中。

家豪從晚飯時就一直注視著時間。電視中播放著香港八點檔電視劇。角色的對話在他耳中猶如有千萬個小學生正在放學——吵死了！

「不吃了？」鄭女士看到兒子放下碗筷，像是大便快忍不住了般衝進——不是廁所，而是自己房間。

「妳也不管管他，一點禮貌都沒有！」

「欸，那你怎麼不管呢？話說回來了，你一個月才在家吃幾次飯？你明天早上不是又要往外跑了嗎？」

「什麼叫我要往外跑？我不是為了賺錢嗎？」

「賺錢賺錢賺錢，我們現在是要窮死了嗎!?你那麼能，你來教育家豪啊！他不是你兒子啊？啊？他和你沒關係是不是？」

鄭女士一發飆，就如窗外的滂沱大雨，不可回溯。而隨著雨量激增，鄭先生用忍耐築起的堤壩往往不堪一擊。

「妳又發什麼神經！」

「我發什麼神經？誰知道你是不是在外面有女人了！」

而當洪水衝破堤壩，一次對家庭來說是大災害的爭吵也只是時間問題。

家豪不想等著洪水淹到自己房間時才後知後覺，他早就學乖了。他衝出房間——

「你要去哪？你站住！」鄭女士命令，「家豪！站——」

住還沒出口，家豪便已奪門而出。電梯都不在他這層，為了斷絕父母追出來的後患，他走進樓梯間。

「家豪，家豪！」父親衝了出來。過道中，樓梯間的防火門前後擺蕩著，發出嘎吱聲響。

「妳看看妳教育的好兒子！」他回頭，如莽夫般隻身面對洪水野獸，面目上已毫無理智可言。

「我教育的好兒子？你好意思說出口？教育不是兩個人的責任嗎！怎麼變成我一個人的責任了？」

「我在家教育，誰出去賺錢！妳嗎？」

在已經習以為常的炮火聲下，家豪走進了雨夜中。

屈又石停車在山下路邊。雨刷一秒一個來回。對岸的澳門本島失去了具象，只剩一片五光十色，如萬花筒。

「記住，一定要殺他個出其不意。」盧高勤囑咐。

「知道了。」

盧高勤走進在雨幕中亮著白光的透明觀景電梯。屈又石則手持為了赴會而新買的棒球棍走樓梯，以便「殺」對方一個措手不及。電梯節節而上，眼前的黑色轎車逐漸變為盧高勤腳邊的一個玩具。

他走出電梯，眼前是兩根旗杆，分別掛著國旗和區旗。一紅一綠，濕了的旗幟在閃電下尤其鮮艷。

「歡迎。」盧高勤耳邊響起一人聲。他剛準備回頭，那人就走進了傘中。那人從後耳語道：「欸，我可沒叫你回頭啊。」一個硬物正頂著他的腰間，他感覺到刺痛，他猜是把刀子。

「你是誰？」

「公墓。」

盧高勤問對方到底想要什麼。公墓說了一個讓他全身、包括大腦都一哆嗦的名字：楊依萍。雷聲讓他大腦重新開始運作，他問：

「你是楊依萍什麼人？」

「你覺得呢？」公墓在盧高勤身後施力，逼盧高勤往前走。兩人穿過人行道，站在了馬路旁。

「丈夫？」盧高勤的褲腿已經全濕，雨勢已如瀑布。

「不對。」

「什麼？」大雨掩蓋了公墓的聲音。

「我說不對！再猜！」他放開了嗓子，如雷鳴般嘶吼。

「父親？」

「哈！」公墓尖笑，「你是在裝傻吧？她父親在她讀大學時就去世了！你不會不知道吧？」刀子隨著他的聲調起伏而顫抖著，已經劃破了盧高勤的黑色防水外套與白襯衫。

靜默，只剩雨水擊打地面。盧高勤半晌才說，語氣出奇平淡，但聲音卻不斷顫抖：「你不會是……不會是她……她的兒子吧？」話音剛落，他左後膝突然一疼，不受控地跪在了積水中——公墓一腳踢的。盧高勤手持的黑傘掉在了地上，兩人暴露在大雨的敲打下。盧高勤的防水外套明顯質量不過關，他瞬間渾身濕透，而公墓則穿著一身到腳踝的黑色雨衣。

「猜對了。」他手上的刀子橫在盧高勤脖子前，刀鋒對準盧高勤稜角分明的喉結。

瞬間，盧高勤將公墓的這句話和原先他和屈又石的猜測重疊在了一起。也就是說，張儒行和楊思淮之中一人是楊依萍的孩子。張儒行在學校名聲不小，盧高勤見過他母親幾次。所以唯一的可能就是轉校生楊思淮了——

「怎麼了？你是真的沒想到，還是故意裝傻？」

楊思淮並不能體會當盧高勤聽到楊依萍三個字時，他的記憶並不是一下子躍於眼前，而是慢慢地逐漸地浮現——那段令他心如刀割的往事，他早就埋在了內心的最深角落。

「你媽媽還好嗎？」盧高勤的右腿不受控地顫抖著，左膝蓋已經跪得刺痛了。

「你真的什麼都不知道啊？」

盧高勤側頭看向身後的楊思淮——一片黑影，面孔是兩團白光——反射自旗杆處的照射燈。他心覺楊思淮的話不太對勁，沉默著等對方開口。

「她在十三年前去世了。」

盧高勤更加沉默了。他感受到一種微弱但卻刻骨的心痛，彷彿是又想起了一個去世已久的老友。他代入了楊思淮的立場。是他害楊思淮的母親被辭退的，在那之後她過得怎麼樣呢？為何會去世？肯定是與他有關。要不然人家兒子為什麼會找自己尋仇呢？

他不知道該說什麼。他忙著整理自己的思緒，幾乎忘記了外界所發生的事情——那雨與雷的交織、那雷雨與小城間的喧鬧，那雙腿的顫抖與刺痛，那喉結的冰涼，那身後的壓力，他短暫地都忘了，只是如拼圖般拼湊著她的模樣。但令他心碎的是他記不起來了。只有一個大概，還是支離破碎且模糊的。甚至有可能是大腦將他這麼多年來的多個情婦的面貌東拼西湊所組成的一個虛假面孔，就為了讓自己緬懷一下。這點是最讓他難受、揪心的——他覺得自己是個重情重義的男人。但現實呢？他連自己生命中的一個與自己有過情感連結的女人的樣貌都記不得了！因此他只有沉默了。他不知道該對這樣的自己說點什麼。

「你不說點什麼嗎？平時在早會上不是說得一套一套的嗎？怎麼這時候啞口無言了呢？」

盧高勤的沉默讓楊思淮感到莫名地不安。他以為盧高勤會充滿蔑視——那不過是他玩過的無數女人中的一個。他根本不在乎。當然，他不可能這樣表現出來。畢竟有把刀子正對著他的喉嚨。但他肯定是這麼想的！至少楊思淮是這麼猜測他的想法的。但現在，盧高勤的沉默是沉重的。與那厚積的烏雲一樣，與楊思淮的心事重重一樣。為什麼？怎麼回事？盧高勤是這樣的人嗎？他理應是一個玩完女人後就隨手一丟的負心漢啊！他理應是一個現代西門慶啊！他理應露出那種在早會講台時，與摟著家豪母親去開房時，臉上所掛著的正值壯年，從骨子裡發出的自傲且不羈的浪子面孔啊！現在是怎麼回事？他居然沉默了？

「你說話啊！」

他在沉默什麼？是無話可說嗎？為什麼會無話可說呢？是因為在默哀嗎？楊思淮握著刀子的左手無序地上下顫抖著。是為了媽媽的死而感到難過所以在默哀嗎？他這種人會因為玩過的女人的死而難過嗎!?

「我對不起你。」盧高勤的話如閃電般劃破了堆積在楊思淮心頭的厚雲。

「放屁！」楊思淮猛一咬牙，左手使勁攥住刀子，「放屁！你他媽的怎麼可能會因為自己做過的事情而懺悔呢？不可能！不可能！」

血滴從刀子緊貼著喉結的縫隙中滲出，在刀刃上滑動，與雨水交融。

「如果你是會感到對不起的人，你就不會對她做出那種事！」楊思淮右手抓著盧高勤的肩膀猛晃，他喘著粗氣，雷聲與之協奏著。

「你要我說什麼呢？」盧高勤似乎帶著哭腔，「如果早知後果，那麼誰還會犯錯呢？」

「你知道就是你犯的錯，把她害死了嗎？」

「孩子我對不起你，真的，我對不起你，」楊思淮能從刀子上感覺到盧高勤說話時喉結的每一下顫抖，「你想讓我做什麼都行。」

楊思淮被盧高勤的懺悔一時間弄得不知如何是好。應該原諒他嗎？

「孩子，你父親呢？」

盧高勤的話再次如閃電般擊中了他。我父親？楊思淮受不了了。自己刀下的這個男人，他不想再去揣測他的想法了。他只想替母親復仇。就像他昨天和過去十三年間在母親墓碑前約定的那樣。復仇。單純的復仇。別的事情他都不願再想了。為什麼要多想呢？多想有什麼益處嗎？多想會得到什麼結果嗎？多想母親明天晚飯時就會出現在餐桌上嗎？不會！這個男人到現在還沒搞清楚狀況！就像他當年沒有弄清自己的輕浮行為產生了什麼樣的後果一樣！他無法彌補過去十三年的缺席——那個本應站在媽媽臥室前拯救她的男人，那個本應出現在葬禮時伴著楊思淮的男人，那個本應以父親的身分出現在他人生中的男人。一切都太遲了。既然他不是父親，那他就是仇人。

「她是怎麼死的？」

「都不重要了……」楊思淮自言自語般輕輕地說，「都不重要了……」了結這一切吧，他不想再做過多說明了，那一層關係就停留在今夜吧，被暴風吹走也好，被暴雨衝走也罷，所謂的血緣就斷在今夜吧！

「告訴我，她是怎麼去世的，好嗎？」

刀鋒剛要向左滑動，一記悶聲摻雜在了雨聲中，刀子應聲掉落的同時，楊思淮側倒在了流淌著雨水的柏油馬路上，激起一陣水花。

盧高勤回頭一看，屈又石手上正拿著棒球棍氣喘吁吁。

楊思淮的昏迷是一瞬間的事。就像是被人抽走了靈魂般——斷片了。而他恢復意識也是一瞬間的事，如重新通電的電視，無數的內容又蹦進了他的大腦。他睜眼，雨滴搶著灑在臉上，幾乎睜不開。後腦勺跟著心臟，心臟跳一下，它就疼一下。他一邊下意識地用左手捂著後腦勺，一邊用手右手撐著上身想要爬起來，但他失敗了——

「趴著！」屈又石從背後踹了他一腳。

「別動粗！」盧高勤喉結處一道淺口不斷滲著血，血滴沿著脖子一路蔓延到黑色防水外套裡的白色襯衫的領口上，如一片玫瑰花叢。

「他是你舊情人的兒子，又不是你兒子，你心痛什麼？你忘了這小子是怎麼威脅我們的？」

背後的聲音是誰？楊思淮強迫自己思考，他必須思考，這是他最擅長的事情，思考！

「小子，」屈又石自己走到了他面前蹲下，歪頭瞪著他，像極了地痞，「還威脅我辭職？現在該是誰從學校滾蛋了？嗯？趕緊把你拍到的東西全部交出來！連同備份一起！交出來我再考慮要不要放你一條生路！」

「你在說什麼!?」盧高勤拽開屈又石。後者矮胖的身子一下重心不穩，一屁股坐進了積水中。

「他媽的你想幹嘛!?」屈又石破口大罵。

一陣尖笑。楊思淮發出的。他直起身子，想站起來，但雙腿無力，只好坐在猶如小川的積水中。他看著眼前的盧屈二人說：「你們能拿我怎麼樣？」

「混蛋小子，我看你是還沒搞清楚狀況啊！」屈又石上去就是一腳。楊思淮眼鏡被踢碎，整個人大字型倒在了小川中，又激起一陣水花。

「住手！」盧高勤扯住還想繼續施暴的屈又石。

楊思淮透過眼鏡框，看著雨滴不斷向他襲來。雨水降在全身的觸感使他清醒，他思考著扭轉局勢的機會——家豪還沒來嗎？他原本的計畫，是親手殺了盧高勤後，再將罪名嫁禍給家豪。前者他約七點半，後者則是八點。半個小時足夠他復仇以及布置現場。他只須把被盧高勤屍體吸引過去的家豪擊暈，然後再把刀子塞進他手裡。家豪有完美的行兇動機——就夾在他的數學作業裡。

但是，屈又石的出現打破了他的計畫。他反被盧高勤給計畫了。他可以輸給世界上任何一個人，唯獨盧高勤。他瞄向正在內訌邊緣的盧屈二人，那男人的模樣：長長的馬臉、細長的雙眉、扁嘴唇、最重要的是眼鏡後那一雙每天從鏡子中都會看到的單眼皮——他不想承認也得承認，比起媽媽，他更像盧高勤。

盧高勤提議，從楊思淮手中拿到照片和影片的原檔和所有備份，並讓他退學。這事就這麼了了。但屈又石咽不下這口氣，他還想洩憤。

「你是忘了警察的事嗎？」盧高勤說。

「這小子不吸取點教訓，還以為自己能騎在大人頭上作福作威！」

盧高勤欺身到屈又石面前說：「你忘了來之前你答應過我的話嗎？」

屈又石咬牙切齒地擠出：「沒忘。」

「那就聽我的做！」

屈又石只好吞下惡氣。

「起來，帶我們去拿影片和照片。」屈又石將棒球棍架在肩膀上。

「比起訓導主任，你更適合做古惑仔。」

「廢話少說！」屈又石把楊思淮從川流中拽了起來，「站好！」

盧高勤捕捉到楊思淮飄忽的視線。這是他第一次清楚看見楊思淮正臉。在路燈和旗杆下的照射燈的共同協作，楊思淮的臉孔被照亮了。看著那幅模樣，盧高勤眉毛越皺越近。

屈又石押送楊思淮的同時，一個人影從黃燈下逐漸走近。直到他走到白熾燈與路燈的交合處時，和屈又石打了照面。

「是誰？」

楊思淮不用看也知道是誰。是家豪，在這一刻，家豪成為了他的救星——

「家豪！」他猛地推開屈又石，踉蹌地衝出屈又石的挾持。

家豪從家裡的戰火逃離後，因為時間尚早，所以沿著馬路一路走上山頂。他沒想到雨水會越下越大，好在大譚山從山腳到山頂也不過二十分鐘路程。他先是看見了白光照射的兩根反著光的旗杆，又走幾步，他看見了旗杆下的三個人影。除了背對著他的那個人影外，其餘兩人他一眼認出。為什麼屈主任和盧校長會出現在這裡？兩人還是一副落湯雞的模樣。他們和公墓有什麼關聯？隨著靠近，他看見了那人影與屈又石走向自己，直到他看清那人影是楊思淮的瞬間，楊思淮推開屈又石，衝到了自己與屈又石的中間。

「家豪？」屈又石和盧高勤交換了一下眼神。後者搖了搖頭，隨即知道一定是楊思淮搞的鬼。但他叫家豪來幹嘛呢？盧高勤腦子飛轉著，難道是……

「為什麼……」家豪止步在兩根旗杆之間，與面前三人保持一定距離，「你們會在這？」

「這句話應該我問你吧！」屈又石想靠近，剛踏出右腳──

「別過來！」家豪命令道，「你們誰是公墓！」他心裡一團亂，又不是個擅長動腦子的人，乾脆直接問了。

屈又石剛想開口，楊思淮就搶得先機：「家豪，」他掀起雨衣，從背後的書包中拿出一個牛皮紙袋，像丟飛盤那樣，丟到家豪面前，「打開看看裡面裝的是什麼。」

沒錯，這是楊思淮的後備計畫。永遠要做兩手打算。楊思淮臉上露出微笑，雨水順著揚起的蘋果肌向下。盧高勤見狀心覺不妙，上前想搶奪牛皮紙袋，但距離太遠，剛跑到楊思淮面前，家豪就已經將紙袋打開。

「小子，你耍什麼花樣？」屈又石手剛碰到楊思淮，楊思淮反手就是一拳。屈又石的塌鼻子現在不僅塌，還歪，「你他媽的……他媽的……」他一手捏著鮮血直流的鼻子，一手用棒球棍當拐杖撐在地上。

身為玉門幫的前任幫主，要不是屈又石偷襲他，論拳腳，屈又石那又矮又胖的身板能是他的對手？堅持每週打網球的盧高勤說不定還能與之抗衡一二。

照片剛從牛皮紙袋中拿出，便已滿是水滴。家豪雙眼掃過照片，拿著照片的雙手開始顫抖。一陣情緒激蕩，眉毛緊蹙是因為不解，但當他理解了照片中兩人正要在去幹嘛時，他的蹙眉則是因為噁心。

角。

「家豪……」盧高勤向家豪靠近，他通過家豪的表情，猜到了自己和家豪母親正是照片中的男女主角。

照片在家豪手中散落一地。乘著積水朝盧高勤腳邊漂去。盧高勤睹了一眼，他深嘆一口氣。

「我和你母親——」

「閉嘴！」

家豪，本是替自己命運感到急切擔憂的十八歲少年，現在因為受到了母親的背叛而暫時忘記了自己來此的目的。他咬牙切齒的表情告訴楊思淮，他的後備計畫成功了。

「你這臭小子，如果不是你的話，什麼事都不會發生，一切都會照著以前一樣，如果不是你……」屈又石踉蹌站直，揮著棒球棍朝著楊思淮襲去，他重重地踩著水花，腳步逐漸加快，雙手高舉球棒砸向楊思淮——後者看準屈又石的攻擊軌跡，側身閃避，同時全力朝屈又石的左膝踢去——「哇啊！」屈又石大喊著抱膝滾地，球棒順勢脫手，他肥胖的身軀因為慣性逆著水流滾到了馬路邊的排水溝邊，腦袋順勢磕在水溝壁上，沒了意識。他上半身埋在排水溝裡，下半身還在馬路上被水流沖刷著。

盧高勤回頭一看，友軍沒有了動靜，他判斷是暈過去了。而自己的處境則是被楊思淮和家豪前後夾攻。

楊思淮知道局勢已在自己的掌控之中，便悠哉地走到刀子旁，彎腰拾起刀子並丟到家豪面前，「身為黑傘會老大，對睡了自己母親的禽獸，你不會打算放過吧？」

家豪瞪了楊思淮一眼，但比起楊思淮，他此刻的敵人是盧高勤。他拾起刀子的同時，雷聲轟隆，此刻雨勢到達了頂峰。

「你是公墓嗎？」他衝著楊思淮問。

「我是。」楊思淮拾起腳邊的照片，裝模作樣地看了一眼，然後將正面對準家豪，畫面中鄭女士正在副駕駛座上側身擁吻著盧高勤，那表情中流露出了無窮的情欲，「說不定等你自己發現的時候，盧校長就是你的新爸爸了。」

「閉嘴！」家豪用刀子指著楊思淮大吼。

「你聽我解釋，大人的關係不是你所想得——」

「你也閉嘴！」刀子又對準了盧高勤。

「聽著家豪，」楊思淮雙手插在雨衣口袋中，慢條斯理地走過盧高勤，三人成了一個三角站位，「你知道你現在差點什麼嗎？」

家豪喘著粗氣，濕髮緊貼在他臉頰上。他的眼神中是憤怒，同時也是迷茫。

「你現在就只差一點勇氣，」楊思淮的語氣就像是在鼓勵朋友去大膽地向心愛的女孩表白，「讓我來給你一點勇氣，」他稍一停頓，「聽好，你襲擊珮雯的照片還在我手裡，但別急，只要你接受我給你的勇氣，我就還你，」他指了指自己背後，「就在我書包裡，」楊思淮掃過家豪和盧高勤的眼神，他此刻是全場的主宰，他興奮，他激動，他迫不及待，他又好好享受這一刻，這借刀殺人的一刻——他正對著面對面站著的兩人，然後舉起右手指向右側的盧高勤，但臉卻是對著左側家豪說：「殺了他。鼓起勇氣把他殺了！只要把他殺了一切就都結束了，你拿回照片，沒人會查到是你攻擊珮雯的，沒人。你不用擔心殺人的罪名，因為人是屈又石殺的，我都安排好了，」他當然是在胡扯，直到半小時前他都不知道屈又石會出現，家豪從他踏進聖德中學，第一眼看到起，就是他的頭號替罪羔羊，「屈又石有動機，盧高勤有他嫖妓的把柄——」

「家豪，你不要聽——」

「你閉嘴！」

盧高勤知道自己無論說什麼，都進不了家豪的耳中。他已經被楊思淮牢牢地控制住了。

「只要你把他殺了，一切就都結束了。」惡魔站在滂沱大雨中，誘惑著家豪一步一步地走向地獄。

家豪跟著惡魔走了。搖晃著，但步伐堅定。連續兩下雷聲，閃電撕裂夜空，照亮了家豪臉上的扭曲模樣、盧高勤臉上的複雜情緒和楊思淮臉上的期盼神情。

「住手！」

突然，一個人影氣喘吁吁地出現在了樓梯步道前。他衝到三人之間，那人是張儒行。

「住手家豪，別聽楊思淮胡扯，你根本沒有必要殺死盧高勤！」

楊思淮衝到張儒行面前想一把將他推開，不准他接近家豪，「你別來壞了我的好事！」

「是你叫我來的。」但楊思淮的手卻被張儒行擋開，「家豪！你自己想想，你殺了盧高勤，那不是罪加一等嗎!?」

「沒人知道是你殺！」楊思淮撕扯著喉嚨，「沒人會知道是你殺的！」

「我知道！」張儒行也撕扯著喉嚨。兩人不止是肢體上在角力，聲音上也在。

「你想讓我把黎莉和屈又石的影片發在網上嗎？」楊思淮的語氣比雨水還要冰冷。

張儒行不言語了。兩人短暫地分開，同時向後幾步，突然，毫無預兆地，張儒行的拳頭直接懟到了楊思淮眼前。楊思淮早有準備，一個閃身，一記膝擊踢向張儒行腹部——張儒行捂著腹部跪在雨中，喉嚨像是卡住魚刺似的，「咔咔」地咳嗽不停。

又是一記閃電。張儒行在閃電的巨閃中，看見自己倒影在積水中的猙獰面孔。他沒想到楊思淮的身手居然比自己更快且更狠。

「別壞了我的好事。」楊思淮蹲在張儒行耳邊說完，又站起來側身對家豪說：「動手吧家豪，讓一切都結束吧。」

「住手家豪！楊思淮是騙你的！」

楊思淮回頭朝張儒行的腹部再踹一腳，他無視地捂著肚子喘息的張儒行，雙眼堅定地看著家豪，督促著他。

盧高勤的餘光中，家豪漸近。他不打算逃跑，也不打算反抗，他被愧疚攫住了雙腳。家豪越來越近，即將走到澳門區旗前的國旗之下，與自己不過數步之遙，在他顫抖的雙手中，緊握著對盧高勤的生命的威脅。但盧高勤的目光卻始終停留在楊思淮身上，他心中無數的疑問只有一個答案可以解答。而正是那個答案，讓他失去了求生的欲望。他覺得自己不配活著，他是一個人渣——

「讓一切都結束吧！家豪，讓一切都結束吧！」

楊思淮的放聲吶喊響徹山頂的同時，一束分裂黑雲與雨幕的紫光從天而降，直擊掛著澳門區旗的旗杆，瞬間，火花四起，四人面對強閃皆被動地緊閉起了雙眼。

「啊——」

一聲尖叫在四人之間迴盪，但隨即被震耳欲聾的雷鳴遮掩。楊思淮、張儒行、盧高勤三人同時捂住雙耳。巨響過後，是一陣久久不散的耳鳴，直到耳鳴漸弱，電光也早已消失在了黑雲之中時，三人才心有餘悸地睜開雙眼——

「啊！我屌！怎麼了——」在雷震中醒過來的屈又石爬起來，晃晃悠悠地走向背對著他的三人，他伸手朝楊思淮的肩膀抓去，「楊思淮，你小子——」還沒威脅完，他的視線看見了本來被三人背影擋住的畫面，他傻眼了——

只見白煙裊裊之後，手握刀子的家豪倒在積水中，全身布滿鮮紅色的如樹枝狀的傷疤一動不動。

「——死定了……」

第三幕

一

大譚山山頂處的兩根旗杆下，一共出現了三個圈。

最外圍的那圈，是民眾。

「把他們驅散！都驅散！這大熱天的，都不怕中暑？」一個睫毛很長的單眼皮男警官對維持秩序的巡邏警察們大吼。

這天是週六，附近居民不好好在家呆著享受冷氣看奧運會重播，全都跑來了山頂。畢竟冷氣每天都能吹，奧運會每四年都會舉辦，但被閃電擊中並去世的命案發生現場，一輩子絕對只會遇到一次。人人都想看看，到底是怎樣的地理位置，能引來一束殺人閃電。

被民眾簇擁著的，是第二圈媒體圈。一大早，香港和大陸的記者一接到線報，立刻從兩地趕來了澳門——一個因為新聞太少，居民主要看翡翠台（香港電視台），從來都不在記者的取材名單的城市。

「據專家分析，當時閃電就是擊中了國旗的旗杆，從而打中了路過的鄭姓高中男生……」一個髮型如中世紀騎士頭盔的女主播在警方圍起的警戒線後報導。

被閃光燈圍繞著的第三圈，則是幾名警探組成的調查圈。

「他們是從哪知道當事人姓名的？」一個身穿講究的深藍色法國名牌套裝的女警探，向身邊早上沒來得及刮鬍子就趕來的男警探問。

「哼，這年代記者們什麼不知道？估計他們連妳姓名都知道。」

女警探挑起高低眉，一臉將信將疑。她沒聽出來男警探的本意是想諷刺她的穿著太張揚。只能說，澳門正午的艷陽天，論誰也會耐不住脾氣，一心看戲的吃瓜群眾除外。

警探們的中心，黝黑的瀝青地面上，白色粉筆畫了一個人形。那就是當事人今早被上山跑步的居民發現的位置。而在那人形的旁邊，蹲著一個警探，那警探挺著日漸生長的啤酒肚，頂著分秒擴張的地中海，他正是負責珮雯襲擊案的陳為司。

原本他判斷珮雯襲擊案百分之九十九點九是校園中常見的恐怖情人類型案件。但是，當他到現場得知了山頂雷擊命案——他自己起的案件名——的死者是聖德學校高三年級的學生時，他的偵探本能告訴他事情並沒有自己所想的那麼簡單。而被他自稱為偵探本能的能力，實際上只是人人皆有的將相關事物串聯到一塊的基本邏輯思考。

他搓著下巴的鬍渣，這樣一來事情就變得複雜了。儘管他真正想說的是變得好玩了。但作為警探，他是不能說出這種不尊敬死者的話的。他的心情是激動的，二十多年的警察生涯，終於讓他碰上了一起能大展拳腳的命案。作為一個偵探小說迷，他怎麼能不興奮呢？畢竟這裡可是澳門啊！風水寶地、民風淳樸的澳門啊！二十年來他調查過最「複雜」的案件是一名妻子報警稱自己丈夫消失了，但實際上只是她丈夫帶著小三欠了一屁股賭債跑路去大陸了。但這次不一樣，這次他嗅到了陰謀的味道——不是用鼻子，而是用他的偵探本能。

兩天後的週一，在司法警察局的局長辦公室中。

「是意外吧。」他向局長報告他想接手這起案子時，局長已經就現場的第一手線索得出了結論。

陳為司斬釘截鐵地反對：「要說是意外的話疑點也太多了，首先就是他為什麼雷雨天要跑去山頂？」

「那去做一下家訪吧。」

「前天去了一趟，」發現死者的那天下午，陳為司就去了一趟死者家，「但死者母親情緒不太穩定，也沒問出什麼。他爸剛巧那天早上去了外地，昨天下午趕回家了，我打算抽時間再去一次。」抽時間是警探們的口頭禪，陳為司的時間多到希望接手一個「複雜」點的案子，他又何須抽時間呢？

局長點點頭，在發表新聞稿前，他不打算參與這起他認為百分之九十九點九是意外的案子。

「所以說，交給我吧。我保證調查個水落石出。」陳為司拍著自己胸脯，他仿佛找到了最初加入警隊時的熱情。

局長心想前提是要個水落石出。但他沒多說，揮揮手打發陳為司走了，因為他正急著享受警局每天下午都會派菜鳥警員特地去官也街喜記咖啡買的菠蘿包和奶茶。

陳為司拿了自己的那份下午茶，分三口把手掌大的菠蘿包吞了，再花兩口喝完了奶茶。他打了個帶著牛油味和牛奶味的嗝，看了看錶——四點過五分，在去死者家前他有個地方要去，現在去時間剛好。

放學時間，陳為司出現在了聖德學校的石子路坡道上。學生們如放牧時的綿羊，而整個學校就是牧羊犬，羊群們滿腦子就是想著逃離牠的掌控。他剛剛從喜記咖啡路過，沒想到自己每天下午吃的下午茶，居然是在這家距離司法警察局，幾乎要橫跨半個氹仔才能到的不起眼的茶餐廳買的。儘管騎小綿羊來回不用二十分鐘，但陳為司還是感到誇張。對下午茶這麼講究，局長真應該去威尼斯做行政總廚。

他逆著人流，不像個入職二十餘年的資深警探，倒像極了一個接兒子放學但遲到了的中年發福爸爸。

他順著清潔阿姨的指示，來到了校長室門口，敲了敲門，門內傳來一聲請進。推門前，他又打了個嗝，一樣的奶味濃郁。說明喜記的確有兩把刷子。

盧高勤在見到陳為司的第一眼時，就猜到了他是警探。他對陳為司說請坐。陳為司坐下的同時拿出了警徽，說明了自己的身分。盧高勤點了點頭，臉上除了些許疲累——黑眼圈——外沒有任何表情。

「想必你已經知道我來是為什麼了吧？」陳為司開門見山。盧高勤表示知道自己學校的學生鄭家豪的意外去世。

陳為司就家豪在學校的表現提了幾個問題。盧高勤在週五晚家豪被閃電擊中身亡的當下，腦海中就預想到了此刻的畫面，他早就做好了萬全準備。他一五一十地闡述著家豪的在校表現，語氣就和對家長說他們自家小孩的表現時一樣。

警探從校長口中得知了家豪「留級過一年」「上課表現並不理想」「有幾次被老師投訴」「參加了學生會」「對課後活動積極參與」「還是一個社團的社長」

「具體是什麼社團？」陳為司左手記事本，右手圓珠筆。

「學生自我管理的組織。」

「學生自我管理？」

「類似風紀，但是由學生自發組織的。」

陳為司在筆記本上寫下：社團老大，並圈了起來。無預警的，陳為司話鋒一轉，轉到了珮雯：「盧校長你知道同為高三年級的梁珮雯被襲擊的案件嗎？」

盧高勤頷首，等著陳為司繼續問下去。無論陳為司問些什麼，他都做好了準備。而不止他一人，週五在山頂那一束閃電後，其餘活著的三人都做好了準備——被調查的準備。

「你知道珮雯和家豪的關係嗎？」陳為司想套話。

「不知道。我沒聽說過有關他們兩人一起的消息，單獨的倒是不少。但都是關於家豪的，我剛剛都告訴你了。珮雯的話，我只記得她從小學就一直在這所學校就讀，成績一直都是中等，操行也都是B+左右，可以說是良好學生。」

陳為司的偵探本能沒有告訴他盧高勤是在說謊。偵探本能不是想用就用的，那是一種幾乎藝術家的靈感的東西，可遇不可求。陳為司放下二郎腿，他需要再從多方面吸收點消息，讓這些消息成為靈感的養料，等把牠餵飽了，牠自然又會開始生龍活虎了。

「好吧，今天打擾你了，」他站起來，盧高勤也站了起來，「之後可能在調查上還會需要你的協助，到時我會再來打擾的。」

「當然，隨時歡迎，」盧高勤迎上前，「這是我的名片，有急事也可以打電話給我。」

陳為司接過名片，然後掏出錢包，翻了翻後在兩張二十塊紙鈔中抽出了一張名片。

「啊對了，還有一點關於家豪的事情我想補充，」陳為司聞言，左手已放在了插在屁股口袋裡的筆記本上，「家豪的母親是學校家長會的會長。」

這時，在沒有敲門的情況下，門被推開了。其力度之猛，將門前的陳為司撞了個踉蹌。他在盧高勤身側站穩後回頭，眼前是一個四十歲上下的女人——

那人正是他前天拜訪過的鄭女士。巧了。他在心裡說道。同時，他的偵探本能讓他注意到了，鄭女士的目光死死地盯著盧高勤，仿佛自己這八十公斤的存在形同縹緲。而盧高勤眼鏡後的目光則是閃避到了他的身上——

「陳警探，你沒事吧？」盧高勤藉由攙扶陳為司，把陳為司是警察的身分挑明了，為了讓鄭女士別亂來。同時，藉機躲開了鄭女士那帶刺般的目光，「真是說曹操曹操就到。」

「不好意思，陳警探。」鄭女士嘴巴動著，聲音也出來了，但卻給人一種「死」了的感覺。而那帶刺的目光，依舊是筆直地刺向盧高勤。

她其實並沒有怪罪盧高勤的立場——畢竟她對週五那晚所發生的事情一無所知——但她必須找一個抒發的渠道，而那渠道就是盧高勤。作為自己去世兒子的校長，他會不會知道些什麼呢？或許兒子在學校遇到了什麼麻煩？要不然他怎麼會連續一週都沒有去上學呢？她當然知道他的腹瀉是裝的，連續一個禮拜腹瀉，那人早就要瀉脫水了！但她沒有揭穿兒子的謊言，一來是她本就寵兒子，二來是她沐浴在愛情之中，並沒有在兒子的事上多想——儘管對於這點她的內心是極力否定的，她怎麼能承認自己是為了偷情而忽視了兒子呢？她不能去細想兒子當晚離家的理由。因為在她的內心深處有一顆炸彈，兒子是因為她和丈夫吵架才憤然離家的。也就是說，是她親手害死了兒子！想到這，她的眼淚就忍不住地流了下來。她寧願讓盧高勤背上罪名，也不願自爆。

這一幕，讓盧高勤和陳為司都吃了一驚。尤其是盧高勤。他本以為鄭女士這般來勢洶洶，或許是得知了些「真相」。他猜想過家豪和鄭女士或許透露了些什麼，但這層面他無法掌控，多想也只是徒增憂慮。他看見鄭女士那帶著刺的目光的剎那，心臟差點停跳，這要是在陳警探面前走漏了點什麼的話，那或許就會在校長室內上演一場就地執法。不行，他絕不能給陳為司一絲順藤摸瓜的機會。他正想著要如何堵住鄭女士的嘴，熟料她自己哭了。隨著她的淚從眼眶流下，盧高勤心中巨石也放下了。

結果，三人坐在辦公桌一旁的沙發上。盧高勤和鄭女士一排，陳為司是獨座。兩個大男人聽著鄭女士哭訴了好一陣子。那抽泣似乎是沒完沒了。尤其是鄭女士從盧高勤口中得知家豪在開學一個月中的表現並沒有異常時，更是被添加了新一輪的哀傷。既然責任與學校無關，與盧高勤無關，那不就可以斷言，是自己害死了寶貝兒子了嗎？

「啊啊啊，我的兒子啊，是媽媽對不起你……我不該和你爸爸吵架的，嗚啊啊……不該把你逼走的……」

陳為司記錄著鄭女士哭訴中的重點。照理說，以鄭女士的哭訴來推斷，家豪的雨夜離家是為了躲避家庭紛爭，也就是純屬是在逃家途中發生了意外。如果按此推斷，那麼他的偵探之旅也就告一段落了，並沒有讓他大展拳腳啦、水落石出啊的機會。但是，他的偵探本能在這關鍵時刻出現了，開眼了，它觀察到了一個「柳暗花明又一村」的現象——為什麼鄭女士抽泣懺悔時，從黑色貼身長裙中露出的膝蓋朝著盧高勤，而且和他坐得那麼近呢？

優秀的偵探從不相信巧合。他學著日漫中的偵探在心中如是說。

二

校內傳開了家豪去世的消息。平日被家豪欺負的學生認為是「天公作美」，他們相信了天譴的存在。與家豪關聯不密切，既不被他欺負，也不與他同流的學生分為兩派：一派是覺得他「罪不該死」的同情派；另一派則是認為「死有餘辜」的活該派。

「我在網上查到每年有二十四萬人被閃電劈死。」

「真的假的……那機率也挺大的。」

「還好吧？以全球人口來看安全啦。」

「問題是澳門的人口也才五十多萬欸。」

「那更說明老天有眼啊，要不然幹嘛電家豪，不電別人？」

當然，大家也只是閒著無聊爭論著玩。畢竟大多數學生，無論是同情派還是活該派，都因為對家豪持負面印象，沒人真的在關心他的去世。只有一群人對家豪的離去感到由衷地難過，那群人是黑傘會的成員。

由副會長老鼠仔帶頭，黑傘會成員在大息（澳門學校五分鐘下課時間為小息，上午第二、三節之間則為十五分鐘，稱為大息。）時段開了場小型追悼會。他們在禮堂上擺起了蠟燭，放上了家豪去年高三拍的畢業照片。整齊的隊列整齊地向家豪的遺照鞠躬。身邊圍著幾乎是全校的學生，沒有出現看熱鬧的人只有在教室裡看漫畫的宅男，和在廁所與便祕對抗的宅男。

「還開追悼會，會不會有點誇張？追悼會不都是偉人才會開的嗎？」

「對啊，可能在他們眼裡家豪就是偉人吧。哈哈哈，真好笑。」

「噓！被他們聽到就慘了——」

「你們在嘰嘰歪歪地說什麼？」

「糟糕！」竊竊私語的三人遁進了人群之中。第二排的人變成了第一排，張儒行就在其中。

「副會長，」一名小弟對還沒進行「儀式」繼任會長職位的老鼠仔說，「是張儒行。」他的語氣，像是張儒行就是殺死家豪的兇手一樣。

老鼠仔用他那張開跟沒張開差不多的眼睛瞪了張儒行一眼。後者一臉漠然，根本沒看他，目光一直在家豪的遺照上。反倒是張儒行身邊的黎莉回瞪了一眼。老鼠仔——一個正值青春期的男生，被漂亮如黎莉的女生瞪，還會因為目光接觸而害羞。他低下頭，對大哥的遺照默哀同時，心裡想著張儒行那仆街的女友還真是極品啊。

張儒行對那晚的意外抱持著兩種截然矛盾的態度。一方面他認為四人一致決定隱瞞實情是正確的決定。如果被警方懷疑的話，誰也說不準會不會被順藤摸瓜查到他們自己的虛心事。

「既然我們每個人都有不方便為人所知的祕密，」楊思淮手握著原本攥在家豪手中的刀子站在雨中，視線掃過眼前三人，「那就絕對不能被第五個人知道我們今晚在這裡出現過。」

盧高勤和屈又石都表示同意。張儒行卻猶豫了。

「儒行，你有什麼問題嗎？」楊思淮的話在張儒行耳邊迴盪。他剛剛已經被楊思淮威脅過了，如果他執意阻止憤怒中的家豪的話，楊思淮就會把黎莉的錄影公開。他知道楊思淮說得出就做得到。他不能冒險，即使答應隱瞞就等於埋沒良心。

如果那晚沒有受到好奇心的驅使而前往山頂的話，說不定他會好受一點。

事發隔天，週六，他窩在房間看《射雕英雄傳》，看到一半才發現這原來是《神雕俠侶》的前傳。老媽剛下班，帶了早餐回家，放在桌上後，打著哈欠進了臥室。

「起床，吃飯。」路過儒行房間時，她對著房門說。她知道兒子平時都起很早，週六日也一樣。

儒行嗯了一聲。躺在床上不動。因為家豪的死，他一晚上沒合眼。他不能合眼。一合眼，家豪渾身是血，手舉刀子的模樣就會在他眼前出現。很弔詭的，家豪的目標不是盧高勤，而是他，張儒行。家豪踏著雨水靠近，越來越近，越來越近，直到刀子沒入自己的胸膛，將他從睡夢中驚醒——他只好睜著眼睛，瞪著天花板，也不願在夢中與家豪相見。他不知道自己為什麼會將家豪的目標轉移到自己身上。是他的潛意識？他不知道那其實是他的良心在作祟。他的良心在譴責他為什麼當時沒有阻止家豪。明明自己就在距離家豪不過十米的距離。

那黎莉呢？自己的女友黎莉被屈又石侵犯的錄影呢？難道就讓它公諸於世嗎？我總得保護自己女友吧——所以就要被楊思淮威脅嗎？那如果楊思淮之後一直用這件事情威脅你呢？如果他之後對你有更加過分的要求呢？就像他威脅那三人一樣。

到時候你要怎麼做？

到時候我要怎麼做？

不知過了多久，窗外響起了救護車警鳴。他原本昏沉的意識瞬間恢復清醒。他側躺著，瞪著眼前寫字台與牆壁的縫隙。他站起來，走向縫隙，手伸向黑暗之中，他掏出一支棒球棍。他當時為何要買棒球棍呢？澳門根本就沒有打棒球的空間。他忘了，記不清了。

到時候你要怎麼做？

他腦子剛一運作，這句話就彈了出來。現在，楊思淮是敵是友？張儒行坐在餐桌前，吃著老媽打包的麥當勞早餐。食之無味。大腦是呆滯的，因為張儒行想讓它預知未來。但人是過去與未來夾縫中的生物，就像那支在夾縫中的棒球棍——它被張儒行擦乾淨放在了鞋櫃旁。那它在未來會被用來做些什麼呢？他不知道，它也不知道。

老媽是睡夢矇朧中聽到了張儒行的動靜。她從不知道張儒行早起的原因，那原因是張儒行曾經渴望能和上晚班的媽媽吃頓早餐。而現在渴望沒了，剩下了早起的習慣。

「欸，昨晚的雨很恐怖欸。」那天下午，黎莉去了儒行家，幫他複習，期中考試還有一週，「下那麼大，煙花會中止吧。」

「可能吧。」

「你有看到昨天的閃電嗎？我親眼看著閃電從天而降，就像這樣——咻！」她的食指從儒行雙眉間落下，擊中儒行正寫著的數學習題上。

「妳到底讓不讓我複習？」

黎莉縮回手指，蹙起眉道：「你別把做數學題的不耐煩往我身上發洩。」黎莉的誤解讓儒行鬆了一口氣。

「有好幾次我都覺得肯定會劈死人。」

他愣住了。腦子出現了拿著刀子的家豪和嘴裡不知道說著什麼的楊思淮。

楊思淮截了的士。雨勢雖然小了，但他實在累了——沒有什麼事情是比計畫突遭變故更讓人身心俱疲的了。盧高勤提出要送他們回去，儒行說自己的家就在附近拒絕了，楊思淮也拒絕了：給你送不就讓你知道住址了嗎？你當我是白癡嗎？他的學生資料上填的地址當然是假的。

在的士上，他開始總結自己失敗的原因。這都第幾次了？從一開始的引誘張儒行復仇被拒絕，再到屈又石事件的黎莉突然暴走——到底該怪黎莉太兇猛還是屈又石太軟弱？剛剛屈又石蹬鼻子上臉的模樣可是囂張得很啊，怎麼在當時掉鏈子了——然後到剛才的全然失控。從屈又石偷襲開始，他的計畫就被打亂了。好在他留了一手：盧高勤和鄭女士偷情的照片。但計畫還是失敗了。誰能想到擋住他臨門一腳的人是閃電呢？

看來以後會面地點都不能選擇高處，尤其不能選擇有兩根鐵柱子的高處！

「時不我予啊。」

他的自言自語引起了司機從後視鏡的一睹。

「是思淮？」

楊思淮一看後視鏡，是一個半月前在麥當勞遇到的女的士司機——關玲。

「你大晚上的怎麼會在這裡？」後視鏡中的雙眉皺起。而且為什麼渾身濕透這句話她沒問出口。

「跑步。」

關玲的眉毛鬆了。她問楊思淮每天都跑嗎？楊思淮回答是的。

「可是，這雨從下午就開始下了吧？」

「沒想到會下大。」

關玲點點頭。她又問起了思淮還在不在麥當勞打工。她還記得那晚，自己與這個萍水相逢的少年坦白了心事。她沒想到兩人會再見面——她最近都避開那家麥當勞——她覺得再見面一定會很尷尬，但實際碰到了的尷尬比她想的要少得多，幾乎沒有。

「我打的是暑期工。」楊思淮語氣僵硬，帶著冷漠，像是被的士司機沒話找話聊的，渴望安靜的乘客。關玲是老司機了，乘客心裡想什麼她怎麼會不知道呢？只要屁股坐在自己車上，那心裡的喜怒哀樂就都能被她的後視鏡給捕捉到，並被她盡收眼底。她不知道少年在煩惱什麼，但多嘴地問一問，也沒什麼大礙吧？她這樣心想。但剛出口她又後悔了，會被當成多管閒事的大媽吧？但也無所謂了，反正她本來就是大媽。而長長的夜，這刻才剛開始，她不多管點閒事，那這夜要這麼過呢？

「在想大學。」

「打算讀什麼科系啊？」

楊思淮後悔了。他等於是提供了一個可以無限聊下去的話題給關玲。和長輩聊升學，這不是自尋死路嗎？

「還沒想好，不過應該也是文科方面的吧。」他嘴上回答著，心念一轉，要不要和她挑明自己和儒行的關係呢？他思考著自己之後的計畫——繼續向盧高勤復仇的計畫。要如何才能最大限度地利用與關玲的這層關係呢？這層儒行尚不知曉的關係。

他看了看窗外，大概還有五分鐘就會到家。他絞盡腦汁，一定要把握住這次在他眼中是機遇的偶遇。而當他靈光一現時，原本因為怪罪自己而抿成一條縫的嘴角，再次揚起了笑容。

三

醫務處的張姑娘坐在陳為司對面。兩人在警局食堂吃午飯。食堂人很空，都愛出去吃，嫌食堂飯難吃，且一點不比外面便宜。

在食堂吃飯的有兩種人：需要空間談話的和需要點膳食纖維通腸的。張陳二人屬於前者。

「我推測，」陳為司面前的餐盤已經空了，碟子裡殘留著咖喱汁和一塊啃豬排剩下的骨頭，「盧高勤和會長兩人之間有點什麼。」

「有點什麼？」陳為司在狼吞虎嚥的時候，把這起案件的細節，包括盧高勤和鄭女士的身分都和張姑娘說了。

「有點曖昧，」他將餐碟推開，像是自己不愛聞咖喱味似的，「可能兩人有段羅曼史。」

「你想說兩人有姦情吧？」張姑娘細嚼慢嚥，面前放的是玉米班楠飯。

陳為司打了個響指。他喜歡和張姑娘聊天，尤其是聊案情發展。他認為，新入職的警察素質一年比一年低，和他們聊案情，根本就是對牛彈琴。他總愛對張姑娘說：

「妳記得吧？我們當年那警校選拔多嚴格？那堪比是大陸高考啊！首先是身高，絕對得一米六八以上，妳看看現在，一個一個像小學雞一樣，弱不禁風，怎麼對付歹徒？還有視力，一點零是最基本的。哪像現在？十個新人七個戴眼鏡的。這是我統計過的，別說我胡扯。視力不好能看出人群中誰是壞人？能在案發現場找到關鍵性的證據？不可能！」

每當他這番言論一出口。張姑娘首先會努努嘴，然後嘆口氣，再慢條斯理地說：「問題就在於，澳門幾乎就沒有壞人啊。而且工作機會越來越多，警局如果不調低標準，要從哪招人呢？」

「就怪那群在上面做決策的，他們憑什麼降低標準？這不是拿市民的安危開玩笑嗎？哪個市民納稅是為了讓一個長得像小學雞的四眼仔保護的？這能安心嗎？」

張姑娘懶得和他鑽牛角尖，直接無視處之，結束這段反覆進行過無數次的對話。

「你找到線索了嗎？」回到家豪一案上，張姑娘又問，「你總不能單靠會長和校長坐得比較近就斷定他倆有姦情吧？」

這話是問到重點了。關於如何證明，陳為司還在調查。其實說穿了，警探能做的無非是直接調查和間接調查兩種。直接調查就是當面問，間接調查就是問東問西。兩種方式，都像是拼拼圖。現在，陳為司有了個底圖——家豪發現了自己母親與校長的姦情，於是約了校長到山上見面對質，但在途中剛好被閃電擊中身亡。但這底圖的第一塊拼圖要從何獲取呢？他本想靠不在場證明來從盧高勤身上得到第一塊拼圖，但失敗了——

「那天我去了前任訓導主任家吃飯。」這是盧高勤的不在場證明。

雖然還沒找前任訓導主任屈又石證實，但既然盧高勤敢講，那就不可能是隨口扯謊。

「局長沒對你說什麼嗎？」張姑娘又問，「我聽說他認定這案子就是意外。」

「那種老屁股能有判斷力嗎？他不就是想早點結案，然後發表個記者招待會，再把輿論推到民政總署那邊嗎？」

「為什麼是推給民政總署？」

「為什麼推給民政總署？因為那兩根避雷針是民政總署建的啊。」

興記冰室二樓最拐角的雙人桌上，張儒行在糾結。期中考試結束了，成績還沒下來。

「擔心考得不好？不用擔心啦，我和思淮不都幫你複習過了？」黎莉坐在他對面，叉子捲著義大利麵。

讓張儒行糾結的並不是成績。他知道自己考得不好，但也不差，至少比去年第一段期中考要好多了。去年，他是不知道答案，今年，他是不確定答案，這兩者，就是質的進步。而這進步，雖說黎莉是功不可沒，但最大功臣，那還得是楊思淮。畢竟他等於是進行了長達一個半月，每天七小時的陪讀。再加上楊思淮擔任了課後補習班的首席講師，所以如果要說張儒行努力，倒不如說是楊思淮努力。這進步裡面，至少一半都得歸功於楊思淮。

但他糾結的點，正正就是那個幫自己完成了期中考，而非度過了期中考的楊思淮。

他看著黎莉嗦著麵的臉頰。正午日照穿透貼著玻璃窗花的窗戶，替她的左臉打上了柔光。花紋在她臉上隨著光暈轉動。她頭低著，目光上挑，顯得些許俏皮，她看著男友，愁眉不展的男友，覺得有些可愛。

「那麼害怕啊？」

他拿起衛生紙，擦了一下女友的嘴角。

「沒事。」他吸了一口檸檬茶。酸涼的液體進入喉嚨，起到了些許鎮定作用。

「不過話說回來，」黎莉抿了抿嘴，這是她感到愧疚時下意識會做的動作，「關於家豪去世的事，你覺得會不會是因為我說了那句話？」

「那句話？哪句話？」

「就是那天我去你家找你啊，然後我說閃電打得那麼兇，我覺得會劈死人……」

「妳那句話是在他死了之後說的，和妳沒關係。」

「我知道我是事後說的，但我心裡想的那晚就是事發當晚啊，所以會不會是因為我的詛咒……」

「別亂想了，怎麼可能？」

怎麼可能會和黎莉有關係呢？如果真的要追究的話，是和我有關係才對吧？如果我當時阻止家豪的話，他就不會靠近盧高勤，就不會走過旗杆，就不會發生意外。

張儒行從未想過，家豪的死會在他腦海裡丟下一個巨大的炸彈。他甚至還罵過家豪，叫他去死。但是當他真的死了……一個自己身邊的人，就這麼死了，而自己就在一旁看著。那真的是一場意外嗎？如果那晚家豪沒有出現在山頂的話，如果那晚楊思淮沒有設局騙家豪去的話，那真的會成為一場意外嗎？

但是，如果此刻家豪還活著，那眼前這名在陽光的絢爛下吃著意麵的女高中生又會怎麼樣呢？

成績公布，楊思淮的成績是全班第一。沒人覺得驚奇，因為他平時的測驗成績也都是第一。雖然楊思淮的言行舉止都盡量低調，但成績卻是校園中最無法低調的。低分，會吸引老師的關注，而高分則既會吸引老師的關注，又會吸引同學的關注。

楊思淮發現自己無法再低調行事，乾脆順其自然，成為了班級的中心人物。要不是班長是學期制的話，那麼現任班長或許就要位置不保了。

另外，他與張儒行的捆綁同桌關係在伍sir的宣布下解除了。因為張儒行成績進步不小，他覺得楊思淮可以功成身退了。

「畢竟你也不想整個高三都和張儒行同桌吧？」伍sir的話讓除了當事人之外的人都笑了。

這正符合了楊思淮的需要。他知道張儒行已經不可能再為他所用了，而且很有可能還會被張儒行阻撓。他決定和張儒行保持距離。但那天放學，張儒行卻找上了他。

還是老地方，兩人面對著威尼斯賭場，夕陽在學校與賭場之間的紅樹林水潭上蕩漾。

「事到如今，你還會想約我和珮雯去看煙花嗎？」

張儒行瞥了楊思淮一眼，知道他在裝傻。

「你沒有放棄吧，對盧高勤的復仇？」他不想拐彎抹角，他在自己的腦子裡已經拐彎抹角很久了。他被自己繞得既累又痛苦。

「如果我說沒放棄呢，你要怎麼做？」楊思淮試探道。

「不知道。」張儒行的不知道並不是在裝，而是真的不知道。良心和女友要如何抉擇，他真的不知道。

「你會阻止我嗎？」

「不知道。」

「如果我手上沒有黎莉錄影帶的話，你早就阻止了吧？」

張儒行想回答不知道，但他隱約覺得，如果這樣回答的話，就會被楊思淮吃住，於是他說：「我以為你只是想把盧高勤趕下台，就像對屈又石那樣。」

「那晚你聽到我和盧高勤的對話了嗎？」

「沒有。我是在家豪之後才到的。」

楊思淮頓了頓，又說：

「你想為了盧高勤犧牲自己的女友嗎？」

「還有家豪。」

「家豪是被閃電殺死的。」

「如果他當晚沒有踏出家門的話。」

楊思淮側身對向張儒行，張儒行依舊看著不遠處的威尼斯。

「那他做過的事呢？襲擊珮雯？你是記性太差忘了還是你胸懷大愛，一概不究了？欸，當時是誰在酒店大堂和他打起來的？是誰在學校和他針鋒相對的？」

「那就該死嗎？」

「該。」楊思淮的回答讓張儒行的呼吸暫停了，「你知道為什麼嗎？因為是天讓他死的，你說該不該？」

「你瘋了，」他看著楊思淮的雙眼，那雙因為反光所以閃著紅光的眼睛，「你瘋了。」

「對，我瘋了。不要想著阻止我，因為我瘋了。」楊思淮的情緒莫名地被張儒行點燃了。他感到一種未知的焦躁感，他自問：為什麼這些他自我質疑過無數次的問題，從張儒行的嘴中說出來就尤其刺耳？

他轉身想離開。實際上是逃走。

「你從來都沒有把我當成是朋友吧。」再一次，張儒行的話刺進了他的耳朵，不，不止是耳朵，還有心。

「從一開始我就是你的棋子吧？」

楊思淮轉過頭，眼鏡對著紫色的夕陽，反光著。

「現在住手還來得及。無論你要對盧高勤做什麼，現在住手就還——」

楊思淮的嘴唇嗡動了幾下。

「你說什麼？」張儒行沒聽清。

「……」

張儒行靠近楊思淮，但卻被楊思淮一把推開，他對他大吼，究竟為什麼他自己也弄不清，「別幼稚了！你真的以為這是什麼金庸小說或者超級英雄電影嗎!?」

張儒行眉頭緊皺。那天晚上，他和盧高勤到底說了什麼？

「這是現實！」楊思淮緊咬牙關，為什麼自己會那麼氣憤？為什麼內心會這麼難受？「這是現實……」

「你——」

「你專心學習吧，」楊思淮轉過身，「要不然期末可就沒那麼容易考過了。你不是立志畢業後去賭場工作嗎？」張儒行看著他的背影，夕陽在他白色的襯衫上逐漸褪去，「安安穩穩地畢業，進賭場找個鐵飯碗，然後和黎莉結婚生子，再買套房子供養母親。這不就是你想要的嗎？那你就別多管閒事了，不多管閒事的話，你就能得到你想要的。」

「我會得到我想要的。但我不想眼睜睜看著我的朋友行差踏錯卻什麼都不做。」

這時，楊思淮知道了。這股連他都無法壓抑的內心波動——

「儒行，現實沒有英雄。還有，」因為羈絆太深，所以面臨抽離時，才會天崩地裂，「你說對了，我從來沒有把你當做是我的朋友，你只顆棋子，而且，」他邁出腿，踏下樓梯，「你是顆不聽話的棋子。」

張儒行看著楊思淮的背影漸行漸遠。就像對照亮樓梯下方再也無能為力的夕陽一樣，面對楊思淮，他也無能為力了。

四

光線昏暗的兩房一廳的政府公屋裡，只有電視閃著，在白色牆壁上反射。

窗外的大樓背後，是被遮住了大半的煙花。

關玲盤腿坐在沙發上，捧著一碗皮蛋瘦肉粥，對窗外的熱鬧充耳不聞。作為土生土長的澳門人，一年一度的煙花匯演純粹是光害和噪音。

雖說一週休息幾次全憑自己決定，但她選擇只休息一次。她的目的是為了替儒行存點保障，或者用作娶老婆的錢。她沒和儒行提起過，她倆關係有些緊張，因為高中畢業之後是繼續升學還是去賭場就職的事。她希望兒子繼續讀大學，但張儒行卻想早點進賭場工作，幫老媽減輕負擔。

張儒行回到家，發現老媽正攤在沙發上看電視。他想起了今天是老媽的休息日，走到床邊拉開窗簾，灰塵在夕陽中紛飛。

「晚上吃什麼？」

「妳不是在吃了嗎？」儒行已經走到自己房門前了。

「我這是下午茶。」

「隨便吧，叫外賣也行。」他推開房門。

「欸你期中考試怎麼樣？成績下來了嗎？」關玲將粥放在地上，匆匆走到儒行房門前，堵住了他正準備關門的手。

「有沒有不合格的？」

「都過了。」張儒行把書包往地上一丟。

「卷子派了嗎？」

「已經交回去了。」卷子就在張儒行的書包裡。

「你又冒簽了？」

「之前不是妳叫我自己簽的嗎？」

關玲看兒子不耐煩的樣子，心想難道直到畢業為止兩人的關係都要這麼僵嗎？她作為母親，總得有個母親的樣子，於是她把話題從學業上轉移，轉到了愛情：

「你和黎莉怎麼樣？黎莉是個好女孩，性格好又漂亮，你可得珍惜人家啊。」

「知道了。」張儒行的手在門把上待命著。

「你和她沒鬧什麼矛盾吧？」她看儒行一聽到黎莉二字眉頭就更緊了，心想該不會真鬧矛盾了吧？「你聽媽說，小情侶鬧矛盾是很正常的，如果不是什麼原則上的問題，我們做男生的，主動道個歉就完了。我以女人的經驗告訴你啊，當一個女生的失望累積到一定程度時，她可是不會回頭的。你懂我意思嗎？可別因為一時之氣，後悔一輩子啊。」

張儒行的眉頭緊鎖，的確是有關黎莉。但最使他煩惱的，卻和黎莉無關。他不想也不能解釋自己到底在經歷什麼。他心煩得很，而眼前的老媽又在一發不可收拾地說著。他的不耐煩全部寫在臉上，畢竟這是在家，他沒有偽裝的習慣。

「行吧行吧，那你做功課吧，我去做飯，做好了叫你。」關玲的手從門邊上鬆開，一鬆開，門就關上了，就像是自動的。

張儒行站在房間中央，深嘆一口氣。原本心就夠煩的了，現在與母親的關係又堆在了他的心頭。他的心本就是存在破洞的，本身就存在沉船的危險。現在，堆上了只增不減的煩惱，他不再向前，而是向下，向著一個深淵下沉。而那深淵，是由內疚、道德、愛情、責任、友情、親情和前途所組成的。

換句話說，那裡頭就裝著他的人生。只不過，他並不能看清人生的模樣，深淵中一片黑暗，目前，在他眼前的只有矛盾和兩難。就像自己是站在無數條岔道的路口。心裡藏著件攸關人命——且不止一條，或許會變成兩條——的大事，當下的所有事情都成了小事。他沒有心思打開作業本，他沒有心思換下校服，他沒有心思和母親好好地溝通一番，他沒有心思去幫母親做晚飯，他沒有心思繼續他的生活，除非他把心頭大事解決了。但那是個巨石，橫在他與平靜之間，他要是能推開的話，他早就推開了。

那巨石是有模樣的。他想起了不久前楊思淮在夕陽下的臉。它並不是停滯不動的，它在不斷向前滾動，張儒行只能跟著它的軌跡。而那滾動的盡頭，張儒行很清楚，將會壓死一個人，那人叫盧高勤。

他，作為這一切的知情者，作為身後已經有一具屍體的參與者，他能就這樣踩著即將步家豪後塵的盧高勤的屍體畢業嗎？他追求的平凡人生將永遠失去平凡二字，並由罪惡所取代。

他曾問過黎莉喜歡自己什麼。黎莉一開始害羞，打著哈哈沒有認真回答。但他一再提起，最後她認真回答了，她說她喜歡張儒行的正義感。她就是在看到張儒行路見不平，為蛔蟲挺身而出時才喜歡上他的。

他該把正義感留在那晚的山頂上嗎？他覺得自己成了一個懦夫。房間在天旋地轉。窗簾是拉上的，空間是昏暗的。他在旋轉，找不到方向。一段記憶躍入眼中——他為什麼會擁有正義感？他想起了他小學被同學欺負，說他是沒有爸爸的孩子，他想起了自己的抵抗，越是嘲笑他，他就越要反擊。那些男孩知道了他的厲害，不敢欺負他了，跑去欺負別人。一開始，他覺得那些被欺負的人都活該。為什麼不能像他這樣站起來反抗呢？但隨著年齡長大，他知道並非所有人都與他一樣，具有勇氣。他選擇對那些沒有勇氣的人伸出援手，那是他正義感的由來。而現在，他的理性叫他把正義感丟到一邊。他知道自己為什麼在旋轉了，那是理性和感性的較量，兩股力量在他身體裡激戰。

「正義感有什麼用？你不是從小就希望平平淡淡地活著嗎？抱著正義感的生活能平平淡淡嗎？你能忍住不去插手別人的事嗎？」

「正義感是你的優點！你忘了黎莉的話嗎？你忘了自己幫助別人後收穫到的滿足感嗎？你忘了自己被人欺負時感到的無助嗎？但你有能力去反抗啊！別人不一定可以，你要將你的同理心也拋棄嗎？還是說你要對別人見死不救呢？」

「閉嘴！去救別人？那誰來救他？那些人和他有什麼關係？可憐之人必有可恨之處！他們應該好好反省反省自己為什麼會落到如此下場！聽著，這不是小學生不懂事做出的霸凌！這是復仇！是有因必有果的復仇！盧高勤為什麼會被復仇？因為他傷害了別人！這才是正義！因果輪迴！這才是正義啊！」

「犯錯了就該死嗎？你根本是在強詞奪理！」

「你才是不了解事情的起因就在瞎他媽攪和！你知道楊思淮為什麼要復仇嗎？你知道嗎？」

「那你知道嗎？」

理性語塞了。

「你也不知道吧！」

「正是因為我不知道，所以我們才不該蹚渾水。」

「這怎麼是渾水呢？這是人命！有血有肉的人命！你這是自私！你這是殘忍！你這是見死不——」

夠了！張儒行對著自己大腦的兩股力量大叫。他真的夠了。明明兩股力量在對撞，卯足了全力。但他卻感覺自己的思想是空的，是不存在的。

窗外月亮已高掛，窗內卻一片漆黑。黑暗中好像什麼都沒有，就像他的思想，什麼都沒有，是空的。

「儒行，出來吃飯。」

他沒有動。像正在待機的電腦。

一道光將他照亮。關玲推開了房門，是客廳的暖色燈光。

「你傻站在那幹嘛？冥想？」關玲做飯的時候反省自己剛剛說的太多，這時想緩和下氣氛。

「來吃飯吧。」

張儒行又在黑暗中站了幾秒，隨後才邁步走向光明。但這不是什麼暗喻，他心裡還是一團亂，沒有絲毫的撥雲見日。他只是暫時把那一團亂留在了房間，因為他在母親的語氣中看到了母親的示弱，他一下子心就揪了起來，親情瞬間就迫使身體現在立刻走到客廳，在餐桌前坐下。他看著眼前的蒸肉餅、清炒芥藍和西紅柿蛋花湯。他暫時不想管那顆堵在他人生單行道上的巨石了，他只想和母親平靜地吃一頓晚飯。

五

和張儒行的完全決裂比楊思淮預想的更加難熬。

在被張儒行稱為朋友，自己卻稱張儒行為棋子的當天晚上，他在家吃著外賣，珮雯也在。他相信張儒行不敢輕舉妄動，但又覺得張儒行肯定會有所行動。因為張儒行心中存在著那可笑的幼稚的虛無的正義。他也曾懷揣過正義。但當他徹底失去了母親的依賴後，他看清了現實中的正義總是缺席的。當他在小學被高年級生霸凌時，正義在哪？當他被嘲笑沒有父母時，正義在哪？當正義只在人們的嘴中存在時，正義根本不存在。

「凡是從嘴巴出來的東西，都是虛的。」

這話，是玉門幫前任幫主對楊思淮說的。那是楊思淮初二的事情，當時他因為前輩——一個比他早一個學期加入幫派的高年級生——口中說出的一個詞而動了怒。那個詞叫孤兒。他揍了前輩。以下犯上是幫中大罪，但前任幫主饒了他。

「你不是孤兒，因為玉門幫就是一個家庭。」

直到前任幫主畢業後成了義工，楊思淮才得知原來前任幫主的父母把他拋棄了。

楊思淮成為了幫主。一方面是他得到了前任幫主的同情，一方面是他在弄權方面的確有一套。既然嘴裡說出來的都是虛的，那他為何不把它發揮到極致呢？他利用言論掌控了權力，他發現自己很有這方面的天賦。他認為用話術操控別人易如反掌，他不需要欺騙任何人，只需要欺騙自己。偽裝是他的武器。

「你在想什麼呢？」珮雯向對著窗外煙花發呆的楊思淮靠近。他當然不是在發呆，而是在計畫，一個不會被任何變化改變的計畫。

他覺得珮雯過於黏膩了。這並非他的計畫之一。表面上，珮雯是他的女友。實質上，珮雯是他計畫中的一環。關於珮雯，他失算了。他原本以為珮雯是個戀愛高手，對男女的分分合合早已習以為常。但他錯了。他沒有預估到自己的偽裝對珮雯的吸引力。在他的認知中，自己是虛偽的。但在珮雯的眼中，他是神祕的。吸引力是靠神祕感維持的，尤其是對珮雯這種控制狂而言。越是無法掌控的，她就越要去掌控。他沒想到，自己在這段關係中已經成了漆黑中的燈火，而珮雯這隻飛蛾會如此地對他奮不顧身。

他很直接地表示了他需要空間，不帶任何拐彎抹角。他察覺到了自己越是委婉，珮雯就越是進取。他後知後覺地看清了現在的局勢，他需要撥亂反正，因為他沒時間浪費在珮雯身上。這刻，珮雯在他的計畫中已經沒有價值了。這意味著，她可以從他的人生中退場了。

「你什麼意思？」珮雯的臉僵硬如面具。上一秒她臉上還掛著充滿少女活力的笑容，這一秒，她就失去了少女的全部活力，剩下懷疑與自我懷疑在她的腦內迴盪。

「我沒什麼意思，我只是覺得我們的關係太快了。」

「太快了？哪裡太快了？我又沒逼你結婚，哪裡太快了？」

「我需要空間。我們幾乎每天都膩在一起，這不是我想要的關係。」

她懂了，懷疑告訴她了，「你是不是喜歡上別人了？」她都看在眼裡，楊思淮在班上的狀態發生轉變了。期中考之後就變了。從本來的低調變成了班級的中心。自然有女生圍著他打轉了，又是學霸，長得也挺帥。肯定是這樣，她的懷疑不會錯的。懷疑是她的第六感，是她唯一相信的真理。

楊思淮否定。他沒有經歷過這樣的情景。他的前女友之所以和他分手，是因為她要去日本留學，而楊思淮捨不得。他才是黏膩的那個。但對珮雯，誰會對一顆棋子產生依賴呢？

於是兩人大吵了一架。但準確來說，是珮雯和他大吵了一架。她摔門離開了。在電梯中，她咒罵著班上的某個小婊子，同時咒罵楊思淮。

在巴士站，她決心要與楊思淮一刀兩斷，她恨他。回到家後，她窩在床上，她又開始懷念，懷念楊思淮的一切。她開始後悔，自己的魯莽。她開始自責，的確是自己太黏了，是她沒有給男友足夠的空間。她開始反省，她太缺乏安全感了，她需要改正，她應該要相信自己的男友，是她太多疑了——

「是我錯了，我不該懷疑你的，你也知道，我就是缺乏安全感啊，因為我太喜歡你了……你原諒我吧，是我錯了，我下次不會這樣了，如果你覺得我太黏了，那我可以減少去你家的頻率啊，你要空間沒問題啊，我可以改進的，真的，你看我們一開始在一起的時候，我也沒有像現在這樣啊……你相信我，我真的可以改進的……你說話嘛……」

「嗯。」

「那你就是原諒我了哦？那我明天晚上就不去你家了，但中午我們可以一起吃飯吧？中午吃——」

「分手吧。」

「吃興記？叫上張儒行和黎莉一起。」

「我說分手吧。」

「啊？」

電話掛斷的那刻，當好凌晨過一分，新一天開始了，珮雯失戀了。

陳為司學習電影中的警探，將線索都貼在一塊紙板上。但因為他沒有個人辦公室，所以他的紙板立在辦公隔間的走廊上，所有路過的警察都不得不側著身擠過去。如果有人因為吃太多動太少而長出的肥肚腩把紙板上的線索弄掉，陳為司就會破口大罵。那些被他大罵的警察們都心想：你自己肚子很小嗎？

一來二往，局長將他叫進了辦公室，以斷定家豪是意外死亡為由——實則是不想讓他繼續擾亂辦公室秩序——勸他放棄。

「都已經快一個多月了，你查到了什麼？」

陳為司說有不小的進展。局長問進展呢？他說再給他點時間。

「還有些細節需要確認。」

「那不就是沒進展嗎？我前幾天叫你來，你也說有些細節要確認，再上一次叫你來，也是有些細節要確認。恕我冒昧啊，你這案件中怎麼全是細節呢？」

「案件的關鍵就是細節，你他媽的這都不懂，怎麼當上局長的！」——他當然不能和局長這樣說，他只能說再給我點時間。就和電影中受到上司壓力的神探們一樣。他要扛住上司的質疑，就和電影中的神探們一樣。

陳為司嘴中的細節，倒也不是胡亂編造，為了搪塞局長的。他的確是查到了點線索。關於鄭會長和盧校長兩人的關係。但他還沒找到任何證據。他在鄭會長家樓下蹲點，護送了鄭會長去菜市場整整一週。事後他說給張姑娘聽，被狠狠地揶揄了一番。

「警探沒當成，倒成跟蹤狂了。」

另一方面，他在學校的調查有了進展。他知道家豪的死黨們替他開了場追悼會，他不得不佩服現在小年輕的想像力。他從一個自稱自己是黑傘會副會長，名叫老鼠仔的學生那聽來了家豪在學校有個死對頭。

「高三張儒行，全校最臭名昭著的學長。」

他知道黑傘會是家豪成立的社團，根據盧校長的話來看就是一個學生自治團體。但他怎麼看都覺得老鼠仔和他身後幾名學生的模樣比起他們口中臭名昭著的張儒行更像小混混。

「那吊兒郎當的樣子，我在街上當了三年巡警，還能看不出來？」他在餐桌上和張姑娘毫無保留地說著，帶著炫耀自己卓越觀察能力的語氣。

他對老鼠仔印象不佳。他又問了幾名別的同學——與黑傘會無關的同學。低年級的清一色表示張儒行常常和黑傘會對著幹。

「所以他是學校的不良學生嗎？」

「啊？黑傘會的才是不良學生吧……」

「別胡說！」另一個學生扯了一下發言的學生的短襯衫衣袖。

陳為司大概明白是怎麼一回事了。他又問了張儒行的同班同學，一個外號蛔蟲的男生。

「他是弱小學生的保護神。」

「那家豪呢？」

蛔蟲支支吾吾，憋了兩個字：「壞蛋。」他已經修飾了，看在家豪去世了的份上，他想積點口德。

陳為司徹底搞懂了。家豪，學校的不良集團老大，張儒行，對抗黑傘會的獨行俠。這麼一來，嫌疑人或許就出現了。他單刀直入，直接找到了張儒行。

就在校門打開的第一刻，他出現在了手上拎著裝著辣魚米粉的塑料袋，身邊跟著黑仔的張儒行面前。這時機是他費了不少功夫（跟蹤）才找到的。從張儒行總是第一個到學校的習慣上來看，陳為司對他的印象就要比家豪好。他搓了搓下巴的鬍渣，盡量把先入為主的觀念抹去。

「我是司法警察局的陳為司警官，想就鄭家豪被害——」他故意用被害二字來試探張儒行，「——一案，問你一些問題。」

張儒行從書包裡拿出狗罐頭。本來對著陳為司齜牙咧嘴的黑仔瞬間伸出舌頭，憨憨地流起了口水。他把狗罐頭放在黑仔面前，摸了摸他黑得發亮的額頭，跟著警官走進了大門。那樣子對警察的突然出現並不十分意外，這點讓陳為司有點意外。

乒乓球桌前，陳為司坐在張儒行身側。他問了家豪「被害」那晚，張儒行人在哪。

「我在家。」

「有別人和你一起嗎？除了家人。」

張儒行嗦一口米粉，咀嚼，下嚥後開口：「楊思淮。」

「楊思淮是？」

「同學。同班同學。」

「你們在做什麼？」

「他在指導我作業。伍sir，我們班主任讓他教我作業，他是學霸，我是學渣。」

陳為司在筆記本上東寫一筆，西畫一下。他用筆屁股對著厚唇，又問：

「我聽說你和家豪有點過節？」

「全校的人都和他有過節。除了黑傘會的成員。」

很聰明嘛。陳為司心想。

「你為什麼說家豪是被害的？新聞不是報導說他是被閃電擊中身亡的嗎？」

陳為司一皺眉，想了想後開口：

「的確是被閃電擊中身亡的。但其中還有些疑點。」陳為司站了起來，將筆記本揣進牛仔褲的屁股口袋裡，「不打擾你吃早餐了，之後有問題我再來找你。」

沒有表情的五官，毫無起伏的語氣。滿臉疑惑的陳為司和坐在乒乓球桌前的張儒行的背影行漸行漸遠。可疑。面對警察未免有些太淡定了。也有可能是性格，但還是太淡定了。還有他那句反問。陳為司將其視作是一種矯枉過正的反擊。那關注死對頭的新聞正常嗎？也很正常，可能是碰巧看到的，沒有破綻。但是，那份冷靜還是可疑。

他將張儒行先放進拼圖中。接著再去找下一個。他已經有名字了，楊思淮。不過在那之前，他打算先去張儒行買早餐的咖啡店，吃碗和他一樣的辣魚米粉。

他走下狹窄的石階樓梯，一輛巴士拖著長長的尾氣正好路過士多店前面的巴士站。他轉眼看到了這家一直被他忽略了的士多店。他懷著碰碰運氣的非常不專業的心理走進外表破舊，店內也一樣破舊的士多店。

「你在找什麼？」

陳為司一回頭，被一個獨眼的矮小身軀嚇了一跳。他向後退了一大步，後腳已踩在了店外。那個獨眼人向他靠近，藉著尚未高掛的陽光，他看清了，是一個獨眼的婆婆。

「也不怪你，很多人都被我嚇過。」除了那隻獨眼有點詭異外，婆婆臉上掛著一種頑童般的神情。

「我是陳為司警探，」陳為司拿出警徽，「請問怎麼稱呼？」

「你就叫我獨眼婆好了，附近的學生都這樣叫我。還是你要本名？本名好久不說，都快忘了。」獨眼婆說自己的本名是陳萍湳。

陳為司從牛仔褲口袋裡拔出記事本。

「萍水相逢的萍，三點水南方的南。」

「好名字。」

獨眼婆的臉上變成了笑容，但依然帶著頑童的神情。

陳為司直入正題問：「妳對聖德中學高三的鄭家豪有什麼印象嗎？」

「就是那個被閃電擊中的孩子吧？沒什麼印象，但就我所知，不少同學都對他生前的評價不是很高。」

陳為司心想今天運氣不是很好啊。

「報紙上不是說是意外身亡嗎？」

「哪個報紙說的？」

「澳門日報啊。」

「胡扯！警方還沒結案呢！」

「那陳警官你是懷疑有人殺害了家豪？」

「有這個可能。」

「不太可能吧，除非那人能掌控閃電。」說完，獨眼婆自己哧哧笑了起來。

陳為司正準備合上筆記本，「欸！陳警官你不會懷疑楊同學吧？」陳為司聞言後雙眉一緊，隨即發現獨眼婆正在用尚好的眼睛盯著自己筆記上的一個名字。他用拇指彈開了半合上的封面。

「妳認識楊思淮嗎？」

「不算認識，只是稍微觀察過幾次，」獨眼婆對著巴士站昂一昂頭，「就在眼前的巴士站，沒辦法嘛，看小年輕談戀愛，感覺自己都變年輕了。哈哈哈，等你到我這個歲數，你就懂我在說什麼了。」

「老太婆！」這時，店內傳來一個粗啞的叫喚，「妳在和誰說話？」

獨眼婆看都不看便說：「我家老頭，不用管他。」

「妳說楊思淮有女朋友？她是誰？」

「等一下，我這樣告訴你，是不是洩露了楊同學的隱私？」

陳為司哭笑不得說：「我是警察，這叫做警民合作，怎麼會是洩露隱私呢？」

「我開玩笑啦，TVB不是經常這樣演嗎？如果我沒記錯的話，他女友好像是叫珮雯。姓什麼我就不清楚了，不過你是警察，肯定有辦法查到吧？說真的，我本來以為他們很快就會分手，畢竟小年輕嘛，感情都不會太長久……」「老太婆！妳到底在和誰說話！」

陳為司看著獨眼婆回頭衝著店內吼著什麼，他沒聽見，因為珮雯這兩個字，此刻身旁的一切彷彿進入了《駭客帝國》般的子彈時間。張儒行和家豪是死對頭——楊思淮和珮雯是情侶——珮雯被家豪襲擊——張儒行和楊思淮是同桌——

陳為司匆匆和獨眼婆道了別。他路過喜記，穿過與不少學生逆向而行的官也街，辣魚米粉還是等這件案子了結之後再吃吧。

六

張儒行恨透了自己。

他在陳為司的審問下，說出了和楊思淮計畫好的不在場證明。換句說，他遵循了楊思淮的計畫。

「你是一顆不聽話的棋子。」

楊思淮的話在他的腦中迴盪。他看著他的背影，後者正被幾名女生圍著請教問題。那氛圍，有說有笑的，像是在打情罵俏。

「欸，」黎莉走到張儒行的身邊，彎腰趴在他的桌上，左手撐著左半邊臉，「你不覺得楊思淮和珮雯之間怪怪的嗎？」

黎莉這麼一說，張儒行的目光掃到了與自己兩行之隔的珮雯身上。珮雯正盯著被女生圍著的楊思淮，那眼神，冰冷到如冰錐般帶有殺傷力。

「他們不是大息都會一起去買早餐嗎？」黎莉直起身子，雙手叉腰，「我要不要去關心關心珮雯？」

或許黎莉是想讓自己去問問楊思淮，張儒行想。但他不想和楊思淮有任何接觸。他看看被女生包圍的楊思淮嘴角的微笑，和珮雯眼神中的怨恨，一個計畫蹦進了他的腦中，一個珮雯必須要和楊思淮分手之後，才能參與的計畫。

「我覺得珮雯需要妳的關心。」有生以來，他第一次想套路別人。

黎莉關心回來的結果是，珮雯被楊思淮甩了。

「她還好嗎？」張儒行的關心底下藏著竊喜。

「我感覺不太好。好像被楊思淮傷得挺深的，因愛生恨了。」黎莉的回答讓張儒行腦中的計畫亮起了綠燈。

張儒行問黎莉他們兩人為何分手。黎莉說是楊思淮覺得珮雯太粘人了，但珮雯說他肯定是看上班上的別的女生了。最近班上女生圍著他團團轉，肯定是變心了。

「她好像把對楊思淮的仇恨擴散到男性這個性別上了，」黎莉和儒行面對面坐在香蕉車露的卡座，「她說只要是男的都渣，只是時間問題罷了。」

她看張儒行不回答，含著雪糕又說：「你是渣男嗎？」

張儒行正在想著自己的計畫，「啊？」

「愛答不理的，你是不是也變心了？」

「誰變心了？」

「你呀。」

「我變什麼心。」張儒行抖著腿，他接下來的行為會有些冒險。不對，是很冒險。越不對，不止是冒險，是犯法。

黎莉哼了聲說：「我提醒你啊，你最近都別和珮雯搭話，她看你是楊思淮的好兄弟，說不定會把怒氣撒在你身上。」

張儒行沒回應黎莉。他的思緒又鑽進了自己的計畫中。

「喂！你到底在想什麼？」

黎莉從桌底踹了張儒行一腳，他一愣，說了幾句前言不搭後語的話，糊弄了過去。黎莉用小勺子攪動著化成漿糊般的冰淇淋，她瞇著眼，幻想自己是在攪和男友的大腦。

張儒行和黎莉告別後，坐上了巴士，在珮雯家附近下了車。地址是蛔蟲給他的。蛔蟲住在珮雯家附近，在珮雯請假的那段時間送過幾次作業。他沒問張儒行要珮雯家地址幹嘛。口風很嚴的人，也不愛多管閒事。

張儒行按下門鈴。等了半天，沒人回應。於是又按。按了五次，門內傳來珮雯大喊：「誰啊！」

「張儒行。」自報家門的同時他聽出了珮雯的聲音中帶著哭腔。

珮雯的情緒正在翻騰，但她還是開了門。隔著鐵門，張儒行看到珮雯的臉上掛著淚痕。這是他第一次見到珮雯的全素顏，他差點把「妳是誰？」說出口，但他知道現在不是俏皮的場合。況且這也不符合他的個性。

「什麼事？」她語氣很不耐煩，連呼吸間都充滿了情緒。

張儒行不想拐彎抹角，他也不會拐彎抹角。他直說了：「關於楊思淮的事。」

聽到楊思淮三個字的瞬間，珮雯的臉上一陣扭曲，她在咬牙切齒，想破口大罵，但張儒行下一句話暫時地澆滅了她的怒火——

「我需要妳幫忙對付楊思淮。」

珮雯那雙素顏時處在單眼皮界限的雙眼皮盯著張儒行。她思考了片刻，隨即打開鐵門，側身讓張儒行進門。

張儒行和珮雯說了那晚在山頂上發生的事。珮雯全程都抿著嘴，蹙著眉——她沒畫眉時的眉毛幾乎不可見，如雙面膠在牆上貼久了撕掉後，留下的殘膠。張儒行無從判斷珮雯的態度，他只能放手一搏。要是珮雯轉頭就和楊思淮說了自己的背叛的話，那麼他就等同於是害了黎莉。但他別無選擇了，他只能如此。這是他唯一的機會，他得把握住。他不能再重蹈那晚的覆轍，眼看著悲劇發生但卻被迫旁觀。

「你和我說這些是想做什麼？」她的語氣之冷淡，直接讓開著冷氣的房間又降了幾度。張儒行的心一沉，開始責怪自己是不是行動過於魯莽了。

「我覺得家豪是死有餘辜。你覺得不是楊思淮使計的話，家豪就不會死，所以想找楊思淮報仇？」

「不，」張儒行只好硬著頭皮講下去，「我是想阻止楊思淮向盧高勤報仇。」

「他到底為什麼這麼恨盧高勤？」

於是張儒行又講了開學時楊思淮對他說的那番話——他的警察父親因為自責而酗酒過世。

珮雯聽完後，眨巴著眼睛，半天沒說話。

「也就是說，」她沒有血色的雙唇開合著，「你老爸是被盧高勤害死的？而他老爸不過是因為隱瞞了真相，所以心懷愧疚然後酗酒過度去世，那屬於間接關係吧？你老爸才是直接被盧高勤害死的，要報仇也應該是你報吧？」

「妳相信他的話嗎？」

「重點不是我信不信，是你信不信吧？那是你老爸啊。」

「我不信。」

「完全不信？你和你媽談過嗎？」

張儒行搖頭。

「你為什麼不問呢？」

一來，張儒行知道關於老爸的事，在老媽心裡就是個死結，她不讓他去賭場上班的最主要原因，就是不想他重蹈賭鬼老爸的覆轍。二來，他不想相信楊思淮的話是真的。如果老媽證實了楊思淮所言不假的話，那他要怎麼做？去找盧高勤報仇？替死去的老爸復仇？他根本就對自己老爸沒有絲毫情感。

「我看你只是不敢扛起老爸是被人害死的責任吧？你不敢像楊思淮那樣對盧高勤展開復仇。」

「問題是我為什麼要復仇？他在我的生命中除了一張遺照外，什麼都不是，我為什麼要替他復仇？就因為他是我老爸？我就要賠上自己的人生去為他復仇？況且，復仇真的是對的嗎？」

「你別和我扯什麼對與錯。我問你，那你為什麼願意在學校幫助那些被家豪欺負的學生呢？」

「兩回事。」

珮雯甩了甩手，那是「隨便你吧」的意思，「裝睡的人叫不醒，你和他都一樣。」

見張儒行低頭反思著她的話，她趕緊拉回正題，問張儒行在門口說的，幫他對付楊思淮是指什麼。

「他一直用黎莉的錄影帶威脅我，我想去他家把錄影帶找出來。」

「你需要個帶路人？」

「還需要個開鎖人。」

「你怎麼知道我這有楊思淮的鑰匙？」

「黎莉說的。」

「那個小賤人。」

張儒行聽珮雯罵自己女友是賤人，不由得有些氣惱——他不知道女生好友間稱呼彼此是賤人，就和男生兄弟間笑罵對方是仆街一樣，只要語氣適當，不僅不是貶義，反倒是是強調了彼此的關係非比尋常——但他有求於珮雯，所以只好忍氣吞聲。

「你憑什麼覺得我會幫你？你就不怕我轉頭就告訴楊思淮你想對付他嗎？」

「我只是想阻止他。」

「阻止？我記得你說的可是對付，在門口的時候。」

「我更正。我只是想阻止他。阻止他謀殺盧校長。」

「你沒回答我，」珮雯眉梢上揚著，「你憑什麼覺得我會幫你？」張儒行不會看人臉色，要不然他就會知道珮雯已經答應幫他了。能對付楊思淮，她別提有多爽了。

「不憑什麼，黎莉說妳對楊思淮因愛生恨，就憑這點，」張儒行嘴笨，女友說了什麼，全給說了，「妳不肯幫我就算了——」他想說：別和楊思淮說我找過妳。但他說不出口，他自己都覺得這句話太傻了。

「黎莉那個小賤人啊，我和她說了什麼，她全告訴你了是吧？虧我還把她當閨蜜。」

「妳別怪她，是我逼問她的。」

珮雯「切」了一聲。帶著戲弄張儒行的意思。但張儒行聽不出來，他以為自己的計畫已經腹死「笨嘴」中了。他現在滿腦子想著怎麼堵住珮雯的嘴，不讓她和楊思淮通報。

她看張儒行一臉著急樣，本想多逗弄幾句，但一看時間，老爸快回家了。雖然她在失戀的陣痛中難得開心一下，但不得不到此為止。

「你打算什麼時候行動？」

「啊？」

「去楊思淮家偷錄影帶啊，什麼時候？」

「妳同意了？」

「看我有沒有空吧，什麼時候？」珮雯假裝用手指繞著髮絲。

「這週之內吧。我怕楊思淮已經開始行動了。」

「前提是你得答應我一件事。」

「什麼事？」

珮雯的雙眼瞬間凌厲起來，如果兩道激光般。

「我不要阻止他，我要對付他。」

張儒行愣住了，一時沒反應過來。

珮雯不等張儒行開口，從木地板上的粉色懶骨頭上站了起來，「我爸快回來了，我們電話聯繫。」張儒行被她趕出了房間。

「拿到錄影帶後，你打算對楊思淮做什麼？」在鐵門前，珮雯問。

「阻……對付楊思淮。」

珮雯哼笑著說：「我知道你要對付楊思淮，我是問你要怎麼對付？」

珮雯的問題像一支箭般射在了他的左右腦之間。要怎麼對付？他只想著先拿到錄影帶，掙脫楊思淮的威脅，至於之後要怎麼從楊思淮手中拯救盧高勤，或者說，怎麼從楊思淮的復仇執念中拯救楊思淮自己，他還沒有頭緒。

珮雯看到張儒行那幅呆樣，知道他肯定是還沒想到。

「你想到再和我說吧。只要是對付楊思淮的事，我全都參與。」

張儒行再不會看人臉色，都能看出那毫無血色的臉上寫了兩個字：「殺意」

突然，一個想法閃進了張儒行腦中，該不會從楊思淮手中救了盧高勤之後，又要從珮雯手中救楊思淮吧？他瞬間感到心跳加速，頭腦發脹，不行，不能想了，他看著滾動著的電梯圖標。他媽的與其面對這些問題，他更願意做數學考卷。

七

「楊同學，方便問你幾個問題嗎？」

放學時，楊思淮剛走出校門，就被一個男聲叫住。他回頭，那個大腹便便的中年大叔正是警探陳為司。反射夕陽的圓框眼鏡後，他知道張儒行已經接受過審問了，接下來就是看看他有沒有「說錯話」的時候了。

楊思淮跟在陳為司身後的畫面，被張儒行看得一清二楚。他趕緊掏出手機，打給珮雯。

「我在巴士站等你，快來。」珮雯在電話那頭說。

張儒行路過學校大門前的斜坡，轉頭看了一眼正在操場打訓練賽的黎莉，他沒工夫多想，快步衝下斜坡，奔出校門。黑仔在校門對面的草堆裡躺著，他抬頭看了一眼匆匆的張儒行，知道張儒行正在趕時間，隨即又把腦袋擱在了自己的前腳上，繼續愜意地享受樹蔭下的秋季午後時光。

「我們有多少時間？」巴士上，珮雯問張儒行。

「不知道，越快越好。」

下了巴士，張儒行跟著珮雯小跑著衝進楊思淮的住所。她掏出鑰匙，插入，稍微施力，卻怎麼也轉不動。

「我來。」

張儒行奪過鑰匙，用力一轉，門鎖紋絲不動。

「沒用的，他換鎖了。」珮雯的瀏海因為汗水而黏在了額頭上。

「仆街。」張儒行暗罵一聲，隨即衝到電梯口猛按向下的按鈕。

「你要去哪？」

「在這等著。」張儒行說著走進電梯。

珮雯靠在悶熱的走廊上，大約過了十分鐘，電梯門一開。她先是一驚，以為是楊思淮回來了，結果一看從電梯內出來的人是張儒行和一名穿著白色背心的矮小老頭，珮雯認出來了，是在附近做街坊生意的開鎖匠。

五分鐘的工夫，鐵門和木門雙雙打開。

「不用配把鑰匙？」

張儒行怕開鎖匠起疑，說了要。他付了一百塊，二十塊開鎖，八十塊配鑰匙。

「明天上午來拿。」開鎖匠開了收據，撂下話後走了。

兩人趕緊衝進屋子。

「妳找櫃子，我找電腦。」

客廳的家具不多，牆面更顯得蒼白。那白牆上，一面沒有數字的黑色掛鐘正在走著。時間監視著張儒行和珮雯，現在時間是五點三十三。

陳為司本想帶楊思淮去自己最愛的麥當勞。但放學時間的麥當勞實在太多學生，他只好帶楊思淮去了隔壁的雪糕店——香蕉車露。兩人找了個卡座坐下。

「要吃點什麼嗎？」陳為司看著櫥窗裡的各種口味，嘴饞了起來。

「不用了，我不愛吃甜的。」

省錢了。陳為司心想。他自己點了個招牌的香蕉車露口味，邊吃邊從屁股口袋裡掏出記事本，趕緊進入正題。

對話沒有進行太久。楊思淮按著自己寫好的劇本講著——家豪去世的那天晚上，他在張儒行家，幫他複習功課。陳為司問到張儒行和家豪的關係時，他說：

「與其說儒行和家豪是死對頭，不如說儒行只是喜歡見義勇為。他沒有要針對家豪的意思，是家豪總愛欺負低年級生。」

陳為司聽到這就放下了筆記本。他已經不想再記家豪在學校的惡行了。基本上除了黑傘會的成員外，每個被問到的學生都說家豪在學校為非作歹。

「有沒有哪個學生是被家豪欺負得最嚴重的？」陳為司想整理出一個犯罪動機的高低序列。

楊思淮說了幾個名字。包括同班的數學課代表和被排擠的蘑菇還有幾個低年級生。蛔蟲家豪不敢碰，因為有張儒行罩著。

而這些名字早就已經在陳為司的筆記本上了。每當有被欺負的人的名字重複時，他就在那名字旁邊畫一顆星。目前，綽號蘑菇的學生星星最多。

楊思淮不急不慌，他知道張儒行乖乖地遵從了他的劇本。他很高興張儒行能想通，他只要保持現狀，控制住自己過剩的正義感就能安穩畢業。別想不開啊，儒行。楊思淮在回家的巴士上想著。

楊思淮換了門鎖，但卻沒換電腦密碼。珮雯幫張儒行登進了電腦。他沒有心思一個一個檔案地找，乾脆把整台主機直接格式化了。

「你這人還真狠啊。」

「以防萬一。」張儒行離開電腦桌，「找到了嗎？」

珮雯晃了晃手上的微型攝影機。就是偷拍屈又石用的那台。

「你想看看嗎？」

張儒行沒有理會珮雯，「妳確定沒有其他拷貝了嗎？」

「都找過了。你要是不放心的話，乾脆放把火把屋子燒了，以防萬一嘛。」

張儒行從珮雯手上奪過攝影機，放進自己的背包。他瞄了一眼客廳牆上的時鐘：五點四十四。「快走。」他向仍在臥室不知道在幹什麼的珮雯催促，卻沒有回應。

他走進臥室，看見珮雯正手握菜刀對著床具揮舞。她腦子裡全是楊思淮和別的女生在這張床上親熱的畫面。這床單還是她替楊思淮洗完鋪的！她都沒給自己老爸洗過床單。

「去死吧，死渣男，去死吧！」

張儒行看著珮雯正在創作的分手禮物，心裡顫了一下——那張牙舞爪、長髮亂飛的模樣，簡直就是《神雕俠侶》裡的李莫愁。

「快走！」張儒行不敢靠近，站在房門外喊說。

珮雯正捅得過癮。在她眼中，楊思淮正和一個臭婊子躺在床上翻雲覆雨。

楊思淮下了巴士。巴士站距離他家五分鐘的路程。他走在街燈剛開的街道上，突然，一輛黑車停在了他身旁，只見車上下來了一人，楊思淮還沒反應過來，那人就溜到了他身後。

「別動。」那人正是屈又石，他拿著一把小刀抵著楊思淮的腰部，「上車。」

「屈又石，你想幹嘛？」他認出了屈又石想刻意壓低，但沒什麼效果的聲音。

「閉嘴！上車！快！」

楊思淮感受到了小刀的尖銳，他乖乖上車，心裡急速地轉著，屈又石到底是在發什麼神經？黑車從路燈下駛過，後視鏡中是最後一片晚霞。

楊思淮被帶去了位於路環的一片荒地。荒地四周被貼滿了：「政府用地，閒人勿進」的圍欄圍著。屈又石事先勘好了點。這地方常年無人管理，據說是已經賣給了美國的博彩公司，用作開發名為巴黎的度假村。

「你把我帶來這裡幹嘛？」

「下車。」

「你不怕被警察盯上嗎？」

「下車！」屈又石吼著的同時，用小刀懟在楊思淮的脖子上。

楊思淮走到車頭燈前，他舉起雙手，眼前是拿著小刀的屈又石。兩人相隔著兩盞車頭燈，周圍除了不遠處的威尼斯人度假村外，一片荒涼。頭頂上還能看見零散的星光，偶爾有大貨車從圍欄外的公路上呼嘯而過，楊思淮找視線範圍張望了幾下，尋求一線生機。

「別做夢了，沒有人能救得了你。」

「你確定要要殺了我？你想好後果了嗎？你的妻女怎麼辦？」

「你閉嘴！」屈又石的聲音和握著小刀的手都在顫抖著，「就是因為你，我工作沒了！老婆也跑了！小茜也被她帶走了！我還怕什麼？」

左臉被車頭燈照亮的楊思淮滿頭大汗，強壓著內心的驚慌，右臉被車頭燈照亮的屈又石則是面容扭曲到了極致。

「你們都覺得我好欺負是不是？盧高勤和她就算了！連你一個小屁孩也敢跑來騎在我頭上？」

「你想清楚，沒了工作可以再找，離了婚可以再婚，就算女兒的撫養權不在你名下，但澳門這麼小——」

「小你老母！」屈又石的唾沫在楊思淮臉上猛擊，但楊思淮卻不敢擦拭，「你以為人生是什麼?!兒戲嗎？說重來就重來？沒了，都完了，本來好好的，現在都完了。她還能再找一個，我不行了，頭禿了，眼睛也花了……就連小茜都笑我肚子幾個月大了！他媽的說什麼再婚，哪個女人會看上我！」

屈又石邁出還是訓導主任時，擦得鋥光瓦亮，現在拿去給慈善機構都不一定有人要的破爛皮鞋穿過右側的車頭燈，站在兩盞燈之間，距離楊思淮的喉嚨僅剩一燈之遙。

死神距離楊思淮越來越近。「你希望小茜有個殺人犯父親嗎？」

屈又石突然停下腳步，楊思淮以為自己的話術起作用了，屈又石的聲音突然失去了剛剛的氣急敗壞，彷彿是虛脫了般說：「她已經有一個變態父親了。」

一滴冷汗從楊思淮額頭滑落，滯留在他的睫毛上。那種冷靜是如此的似曾相識。

「你他媽的瘋了。」他知道屈又石已經做出殺人的覺悟了。

屈又石真的瘋了。他在小茜的面前死皮賴臉地跪在地上求老婆不要離開他。但一切為時已晚。離婚協議書已經在梳妝台上放著了。

「你簽或不簽，這婚是離定了！」

他本還想找身邊親朋好友勸勸，但女人一旦決意要分，那麼即便是全世界一塊勸，都沒用。他被趕出了家門。好在還有輛車子。

「你可以恨我，但你要知道，我這是在幫你，沒人推你一把的話，你這輩子就要爛在家裡的沙發上了！」

他知道老婆——前任老婆——說的是實情。但他前妻有一點弄錯了，他這人並不是那種逼一逼，就能進步的人。不，正好相反，他是那種逼一逼，就走極端的人。

他住在車裡的那幾天——靠前妻留給他的錢過活——沒想怎麼振作起來，反倒是讓自己落到如今這步田地的「罪魁禍首」全都細數了一遍。他將別人身上都刻上了七宗罪，而把自己看成是無辜的被害羔羊。在那幾晚窩在車上，睡到腰痛而不得不醒來的夜裡，他將最大的罪責判給了一個小自己二十多歲的男生。

而那男生現在正在他面前——

他穿過第二盞車頭燈，用僅剩的三十塊買的水果刀還在手中顫抖著，但卻堅定地朝著楊思淮的喉結刺去。楊思淮看準刀尖反射的眩光即將刺進喉結，突然猛地一腳，抽向屈又石的側腰，「啊啊啊啊啊啊——」在屈又石痛到仰頭大吼的同時，轉身衝向駕駛座。

「仆街仔，別跑！」屈又石在楊思淮揚起的塵土中嘶吼著。

你他媽的手裡握的又不是手槍，我幹嘛不跑？眼看駕駛座門把就在眼前，熟料，屈又石一個飛撲，將他撲倒在了車尾燈下。

「狗急跳牆，懂嗎？我要讓你們知道，他媽的老子也不是好惹的！」

屈又石壓在楊思淮身上，用雙膝扣住了楊思淮的雙手，他將小刀高舉過頭。

「你他媽的再跑啊！不是詭計多端嗎？」

刀鋒在紅色車尾燈的照射下被染成鮮紅，只見那紅光筆直地朝楊思淮的胸口刺去。楊思淮瞳孔急速放大，雙腳不停亂踢，荒地一片塵土飛揚，他心跳與心跳之間幾乎沒有間隙，他牙關緊咬，喘息從牙縫中噴出——

這就完了嗎？被屈又石這種人渣——

突然一下悶聲，一把泥沙濺到楊思淮的臉上。他緊閉雙眼，來自屈又石的重壓突然消失。又是一下悶聲，然後是第二下，第三下，第四下。

他睜開眼，泥沙讓他雙眼泛淚、淚水使他眼前一片模糊，車尾燈的紅光尤其刺眼。隨後，雙眼慢慢對焦，一個人臉出現在了眼前——

「珮……珮雯？」

珮雯和張儒行剛出楊思淮住的居民樓大門，就看到了從巴士上下車的楊思淮。兩人正想掉頭逃跑，正好目睹了屈又石脅迫楊思淮上車的畫面。兩人知道不妙，攔了輛的士，從後跟上。的士司機見屈又石駛進政府用地，不肯進去，兩人只好在圍欄外下車，先在荒地外觀察，正在猶豫要怎麼做時，屈又石飛撲到了楊思淮身上，張儒行眼看再不出手，楊思淮就會死於刀下，才趕緊衝了上去。

將楊思淮從屈又石水果刀下拯救的人，正是張儒行。屈又石被張儒行壓在泥地上動彈不得，他一股腦地大罵，但嘴巴貼在地面，嘴裡摻著口水和爛泥，聽不清在罵什麼。

珮雯的臉上，掛著一種不知所措的迷茫。她蹲在楊思淮身前，想扶楊思淮站起來，又抗拒和甩了自己的前男友有肢體上的碰觸。最後楊思淮自己站了起來。他把兩人為什麼會突然出現的事先放到一邊。

「拿他怎麼辦？」張儒行看到楊思淮走近，問說。

「你說呢？」楊思淮用滿是汙跡的襯衫擦了擦眼鏡上的汙泥，他重新戴上眼鏡，看到了從屈又石手中掉落的插在土裡的水果刀。

「你想殺了他？」張儒行察覺到了楊思淮的目光。屈又石聽到這番話，提高了他口齒不清的大罵音量。

楊思淮撿起水果刀問：「你還有別的辦法嗎？你剛剛看到了他是怎麼撲倒我身上的吧？你覺得他還有理智嗎？」

「那你還有理智嗎？」珮雯看到楊思淮撿起了水果刀，小跑到了前男友和屈又石之間。

「妳要保護他？這個奴役妳和妳姐妹的人渣？」

「再人渣也不至於被殺。」

「讓開。」楊思淮不想多說。珮雯不但不讓，反倒是張開雙手，擋住他的去路。

「我說讓開！」楊思淮一把將珮雯推開。張儒行見楊思淮對珮雯出手，放開了屈又石衝到了楊思淮的身前。

「你敢靠近他，我立刻報警。」他警告楊思淮。

楊思淮的雙眼，因為剛剛被撲倒在地時進了泥沙而泛紅，再加上他衣衫不整，鏡片上數道裂痕，手上還緊握著一把反射著車頭燈的利刃，那瘋癲的模樣與屈又石不相上下。

「你不信？」張儒行掏出手機，對準楊思淮。

「別逼我。」楊思淮舉刀，對準張儒行。

夏季夜風，捲起一陣灰塵，在那艷紅車頭燈的渲染下，如薄紗般浮動。一左一右的兩人對峙著，當塵埃落定之時——

「喂！他跑了！」珮雯的一聲大叫，止住了從張楊二人太陽穴上滑落的汗滴。兩人同時放下了手中的武器——

「妳看到他往哪——跑了？」因為緊張，而破音了的楊思淮問。

珮雯手指著一個方向，頭卻不停搖著，接連不斷的劍拔弩張快將她逼瘋了。

「分頭找，我走這邊，張儒行那邊，妳──」

楊思淮話音未完，荒地外「碰」地一聲巨響。三人同時扭頭看向了巨響發出的方向。張儒行率先衝到了發出巨響的地方，那是通往路環的路氹連貫公路。因為是新開發的路段，所以除了兩側微弱的街燈外，沒有任何的照明設施。

他站在公路旁，白光映在呆滯的臉上，鼻子上的黑頭中滲著汗液。

楊思淮和珮雯先後趕到。珮雯大口喘著氣，但剛一看到讓張儒行臉色呆滯的畫面後，她立刻倒吸了一口氣，隨即捂住嘴尖叫了起來。而楊思淮，他的雙眼被反射著白光的鏡片所遮蓋，看不出他的表情。但估計，也與張儒行一樣，是呆滯的。

那白光的來源，是輛貨車的車頭燈。而在那卡車的前方三米處，一個物體正暴露在黑夜中尤其刺眼的貨車的白色車頭燈之中。那團物體一動不動，若非有一圈質感順滑的液體──血──正不斷擴大，讓人聯想到了人體的話，否則根本無法辨識，那團只能用模糊二字形容的物體便是前一秒還在大喊大罵的屈又石。

八

在對著化為一團爛泥的屈又石面面相覷的十分鐘內，張儒行、楊思淮和珮雯被帶去了警局。

陳為司在他們到達後的二十分鐘內也到了，為此他答應女兒明晚補給她兩篇睡前故事。他在路上得知了事情的大致經過，而那經過是楊思淮等人捏造出來的——屈又石將珮雯帶去荒地，打算強姦她。

「女士優先。」他看了看分別坐在三間審問室中的學生，對值班員警說了句自己覺得很俏皮的話後，推開了珮雯所在的審問室的鐵門。

「他威脅我如果不上車的話……」珮雯坐在審問室內，陳為司在她對面，臉頰的鬍渣又雜亂了不少，他先說了一連串開場白，大致含義就是讓她不用擔心，儘管說出屈又石生前的惡行，珮雯隨即開始了事發經過的闡述，「就公開我的照片。」

「什麼照片？」陳為司手上的筆停住了，他抬起頭看向珮雯。

「我的……」珮雯難以開口。「裸照」二字在她嘴邊打轉。她想起了自己半小時前捂著嘴尖叫的場景——

在目睹了被卡車撞成的爛泥的屈又石後，楊思淮是最快恢復理智的。

「快報警！」他對臉色蒼白、說著普通話的卡車司機說。沒人知道卡車司機是因為勞累還是因為害怕，臉色才如此蒼白，「那個人是強姦犯！」

「你說什麼？」卡車司機還聽不懂廣東話。

於是楊思淮用普通話又說了一次。卡車司機聞言，臉色恢復了點血色，就好像撞死強姦犯就不算犯罪似的。這是楊思淮臨時想出的說辭。而這套說辭的代價就是要珮雯承認自己的援交行為。

「這是唯一的辦法了，要不然我們怎麼解釋？」

珮雯反應了一下，剛從驚嚇中抓住了理智，但隨即又跌入了羞恥與不甘的深淵中。

「憑什麼是我？」她說。

「你看屈又石的樣子像同性戀嗎？」

珮雯無言以對。她看向張儒行想要求助。而面對二人的張儒行，雙眉緊皺著，大腦運轉著，但卻怎麼找不到一個比楊思淮的計畫更好的計畫。所以他的眼神是迷茫的，那迷茫之中帶著自責，他自責自己的無能為力。

楊思淮看張儒行也無言以對，於是命令珮雯：「把妳衣服撕爛。」他用餘光看見卡車司機正蹲在屈又石的屍體前報警。他把珮雯拽進了昏暗的荒地中。

「憑什麼？」既然張儒行幫不上忙，珮雯打算自救。如果她乖乖地照著楊思淮的劇本演出的話，那她的祕密不就等於是公諸於世了嗎？她幹嘛要犧牲自己呢？尤其是為了眼前這個曾經將自己好似做完愛，擦拭體液的衛生紙般丟掉的男人。

「妳知道家豪的死和我們有關嗎？」楊思淮的雙手緊握住珮雯的肩膀。珮雯猛地一掙脫。

「那又怎麼樣？要死一起死！」

「妳在說什麼傻話？」他又握住了珮雯，「妳還不懂嗎？我們如果在一起的話肯定會被警方懷疑啊。」

珮雯瞪大雙眼，難道楊思淮和自己分手是為了保護自己？她剛想掙脫，但一瞬間猶豫了。

「如果被抓到就沒有任何機會了。」突然，楊思淮滿是汙漬的臉上掛上了一種足以使珮雯動搖的微笑，「坐牢的話一切都完了，妳和我，一點機會都沒有了，所以——」

珮雯緊咬住下唇，一種未完的情感在糾結著。

他撫摸了一下珮雯的頭髮。

「我知道了……」

楊思淮轉身，心想幸好珮雯夠傻，要不然就都前功盡棄了。他先在珮雯的身上抹上了汙泥，又在車內留下了珮雯的指紋和髮絲。

陳為司雙眉緊蹙地聽著珮雯的供詞。他大致清楚了眼前發生的事情。他帶珮雯去了休息室，找了個女警員陪她。

「給她找身乾淨衣服換上。」他先將珮雯可能涉及援交的事情放在一邊，畢竟，在這起案件中，她是受害者。

而家豪的事件，他也一併得到了真相——楊思淮設計的真相。在楊思淮的劇本中，珮雯和家豪是情侶，她之所以被家豪襲擊，就是因為得知了女友從事援交而抓狂，珮雯於是和家豪提出分手，家豪約珮雯在大譚山見面——如果不是從獨眼婆那裡獲得的小道消息的話，他就跌進楊思淮挖好的坑裡了。

「為什麼要去大譚山？」但陳為司不動聲色地歪著頭，決定先將計就計。

「那是我們的……」珮雯實在不知道自己為什麼要這樣幫楊思淮，她在心裡罵著自己，但卻又無法看著楊思淮被捕而束手旁觀。

「類似情侶之間的祕密基地？老地方？」陳為司為自己的演技所折服。

「對。」珮雯頷首，「我們沒說幾句就吵了起來，然後雨下得很大，然後……然後就……」

「然後他被閃電擊中身亡了。」

珮雯點頭。在離開審問室的路上，她和楊思淮打了個照面，珮雯的表情難以判斷，但楊思淮只能祈禱她沒有即興發揮。現在，輪到他接受陳為司的審問了。

「沒想到我倆這麼快又見面了。」陳為司說，楊思淮點頭。他想珮雯應該沒有違逆自己的劇本，否則的話，陳為司的語氣不會這麼平靜。還是說，他很會裝？

「說說你和張同學是這麼發現屈又石的罪行的？」

楊思淮說自己在離開麥當勞後遇到了張儒行，兩人相約去他家——

「去你家幹嘛？」

「打遊戲。電腦遊戲。」

陳為司點點頭，示意楊思淮繼續。

「我和他還沒走到巴士站，就看到珮雯上了屈又石的車。因為珮雯之前和我說過屈又石經常騷擾她，所以我和張儒行就決定跟著他們。」

「屈又石從學校離職和珮雯有關係嗎？」

「這點我不清楚。」

「那你和珮雯的關係是？」陳為司感嘆著自己輕描淡寫的語氣。但實際上，他的心跳正不知不覺地加速著。

「同學。之前地理課報告是在同一組，算是比一般同學熟吧，但也沒有很熟。」

果然撒謊了。陳為司在思考要不要問他是否知道珮雯涉及援交行為。他決定暫時先不提這件事情。

楊思淮走進了休息室。他和女警員打了個招呼，然後坐在了手中握著一杯熱阿華田的珮雯身邊。珮雯換上了寫著：「向毒品說不」的綠色T恤。

「T恤不錯。」楊思淮說。

珮雯白了他一眼，屁股挪了挪。不知道是她想太多，還是楊思淮故意的，他坐得和她很近。

「警察姐姐，」楊思淮被珮雯白了一眼後轉頭向站著的短髮女警員問，「我們什麼時候能走？」

女警員看了一眼掛在飲水機上方的時鐘，差五分八點，「要等陳警官的指示。」楊思淮挑了挑眉，意思是好吧。

「明天有測驗？」女警員從冰箱裡拿了一盒維他奶給楊思淮。

「不是，只是我習慣早睡。」珮雯聞言，噗地笑了出來。女警員和楊思淮同時看向了珮雯，前者微微皺起了眉。珮雯察覺到了楊思淮和女警員的雙重注視，喝了口阿華田然後低下了頭。

張儒行正在天人交戰。他看著陳為司走進審問室，拉開椅子，坐在他面前。他知道，眼下是他最好的坦白機會。將楊思淮轉學出現後發生的所有事情都告訴他。只要說出來，自己就能獲得解脫。

你還在害怕什麼呢？黎莉的錄影帶也拿到了——此刻就在他的書包裡。楊思淮手上已經沒有你的把柄了，還有什麼可害怕的呢？

但他還是難以開口。他的嘴動著，但回答的話，不是自己想說的，而是楊思淮的劇本寫好的。為什麼呢？腦中的他問自己。為什麼還是無法坦白呢？這樣做等於是在害他啊。

張儒行發現自己說了兩句後，陳為司就放下了手中的筆。因為自己的口供和前面兩人說的都一樣嗎？

他跟著陳為司走出了審問室，他跟著陳為司穿過了警局走廊，他跟著陳為司來到了休息室。但他還沒坐下，陳為司就宣布三人可以先回家了。

三人在警局門口的巴士站。珮雯和楊思淮坐同一號巴士。珮雯先上了車，她看到楊思淮跟在身後，本想下車，但楊思淮擋住了她的去路，無奈只好走進車廂。

「學校見。」楊思淮在車門前，轉過身對張儒行說。

張儒行沒看他，他不想面對他。他看了一眼發出白光的車廂中的珮雯，女孩坐在靠窗的單人座位上，白光讓她看上去臉色慘白。她向張儒行揮了揮手，他舉起左手，沒有揮動，然後放下。

他看著巴士駛去。車尾紅燈又讓他想起了剛剛在建築工地發生的一切。一輛白色日產轎車從他面前駛過，轉進警局。車窗中的司機是個中年女性，那女人和張儒行匆匆對視一眼，她是屈又石的前妻。她臨時叫來了鐘點工照顧女兒，為了來警局幫已經沒有屁股的前夫擦屁股。

「好端端的怎麼會出車禍？」在她的腦子裡沒有意外二字。如果到了警局後，發現前夫渾身酒氣，她一定當著一眾警察的面，啪啪給他兩個耳光，她已經在腦子裡綵排好了。但這些都不會發生了。在得知前夫去世的那一刻，她忍不住眼酸，哭了，結果一發不可收拾，幾近崩潰。這場哭戲，是她沒來得及綵排的。

張儒行坐在除他之外，空無一人的巴士上，路過霓虹斑斕的澳門街區。他反覆問著自己到底為何不向陳警官坦白。來來去去地自問，他得到的都是相同的回答，那就是他不想背叛楊思淮。即便，他知道那會讓楊思淮越陷越深。

他看著玻璃上反射的面孔，如此接近，接近得使他感到恐懼。因為他對近在咫尺的他感到陌生，甚至無法確定，他就是他。這一刻，他唯一可以確定的，便是他唯一盼望的是平靜的生活，然而，在這片霓虹充當星空的賭城中，或許根本不存在。

九

一天被審問兩次，還差點被水果刀開膛，回到家的楊思淮是疲累的。

客廳牆上的時鐘指向九點。他走進臥室，一片狼藉出現在他眼前。他戴上剛摘下還握在手上，鏡片上有裂痕的眼鏡，看了看，不是幻覺。

是被闖空門了嗎？不可能啊，小偷在澳門根本不存在。被尋仇了？他從沒洩露過自己的住址。除了——

他想起了剛剛在巴士上全程無視他的珮雯。她的側臉靠在巴士窗戶上，車內的白光將她的面容照得蒼白，毫無血色。他心中閃過一瞬間的心痛。是他的劇本將珮雯榨乾了。但那能怎麼辦呢？他們都是共犯。

他走到珮雯身邊，想著說些什麼。珮雯瞄了他一眼說：「走開。」他識趣地走開了。既然妳不需要，那我也犯不著。

而現在，當他想要沖個涼，一頭倒在床上睡覺時，卻發現自己的床鋪被「千刀萬剮」了。他疲累得無法發怒。他只是深吸一口氣，然後吐出。他把眼鏡放在床頭櫃上，把插在枕頭上的廚刀拔出來，放在眼鏡旁邊。他走進浴室，打開水龍頭，沒等水熱就一腳跨進浴缸。冷水從頭頂淋下，他全身為之一顫，逐漸清醒。

突然，他睜開雙眼，眼珠幾乎瞪了出來，冷水開始轉熱，就這樣靜止了：一、二、三、四秒，他扯開浴簾，裸體衝進了當做書房的客房，他打開電腦，開機圖標出現在螢幕上，他眨著眼將眉毛上的水滴甩掉，水滴從他頭部向下流，流遍全身，在木地板上形成了一圈小水池。他手指在辦公桌上敲著，嘴裡默念著「快點快點快點——」

開機完畢的瞬間，他攤在了旋轉椅上。肌膚和仿皮椅墊摩擦發出刺耳聲響。他隨著旋轉椅轉了一圈，嘴裡發出：「仆街。」兩字。

螢幕中是Windows的重安裝畫面。

屈又石去世的消息並沒有公開。陳為司帶著一堆疑團與一個謊言再次拜訪盧高勤。盧高勤表示屈又石是自行離職，理由未知。

「你作為校長不知道訓導主任離職的原因？」陳為司用筆屁股敲著筆記本。

「我作為校長有義務要知道訓導主任離職的原因嗎？」盧高勤挑著眉。

上下級關係不好。陳為司在筆記本上寫下一句。

「屈又石昨晚出車禍去世了。」

時鐘科噠科噠響著。大約十秒左右，盧高勤說了一句：「太可惜了。他今年才四十……」

「四十四。」

盧高勤說了聲「對」後便不再說話。他知道面對警察，沉默是最好的武器。

「另外，你知道高三年紀的梁珮雯嗎？」

「知道。她怎麼了嗎？」

「你知道她被屈又石騷擾過嗎？」

盧高勤表示不知道。陳為司被盧高勤的「不知道」搞得心煩意亂，他又問了幾個關於珮雯的問題。盧高勤交待了珮雯的家庭背景——單親家庭。父親具體是從事什麼職業，他不清楚。

陳為司離開校長室。他打算等珮雯放學後再和她談一談。根據這次談話，他需要作出決定——昨晚發生的事是否要告知珮雯家長，她的父親。他回到警局，查到了珮雯父親的背景資料，是個在賭場餐廳任職的廚師。

他把資料甩在桌子上，上齒咬著下唇。他的旋轉椅左右搖擺著，內心也在搖擺不定。從珮雯襲擊案開始，到家豪去世，再到屈又石去世。整件事件的開端是珮雯，結束也是珮雯。他還沒和局長報告，但局長已經開始重視了。那個老屁股一改之前對家豪去世絕對是意外的斷定。

「關於發生在聖德學校的一系列案件，老陳你要負責到底啊。」

屌你老味！我一直都在負責啊。

一開始，陳為司因為發現了個澳門難得一見的大案子而感到幹勁滿滿。恨不得揪出一個傳遍港珠澳三地的世紀大罪犯。但現在，隨著日子的推移和調查的深入，他倒希望一切都都不曾發生。所謂的大案件，不就意味著有一個或者多個深受加害者折磨的被害者嗎？他覺得自己二十多年的警察算是白當了，就連做人也是白做了，居然盼著發生一起世紀案件，那不就等同於盼望受害者出現一樣嗎？老陳啊，你這心腸是多麼惡毒啊！

「這也不怪你，如果是在香港，那肯定在接到大案子的瞬間，就明白自己要查出的真相或許不是自己想要知道的。但你生在澳門，有什麼辦法呢？澳門就是個風水寶地啊，不過是一點人性醜惡，你就覺得社會沒救了，你太敏感了。」張姑娘，午飯時對陳為司說。

「妳覺得被訓導主任誘姦只是一點人性醜惡？妳覺得因為家庭環境而去從事援交只是一點人性醜

惡？」
「等等等等，你怎麼就斷定她是因為家庭環境而去從事援交的呢？你知道在日本多少高中生自願從事援交嗎？就為了週末有錢和姐妹們去夜店。」
「這裡不是日本，這裡是澳門。」
「所以呢？這裡是澳門就代表人都很善良了嗎？你知道每天晚上賭場的酒店裡都在發生嗎？」
「發生什麼？」
「你是警察還是我是警察？」
見陳為司的五官緊皺成了一團，就像他面前的白飯上的咖喱醬汁一樣黏稠，張姑娘又補充：
「你不會聽了我的話之後今晚去賭場抓人吧？我勸你別做傻事。這年頭人人都在發賭場財，你不跟著發，可以，但你要是想去斷別人財路……你自己很清楚會發生什麼。」
陳為司不自覺地瞪著張姑娘。他沒想到張姑娘是這麼世故的人。但隨即他就覺察出了，不是張姑娘太世故，而是自己太幼稚。張姑娘拿起托盤走了，她知道自己多嘴了，但那不也是看在老交情的份上？賭場內的灰色地帶陳為司會不知道嗎？他肯定知道。整個警局中就連清潔阿姨和食堂阿姨都知道。但那是他們能管得了的嗎？賭博能從非法變成合法，就說明了所有問題。把賭博美其名曰博彩就能掃除一切弊端了嗎？看看多少人賭到妻離子散然後去跳樓的。珮雯，她不過是時代浪潮中的一粒蝦米。張姑娘說得沒錯，她真的是被迫從事援交的嗎？還是，陳為司一廂情願地選擇相信她是被迫從事援交的？況且，她還撒謊了。
陳為司想從珮雯嘴裡聽到一個讓他心安理得的答案。放學後，珮雯就坐在他面前，在警局的審問室。但提起援交時，她沉默了。她不過十八歲，要變成那種能將自己的非常規行為脫口而出，甚至用作自嘲談資的年紀，她還差得遠。

厚重的睫毛液下，是雙無精打采的眼皮；厚實的遮瑕膏下，是販賣青春過後殘剩的黑眼圈；而那厚塗的唇膏下，則是毫無血色、因為喝水不夠喝酒過多而乾裂的雙唇。

陳為司的立場微妙地轉變了。原本在他眼中是因為生活所迫的憔悴，這刻變成了欲望過剩的透支。他看了一下手腕上的手錶，快七點。他看著筆記本上事先列好的問題，從頭開始問起。珮雯盯著牆壁一角，弓著身子回答著。

「關於妳和楊思淮的關係，」珮雯的遊移的眼神剎那間凝固了，「為什麼撒謊？」

「我沒有撒謊。」

「坦白從寬，抗拒從嚴，妳很清楚吧？」

「我沒有撒謊。」

「我手上有你們是情侶的證——」

「我沒有撒謊！」

陳為司站在警局頂樓的天台邊抽菸，邊嘆息。電影中的劇情落在了他的身上，面對拒絕合作的、值得同情的嫌疑人。儘管在審問室中，他裝得再狠，他還是無法欺騙自己，他是同情佩雯的。但他沒有別的選擇了，他必須要告訴珮雯的父親，他女兒的所作所為。他感同身受，如果他的女兒，和珮雯一樣，他會作何感想。越想，他的嘆氣聲就越大。

「澳門什麼時候變成這樣了？」

他將菸蒂丟進裝著奶茶的紙杯中。

珮雯站在沒有空位的巴士車廂中，內心忐忑不安。她預想過這一天的到來，但她總是不以為然，畢竟援交被捕在澳門算不上重罪，甚至有可能說一個讓法官同情的故事，就不用去坐牢。尤其是當她還未成年時，她更是有恃無恐。工作結束後，在賭場門口遇到巡警，她甚至敢大搖大擺地走過，身上穿的還是校服。但今天，在聽到陳為司表示要和她父親談談之後，她怕了。她不敢說出自己援交的理由，正是因為她知道她所說的話很大機率會溜進老爸的耳中。她不忍心讓老爸知道他生了個拜金女，她更不想讓老爸知道自己生了個妓女。她從未覺得援交是在作踐自己，直到這刻面對警察的審問，她也是這樣覺得。她沒覺得自己有什麼錯，然而，她深知她傷害了老爸。她和老爸的關係說不上好，但總歸逃不過用相依為命來形容。雖然不貼近，但她或多或少能在某個特定時刻——老爸下廚做兩人的團年飯時——感受到那種血濃於水、只有家人才能帶來的獨特情感。現在，她的僥倖心理已經消失殆盡。在審問室的剛剛，走出去的那一瞬間，她想過向陳為司求饒。但種種原因擠壓著本就尚未成熟的心，她一時還無法梳理。

晚上的陳為司輾轉反側。他又想起了和珮雯的對話。

「妳這樣是在害她們。」

「為什麼呢？」

珮雯的反問讓陳為司皺起了眉。雖然他的雙眉在珮雯走進審問室後就從未鬆懈過，但這會皺得更緊了。

「妳想看著她們越陷越深嗎？妳想看著她們一輩子靠賣……援交維生嗎？」

「我不懂，」珮雯原本逃避的眼光此時直視著陳為司，「我不懂為什麼你們這些大人這麼喜歡先入為主地將看法強加在我們身上。憑什麼你們覺得我會一輩子從事援交呢？難道援交是一種……一種烙印嗎？還是說在你們眼中只要做過援交就是髒的？永遠也無法變回你們所期望的那種純潔的白衣天使？」

「我沒有那個意思，我的意思是，只要妳告訴我還有哪些妳認識的女生有從事援交，我們就能幫助她們脫離這個死循環。」

「憑什麼你覺得這是個死循環呢？」

「什麼？」陳為司的凝視變成瞪視。

珮雯不再言語。她知道她和陳為司，以及和陳為司思想相同的所謂「大人們」永遠也無法彼此理解。

走出審問室，看著珮雯單薄的身影走進燒得滾燙的夕陽中，他複雜的心裡還摻雜著最後一絲同情。

他問同事借了根他本來因為妻子懷孕而戒了多年的菸。他很自責，他認為自己沒能阻止珮雯墮落，更別提拯救她了。作為警察，他所捍衛的到底是什麼？如果只是將真相查清，但相關者都陷入了無底深淵，那這一切還有什麼意義？任由黏膩的傍晚暖風吹亂自己本就所剩無幾的髮絲，他吸了口菸，再將嘆息混入香菸中，吐向即將消逝的太陽。

澳門到底還有多少個與珮雯境遇相同的女孩？

「你知道每天晚上賭場裡的酒店裡都在發生什麼嗎？」張姑娘的話語再度在耳邊響起。

十

距離聖誕節假期還有三天。

張儒行的生日在聖誕節前夕，十二月二十四日，星期三。黎莉和關玲串通好了，要給儒行一個驚喜。而密謀者不止她倆，還有一人。

關於屈又石的死，張儒行沒有告訴黎莉。他不想讓黎莉和楊思淮再次扯上關係。私闖民宅這種事情他這輩子做一次就夠了。

他本以為，楊思淮必定會對他採取某些報復手段。畢竟讓黑仔想也能知道，闖入楊思淮家的人是張儒行和留下裝置藝術的珮雯。但從警察局離開的隔天，兩人對到目光，楊思淮的眼神中卻沒有絲毫異樣。他還是和往常一樣，下課時和班上同學互動，上課時主動回答問題。完全看不出他昨晚經歷了屈又石之死、兩次陳為司問話和回到家後發現自己屋子被人入侵了，完美詮釋了禍不單行的一天。換床單被套絕對是獨居男生最討厭的事情之一，更別提，他僅有的兩個枕頭都被珮雯劃得體無完膚了。他是用沙發坐墊枕著睡的。第二天，他就落枕了。

「福無雙至，禍不單行。」這是醒來後感覺到自己脖子不太對勁的楊思淮對新一天的到來想要說的話。

他絕對在計畫著什麼。張儒行的目光近似變態地盯著楊思淮的一舉一動。對此，楊思淮當然是知道的。但他暫時不打算和張儒行計較——他沒有這番心思。
屈又石死後隔天放學，楊思淮看到珮雯被陳為司帶走了。如果珮雯沒有多嘴的話，那麼他現在就還是安全的。但他不確定陳為司會順藤摸瓜查到些什麼。他決定要先一步行動。
他等盧高勤離開學校後，潛入校長室，放了一個竊聽器在盧高勤的辦公桌下——竊聽器他一向放在背包裡，因此沒被張儒行偷走。隨後當晚，他以公墓的名義（付費電話卡），發了一則短信給鄭女士——鄭女士不僅是家長會會長，還是是澳門婦聯的成員，她的號碼在網上就能找到。內容是：

請找出家豪的數學作業並仔細翻閱，您會發現驚喜的。

不到半小時，鄭女士就回覆了。她質問公墓的真實身分。

維護校園和平的使者——公墓回應。

楊思淮並不確定，鄭女士會不會直接找上學校，與盧高勤對質。他多留了一份心眼，找了三玉的學弟幫忙在放學後跟蹤盧高勤，以防萬一兩人私下見面。但他完全多慮了，因為鄭女士在收到郵件的隔天中午就堵在了校長室門口。楊思淮帶幾個女同學出去吃午飯時，正好與她擦肩而過。
校長室內，盧高勤手上正拿著一疊他與鄭女士幽會中的照片。
「為什麼家豪手上會有這些照片？」鄭女士質問了一個盧高勤也想知道答案的問題。
鄭女士，中年失去了獨生寶貝兒子的婦女，在她腦中，有一個大膽的猜測，會不會是盧高勤知道了家豪發現了他的祕密，所以對他下了毒手，以保全自己校長的身分呢？
「妳是怎麼發現這些照片的？」
鄭女士想著要不要透露公墓這個人。

「是一個叫公墓的人發給妳的嗎？」

鄭女士費勁心思用粉底遮掩的魚尾紋還是顯露了出來。

「妳覺得是我害死了家豪？」

鄭女士不自覺地搖起了頭。她開始混亂了，為什麼盧高勤會知道公墓？為什麼盧高勤好像對整件事情都早已知情？她從標誌是一個L疊著一個V的包裡拿出一支標誌是一個Y疊著一個S再疊著一個L的口紅，她擦著口紅的雙唇顫抖著：

「你發現他知道了你的祕密、你和我的祕密，你不想讓自己的事業毀於一旦，所以你約在大譚山頂見面，然後你，然後你……」她想不出適當的詞語去形容她腦海中出現的畫面——盧高勤殘殺家豪的畫面。

「他是被閃電擊中身亡的。警察沒跟妳說嗎？」

「警察？警察的話能信嗎？誰知道他們是不是被你收買了？我從頭到尾就不信什麼被閃電擊中身亡的鬼話！」

「妳沒看到屍體嗎？」

鄭女士不言語了。她的確沒看。沒敢看。對此，她心裡多了一個結——沒有最後見兒子一面，因為自己的軟弱。

「肯定是你……肯定是你害死了家豪……」嘴唇越顫越烈，鄭女士的面容扭曲成了屈又石被撞死前的掙扎嘴臉，她的眼淚流經彎曲的皺紋，最後順著法令紋而下，「肯定是你！你肯定是為了保住自己的事業……要不然的話……不然的話……」

在鄭女士幾乎確信的推測中，盧高勤滅口家豪不過是個果。逼她崩潰的原因是，她才是那個因。如果她沒有一時鬼使神差地和盧高勤發生外遇，那家豪怎麼會發現這並不符合她那莊重且光鮮的外表下的醜陋內在呢？是她辜負了家豪對於母親的期待，是她背叛了身為妻子的職責，是她違逆了社會的道德規範，是她的私欲直接害死了她的寶貝兒子。是她，家豪之所以死，歸根結底就是因為她。

突然，鄭女士伸出沒有指甲油粉飾的雞爪般的雙手，她撲向盧高勤，十指緊緊掐住他的脖子。盧高勤感覺到夕日只會掐進他背部的指甲，如今刺進了自己的動脈，他一瞬間感嘆到世事無常，乾脆就這樣被眼前的瘋婆子掐死，以消除自己今生的孽障。他從未相信過什麼天道輪迴，但這學期所發生的一連串事件，讓他確實體會到了什麼叫人在做天在看。

然而，就在盧高勤心理上豁達地看開了一切的下一秒，因為窒息感，他的生理不由自主地用全力將鄭女士推開。她整個人顫顫巍巍地，嘴裡「咿咿呀呀」地向後退了幾步，在失去力氣支撐身體前，踉蹌地癱倒在了沙發上。盧高勤先是摸了摸自己被掐出十個血印子的脖子，然後踏出一步，又退回一步，雙手伸出又縮回。他嘆了口氣，想去扶，又不敢去扶。就和他與楊思淮的問題一樣，想靠近，又不知如何是好，他進退兩難。

「我要去告訴那個警察……對……我要去告訴那個警察……」鄭女士掙扎著站了起來，踩著亂步，越過盧高勤，她隨手抓起在辦公桌上自己與盧高勤的「合照」，手忙腳亂地往裝著兩人親密照的牛皮紙袋裡塞。

「妳冷靜一點。」盧高勤對著鄭女士的背影說。但他的話並沒有傳進對方的耳中，此刻，鄭女士耳中只能聽見自己的囈語：「去告訴那個姓陳的警官，他會把盧高勤繩之以法，他會把盧高勤繩之以法，他會把盧高勤繩之以法……」——甚至，他會把自己也繩之以法的。

「妳冷靜一點！」盧高勤拽住鄭女士那蝴蝶袖不停抖動的手臂，擋在她身前。鄭女士一把甩開，瞪了盧高勤一眼，再推開他——她大可繞道而行，但她就是想從盧高勤面前闖出去，就像盧高勤是堵在她與兒子相見的唯一障礙似的。

楊思淮在耳機中聽到了這一切，他的計畫又步回正軌了。

陳為司的菸癮又犯了。他原本以為，自己為了女兒的決心是十足的，他也以為，自己的定力是值得信賴的。但他想錯了，他把人生看得太簡單了，把人性想得太偉大了。他被安穩到幾乎無聊的澳門給欺騙了。

「我真的以為自己是很有克制力的。」飯堂外的陽台上，頂著正午烈陽，他依在圍欄上對著身後躲在屋簷陰影中的張姑娘說。

「因為那小姑娘的事？」她用手掌擋在眉上，本身就不白的人更是怕被曬得更黑。

「我和她爸說了。」

「她爸什麼反應？」

陳為司將菸灰抖進用報紙折的小帆船裡。那是他女兒美術課的作品。他不知道，還以為是老婆折來吐骨頭的小簍子。

「很冷靜。我問他知情嗎，他說不知情。」

「看來她老爸比較溫和。」

「或者冷靜就是裝的。那些把情緒壓抑住，之後爆發的人，往往比當下暴跳如雷的人更恐怖。」

「這又是你從哪學來的心理分析？」

「我就是這樣的人。」

「是嗎？沒看出來你是暴雨將至型的。那小姑娘呢？你問問她怎麼樣，不就不用猜了嗎？」

「她沒去上學。」在烈陽下幾乎睜不開眼的陳為司說。

「休學了？」張姑娘耐心要被耗盡了，她側著身，隨時準備推門回到冷氣的擁抱中。

他看著在烈陽下不那麼明顯的菸，沒有回答。

這時，一個穿著制服的年輕警察拉開玻璃門，張姑娘乘機溜了進去。

「陳sir，樓下一名叫鄭女士的人找你。」

陳為司將香菸捏滅。一陣風將圍欄上的小船吹走，菸灰隨風灑落，陳為司下意識地用手去抓，卻被其中尚未燃盡的菸灰燙到——

「屌。」

黎莉察覺到了男友的不對勁。

尤其是在那天大息，張儒行肚子痛跑去廁所後，楊思淮過來和她說的一席話。

「我知道妳看出來了，最近我和妳男朋友之間有些不愉快。」因為不知道張儒行什麼時候會回來，而這又是楊思淮好不容易找到的黎莉單獨一人的時機，所以他單刀直入說。

「那還不是怪你偏要他加入你的復仇計畫嗎？」黎莉一手托著頭，目光停留在下午要測驗的歷史課本上。

楊思淮坐到黎莉身邊，伸手合上了她的課本。

「喂！」

「如果，我是說如果，妳幫我說服儒行幫我的忙，我就能幫妳當上排球隊隊長呢？」

「蛤？」

「妳難道不想嗎？這可是妳中學的最後一次機會了。當然，上了大學也還是有機會啦，但是，如果妳願意幫我說服儒行的話，這學期結束前妳就能當上排球隊隊長。」

「你別滿嘴機會機會的，作為一個應屆畢業生，聽著很煩。」黎莉從楊思淮手上奪回課本，翻開，假裝專心。

但楊思淮看出她動搖了。

「況且，妳不是也認為儒行應該替他父親報仇嗎？」

「這是他的人生，我不想干預他的人生。」

「可是——」

「別說了，」黎莉打斷他，「雖然我很好奇你能用什麼手段讓我當上排球隊隊長啦，但是，我也不是第一天認識你了，我猜肯定又是握有陳盈的什麼把柄吧？」

楊思淮哼笑了一聲，說：「不瞞妳說，我以前三玉的同學跟我說——」

「是同學還是手下？」

楊思淮苦笑：「手下？手下。他說——」

「停！」黎莉作勢捂住耳朵，「我不要聽。」

這時，楊思淮的餘光捕捉到了一個身影出現在走廊轉角的牆壁上，從那熟悉的輪廓判斷，是張儒行。

「好吧。」楊思淮站了起來，「妳真的很愛儒行啊。」

黎莉用哼笑來掩飾臉紅。她的男友出現在了走廊上，用滿臉無法掩飾的敵意地看著站在黎莉面前的楊思淮。

「喂，等到他生日那天，你自己說服他吧。」

「妳會幫我嗎？」

「不會。」因為儒行是我的男友。黎莉沒把後半段說出來。

張儒行走到黎莉身邊，眼神還是緊盯著回到座位上的楊思淮的側影。

「他找妳幹嘛？」

「不是他找我，是我找他。」黎莉指了指歷史課本。張儒行沒有質疑黎莉。

「喂，你複習好了沒？歷史都不合格的話，你就死定囉。」

「複習好了啦。」

看著被迫複習的男友，黎莉心想不知道他們兩個的友誼還能不能繼續。但她並不準備對男友進行質問。儒行的生日在即，她想在生日後再問。她下定決心信任自己的男友會做出正確的選擇。

但珮雯再次從學校無故缺席，讓她不得不去尋找一個答案。她去了珮雯家，就和珮雯被家豪襲擊後一樣。

她按響上次沒有機會按到的門鈴。她的直覺並沒有告訴她，這個她錯過了一次的門鈴，她的男友也按過一次。

在悶熱的走廊中，她等了很久。她又按了幾次，依舊無人應門。或許是不在家。但珮雯能去哪呢？她看了看手腕上的電子錶：五點二十二。不可能是去吃飯了。澳門人習慣在八、九點才吃晚飯。那可能是去吃下午茶了。她盡可能往瑣碎的方面去幻想。因為瑣碎的事情在她看來，是安全的。

她又等了十分鐘。汗已經浸濕了襯衫內的白背心。手臂上的汗順著小臂往下滴。她打算放棄了。她走向電梯，剛站在電梯前，還沒按下按鈕，電梯門開了——

一個燙著大波浪，穿著豹紋絲質上衣的中年大媽走了出來。她的眼珠子往黎莉胸口的校徽上瞟了一下後問：「是找珮雯的？」

黎莉吃了一驚，趕緊說：「是。」

「我跟妳說啊，」豹紋大媽拉著黎莉手臂。黎莉有點不好意思，自己手臂上全是汗。但豹紋姐絲毫沒有在意的意思，「昨晚，他們家呀，大喊大鬧的，我差點報警了！」

黎莉蹙著眉，豹紋大媽又說：「我就住他們家隔壁。」她拉著黎莉走到珮雯家斜對面的鐵門，上面貼著一個大大的「發」字，她指了指說：「我家。」

「什麼樣的大吵大鬧？」

「他老爸梁先生啊！從來沒聽過梁先生大吼，從來沒有！別說大吼了，大聲說話都沒有，很溫柔的人，平時見到面啊，總是主動打招呼。逢年過節還總是送點好東西——就是酒店裡面剩下的鮑魚呀魚翅呀之類的，但別管是不是剩的，那都是很貴的嘛。人很大方啊，說兩個人吃不完那麼多，就送點給我們家。我家有兩個兒子嘛，一個小五一個小六，正是長身體的時候……啊，扯遠了扯遠了，梁先生昨晚啊，真的是大吼大叫！妳可以去問問樓上樓下的住戶，他們肯定都聽到了。一開始還以為自己聽錯了。平常都是我在吼啦，兩個兒子嘛，不吼怎麼辦？不吼不聽話啊！但梁先生真是第一次！珮雯啊，怎麼說呢，見面還是會打招呼啦，就沒有像她老爸那麼熱情咯，人長的是可愛，很像韓星欸，單眼皮嘛，畢竟梁先生又高，人又帥，女兒漂亮也是很正常的嘛。欸！幸好我沒生女兒啊，要不然哈哈哈，我那老公啊，咂，陌生人夜裡看到哦，還以為是見鬼了！還好沒生女兒，真的，要不然肯定怪我們基因不好啦！——啊，對，珮雯嘛，小小年紀就開始化妝了，可能是現在女孩都早熟吧，我也不好說什麼。如果是我女兒，那肯定是不給的！那麼小的人化妝幹嘛？給誰看啊？不過她化了妝也是真的好看，我覺得遲早啊，被香港的星探發掘哦。哈哈哈，妳說，到時候電視台會不會來採訪？啊？那我就有機會上鏡了，哈哈哈。——啊啊，對對對，吵什麼？我就是不知道在吵什麼啊。就是因為不知道才急啊！這些牆，我跟妳說，不隔音！我很清楚啊！兩個兒子嘛，有什麼辦法？還有我家那個啊！賭馬又賭狗，吵過無數回了。被鄰居投訴過幾次。然後我就問，聽得清在吵什麼嗎？想讓他們，就那些鄰居嘛，給我評評理，到底錯在誰身上嘛，本來是讓梁先生評理的，但人家大酒店的廚師，忙啊，不好意思耽誤人家時間啊，我只好問樓上那鄰居啦，結果那鄰居說，聽不清，但就是吵，跟電視台半夜播的雜音一樣。昨晚也是啊，梁先生那聲音啊，就是放開嗓子在吼，吼什麼聽不清——」

豹紋大媽「馬不停蹄」地說著。好不容易，黎莉找到了開口的機會：

「那珮雯呢？」其實黎莉想問的是「珮雯也有大吼嗎？」但她一急——畢竟也不知道豹紋大媽再張嘴，何時才能閉嘴——話沒說明白。但無所謂，因為豹紋大媽聽明白了——猜度和加油添醋是大媽最擅長的。而她這回，卻突然不長篇大論，單單只回了一個字，但就是這一個字，就讓黎莉決定，必須得想辦法打開珮雯家的鐵門，看看珮雯究竟發生了什麼。

大媽的臉距離黎莉很近，墊著腳尖，黎莉本能地退了一步，被逼到了牆邊。大媽臉上的皺紋像是某種昆蟲的花紋，有點嚇人。似乎她是故意嚇唬黎莉的，為了給她的敘述增加點驚悚的元素。維持著這張驚悚的面孔，大媽說的那個字是：

「哭。」

十一

黎莉站在剛從警局趕來的陳為司身旁。陳為司剛剛在和鄭女士談話，他從鄭女士那得知了關於她自己的醜聞。他前腳剛送走鄭女士，還沒來得及思考鄭女士對盧高勤的指控，後腳就收到了令他在驅車途中數次晃神，差點出車禍的消息。

兩人面前的木質地板上躺著十五分鐘前，黎莉在豹紋大媽和開鎖師父的幫忙下，從吊燈上抱下來的珮雯。一張折疊板凳倒在她的腳邊，一根用床單擰成的繩子緊扣在她的脖子上，原本白皙的脖子被勒出一道紫黑的勒痕。不到五十公斤的體重，她就像是個晴天娃娃般，吊在衝進屋子的黎莉眼前。散落的長髮擋住了她的面貌。黎莉捂住嘴，眼淚簌簌地流下。豹紋大媽和開鎖師傅傻站在門前。他們的目光越過了黎莉顫抖的肩膀，看見了珮雯穿著大號T恤的身影。那一雙微微內八、修長且白淨的雙腿，讓整個畫面看上去帶著幾分淒美。

「我記得妳，妳叫黎莉是吧？」陳為司半蹲在坐在餐桌前，手中攢著幾團衛生紙的黎莉跟前。剛剛，現場警員將珮雯的屍體裝袋並送去了法醫部。

黎莉微微地搖著頭。她並不是在回應陳為司的問題，而是在否認剛剛在她眼前所發生的事實。

「我知道她是妳的好朋友，」陳為司輕輕碰了一下黎莉的肩膀，「我也知道妳很難過，老實說，我也很難過。」他看著那塊原本靜躺著一具美麗的屍體的空地板，可能將時間倒退個幾小時，那具屍體還如眼前的女孩一樣呼吸著。突然頭部一下劇痛，陳為司踉蹌地失去重心。

「陳警官！」

陳為司回過神來時，他已經坐在了黎莉原本坐著的位置。

「我沒事……我知道妳很難過，但是我必須要妳和我去警局錄一下口供。」

黎莉睫毛上沾著的淚珠，滴了下來。窗外，天空呼應著下起了雨。

回到警局，陳為司先後對黎莉、豹紋大媽、開鎖師傅進行了問話。他們並沒有提供什麼線索。就和陳為司預想的一樣。他也沒打算找到什麼線索。因為他知道整件事情的起因為何。是他把珮雯的事告訴了珮雯父親。作為一個父親，知道了自己女兒做了援交，如果是他，他會怎麼做？

他的食指與中指叼著香菸。縷縷白煙在辦公室內飄躍。室內是禁菸的，但無人制止陳為司。就連局長也沒有。

窗外雨越下越大。法醫部來了報告，是自殺無疑。

「後背與肩部有多處外傷，都是瘀青，推斷是鈍物所致。」

是鞋拔子？是雞毛撣子？是尺子？是掃把？陳為司想著梁先生「施暴」的工具。他腦子裡重現著梁先生盛怒之下抽打女兒的畫面。而那畫面中梁先生的臉卻是他自己。

菸灰掉在了地上。坐在他身旁的新人警官看見了，他是那種不畏強權的小年輕。

「陳sir，」他叫了一聲，陳為司沒有反應，「陳sir——」他又叫了一聲，陳為司側頭看向他，眼珠子裡全是血絲，「呃那個……」他指了指陳為司腳邊，「菸灰。」

像是大夢初醒般，陳為司將手裡已經燒到濾嘴的菸丟進了辦公桌上的一次性紙杯裡。紙杯中只剩一半的咖啡裡擠滿了漂浮著的菸頭，如被石油汙染的海面。

電話已經打過了。梁先生隨時會到。他要如何面對呢？他有資格怪罪梁先生嗎？換句話說，梁先生有做錯什麼嗎？問題又回到了原點——如果是他自己的女兒，他會怎麼做呢？如果是天愛——他女兒——的話，他會怎麼做呢？他用兩根拇指搓了搓太陽穴。他閉上了眼，眼前又出現了他抽打女兒的畫面。

黎莉沒有直接回家，她去了張儒行家，關玲上班去了。張儒行打開門，看到鐵門外的女友有些吃驚。鐵門剛開一個小縫，黎莉就撲進了張儒行懷中。她需要釋放在珮雯家沒有釋放完的淚水。

「怎麼了？」

張儒行用腳尖拉起鐵門。他慢慢向後退，似是被黎莉推的，其實是他自己在動。

他又問了一句怎麼了。黎莉只是哭著。眼淚代替了言語。在她心中，她希望儒行能自己說出珮雯到底發生了什麼。她相信珮雯之所以會死的原因，儒行是知情的。她在等著儒行坦白。

兩人並排坐在沙發上。黎莉側身靠在在儒行胸前。她沒等到儒行的坦白，憋不住了，說了依舊歷歷在目的珮雯的自殺場景。但說出來後並沒有她預想中的那種抒發感，那個晴天娃娃依舊掛在她的心頭。她想要從儒行身上得到一個解釋，但儒行選擇了繼續隱瞞。他搖著頭，偽裝自己不理解珮雯為何要輕生。實際上他當然是知道，但他不能說。還沒到時候，現在還不能告訴黎莉——不能再將黎莉捲進和楊思淮有關的任何事情。看看家豪，看看屈又石，再看看珮雯。他感到心臟一陣悶痛，他想起了小學時和同學打架，被一個高年級生用頭撞中胸口時的窒息感。現在就是那種感覺。這種痛是物理性的，而非幻想出來的。心實實在在地在痛。珮雯，昨天還站在自己面前的女生，今天就——

一個身穿白色連衣裙的女生掛在一個全黑的房間中。

那是他聽完黎莉的話後，在腦中浮現的幻想。

「你知道她為什麼會自殺嗎？」黎莉耐不住性子了，她需要從儒行口中聽到真相。

「我怎麼會知道？」這刻是張儒行的演技巔峰。為了讓黎莉不被牽連進來，他必須如此。

黎莉直視了男友雙眼數秒。對方毫無避諱。在那雙眼眸中，她看見了自己。而那表情，和儒行的表情相差無幾。

他真的不知道？她自問。那他這段時間為什麼給她一種鬼鬼祟祟的感覺呢？是她想多了嗎？不可能，她不會看錯的，自己男友的那點小心思，她還能不知道嗎？

「你騙我。」她扮似有著十足把握。甚至已經掌握了真相。

「我騙妳什麼？」但張儒行也下定了決心。他不是有意隱瞞，只是鑒於之前所發生的事情，他不能將黎莉置於風險之中。除非讓楊思淮永久地離開他和黎莉的生活，否則的話，他倆的生命就會受到威脅。

珮雯的面孔再次浮現——在巴士窗前的側臉。那是張儒行見珮雯的最後一面。也只是近在昨天。

黎莉正懷疑著自己對男友的判斷是否出現了差錯，沒觀察到想到珮雯最後一面的張儒行的手臂上起了雞皮疙瘩。

「妳吃過飯了嗎？」張儒行發覺自己起了雞皮疙瘩，趕緊從黎莉身邊站了起來。

黎莉還是緊皺著眉說：「沒有。」

「我去幫妳下碗出前一丁？」

「我和你一起去。」她還沒放棄從男友身上挖到真相。張儒行肯定有什麼事情隱瞞著自己。肯定的。

她賭上了自己對男友兩年來的認知，以及她作為女人必不可少的第六感。

隔天在學校小賣鋪前，楊思淮從黎莉口中得知了珮雯的死訊。她無法再敘述一次珮雯的死狀，只說了她是上吊自殺。

楊思淮和珮雯在一起，一是為了計畫，二是為了生理需要。分手對他而言不足掛齒，但珮雯的去世卻殺了他個措手不及。

「你還好嗎？」黎莉看他臉色不對勁。

「妳……妳不怪我嗎？」

「為什麼要怪你？她……她自殺是因為她爸得知了援交的事啊……你在自責嗎？你不要自責，真要說的話，我也有責任，我應該察覺到的……」

楊思淮看著單純的黎莉，仿佛是在照鏡子。這面鏡子多通透，他，楊思淮，就有多齷齪。

「喂！」

他無視黎莉的喊叫，匆忙衝去了廁所。

他對著馬桶，「嘔」地一聲，幾滴濃稠且粘連的唾液從他嘴中緩緩下落。他還沒吃早飯，肚子空空，什麼都吐不出來。緊接著喉嚨是一陣灼燒感。待口水流完，他按下沖水按鈕，看著馬桶的水流捲動。如果前天不是自己逼珮雯向陳為司坦白的話，那麼她現在——

他想起了和珮雯熱戀的那段時期，珮雯總會站在校門口等他一起走進校門。

又是一陣反胃。但他憋住了，因為喉嚨如著火般的燒著。

水龍頭的水是溫的。明明十二月都過了大半，但澳門的氣溫卻還是居高不下。他用溫水洗了一把臉。或許是因為氣溫太高所以自己才會反胃，和那個女的無關。他這樣欺騙著自己。

他抬起頭，看著鏡子中的自己，齷齪嗎？事已至此，已經沒有回頭路了。

我還有最後的一步要走完。

他推開男廁門，重新將眼鏡戴好。他臉上和襯衫上都沾滿水跡，走廊人不少同學都盯著他看。

「欸，你是在裡面洗澡了嗎？」一個初中屁孩搭訕問。

楊思淮一把將他推開，不理會初中生的倒地引起了周遭同學的驚呼。還有最後一步要走完。他在腦中反覆重複這句話。還有最後一步要走完。

走進教室，黎莉和張儒行已經就座。他的視線掃過黎莉——她臉上帶著出於朋友角度的關心——停留在了張儒行身上。張儒行一對到目光就撇開了頭。

他恨我。

楊思淮得出結論。從這個結論，他又推斷出黎莉對於前天晚上的事情並不知情。否則她剛剛不可能是那個反應，她也會恨我的。

最終，他們都會覺得是我害死了她。楊思淮放下書包，眼鏡上的水滴滴在了木桌上。

伍sir走了進來，髮型混亂，下巴盡是鬍渣，像是在賭場通宵賭博，絲毫不在乎自己外表的賭棍。

「班長。」他聲音之小，若不是班長坐在第二排根本就聽不到。

「起立。」班長的聲音響徹全班。

而的確，是我害死了她。

楊思淮、張儒行、黎莉三人在教室中形成了一個三角形。張儒行靠窗，黎莉靠過道，而楊思淮，在正中間。

他知道身後有兩道目光正盯著自己。那兩道所懷揣的情緒截然不同。但他無所謂，他不能被任何人、任何事情影響。因為，他還有最後一步要走完。

十二

聖誕假前兩天的晚上，氹仔的一間公屋中舉行了一場生日派對。張儒行的生日派對。

參加者有主角張儒行、策劃人關玲、協助者黎莉和神祕嘉賓楊思淮。

到底楊思淮為什麼會出現在自己的生日派對上——如果四個人也算派對的話——他是毫無頭緒的。

「這是驚喜。」楊思淮臉上掛著熟悉的微笑，仿佛珮雯的死不過是電影中的橋段，與現實無關。他手中提著一個印著雪花花紋的紙袋，裡面裝的是他送給張儒行的生日禮物：一本職業賭徒的自傳。

的確，這是驚喜。這是楊思淮預謀已久的，專門為張儒行準備的驚喜。

那晚，在家豪死後，楊思淮意外坐上了關玲的的士。那時他想出來能夠超出張儒行想像的計畫，就是以摯友的身分參與他的生日派對。因為他很清楚，家豪死後，張儒行將會與他反目成仇。他瞭解張儒行的為人，正義是他的內心所追求的。而自己所行的復仇在他眼中已經成為了不義。他知道即便張儒行不阻止他，也不可能再回到期中考前，兩人坐在教室的最後一排，無話不說的時候了。

為了以防萬一，他需要一個在張儒行試圖阻撓他時，將他的行動勒住的繩索。他想到了張儒行的生日。那是他在入學後就調查好了的——他還知道黎莉、珮文和家豪，甚至是屈又石的生日。他向關玲提議替張儒行開個生日派對，由此，他便可以作為「摯友」的身分參加。儘管到那時，他早和張儒行連朋友都稱不上了。

黎莉本來還邀請了珮雯參加，在屈又石還沒被卡車撞死之前。

四人坐在桌前。從未有生日派對的氣氛如此尷尬過。張儒行不會偽裝，他的情緒就是他的五官，赤裸地掛在臉上。關玲感到納悶，根據楊思淮的說辭，他和張儒行可是情同手足的交情。

黎莉本以為兩人之間只是因為復仇與否而產生的分歧，她沒想到這其中疏遠的距離，有張儒行臉上的所表現出來的厭惡那麼誇張。此刻她懂了，兩人之間一定還潛藏著她所不知道的間隙。

這已經不是疏遠，而是形同陌路了。一時間，她也有些手足無措。加上珮雯的離去，她還沒完全緩過勁來。

好在楊思淮全程掛著笑容，努力讓氣氛活躍起來，就像是這場生日會是為他而辦的一樣。他不斷提出話題，稀釋從張儒行臉上散發到空氣中的尷尬。關玲和黎莉將其視為想和張儒行修復關係的表現，於是也賣力地回應著。

關玲並不知道珮雯的悲劇，沒人想在生日派對上提起這事，即便是不會看人臉色的張儒行也一樣。

「欸，那黎莉畢業後會去哪讀大學？」楊思淮問。話題說到了高三學生必然會出現的「畢業前景」上。

「我媽是想讓我出國，」黎莉回答，眼神在身邊的張儒行和對面的楊思淮間遊移，「但我想留在澳門讀大學。」她的眼神停留在張儒行身上。因為她之所以不想出國，最大的原因就是不想和張儒行分隔異地。

坐在張儒行對面的關玲臉上掛著欣慰的笑。她覺得兒子能遇到個這麼好的女友是他的三生有幸。

「儒行呢？」楊思淮明知故問。

張儒行眼神在楊思淮臉上閃過。他用舉杯喝可樂的方式拒絕回答。

「儒行想去賭場上班，」關玲接過兒子的沒說出口的話，「但我是反對的，去賭場有什麼好的？雖然工資很高，但是賭場那種地方啊，不是什麼好環境。近朱者赤近墨者黑，待久了肯定會染上賭癮的。」

張儒行不想和老媽爭論。現在的頭號大敵是楊思淮。

「那也不一定，」楊思淮歪著頭對關玲說，「也是有人能做到出淤泥而不染的，只要清楚知道自己想做什麼就行。畢竟很多人就是想要在紙醉金迷中生活，怎樣的人就會做怎樣的事。我覺得阿姨妳不用擔心儒行，他和我說過，他最大的夢想就是有份穩定的工作，然後組織家庭……」黎莉聽著心裡蹦噠了一下，「……生兒育女……」又蹦噠了一下，「然後最重要的肯定是孝順母親。」

「這小子有這樣說過？」關玲臉上是美滋滋的笑。她真想認楊思淮做自己的乾兒子。不過她也只是想想，畢竟有誰想要認一個開的士的中年婦女做乾媽呢？

「那我也還是不同意他去賭場工作。他老爸——」

「媽。」

對話的空氣暫停了，尷尬如一個活物般杵在了四人的面前。關玲的嘴巴半開著，張儒行的眼神盯著關玲，停留了幾秒，又移開。

「那你呢？你畢業之後想幹嘛？繼續升學嗎？還是去工作？」黎莉靈巧地將尷尬踢開。

「我啊，」楊思淮短暫停頓，「嗯……」他裝了個思考中的表情，然後緩緩道：「我想先去個冬天會下雪的地方讀書。或者只是單純地住一年。之前打工存了點錢，加上政府每年都派的『糖』（澳門政府因為博彩業收益，每年會派發現金給澳門市民。此項名為現金分享的政策被澳門人稱為派糖）。我想一年的生活開支是沒問題的。」

「下雪的地方？我也是在澳門有點呆煩了。尤其是夏天，又熱又濕。雖然我大部分時間都是吹著冷氣啦。但就是從停車場走到車內的那段距離啊，吼，要了命了！」
「嗯……」又是短暫的停頓，他推了推眼鏡，視線無意間和張儒行對在了一起，「那阿姨要和我一起去北海道嗎？」
「北海道？日本？不行啦，我又不會日文。」
「不會可以學啊。」
「都一把年紀了，哪學得會啊？我啊，想著再幹幾年，就把的士賣掉，然後開個小髮廊，」關玲看向一頭亂髮的張儒行，「我從以前就想開個髮廊，這小子的頭都是我剪的。」
「那等我賺錢了，一定投資妳。」
關玲嫣然一笑。楊思淮又說：「我最大的夢想，是在北海道開一家民宿。」
「北海道那麼地廣人稀，你呆得住嗎？」黎莉好奇問。
「我的樣子是很需要人間煙火嗎？」
「不是啦，只是現在的人不都喜歡往大城市跑嗎？我之前看過一部在北海道拍的電影，感覺上非常……怎麼說呢……平靜？」
「妳看的電影是《情書》嗎？」
「對！你怎麼知道？」
「我也看了那部電影才喜歡上北海道的。」
「那你們兩個真該在一起。」張儒行冷不防地冒出一句。
楊思淮一笑，直接無視了張儒行的話，說：「等我在北海道開了民宿，就邀請你們來玩。」

聖誕假的前一天一早，盧高勤就被出現在他家門口的陳為司帶去了警局。

審問桌前兩人的面容都是憔悴的。盧高勤的憔悴，體現在他眼鏡後的黑眼圈上。那一層層逐漸加深的黑眼圈，是從家豪死的那晚開始的。陳為司的憔悴，則是他的嘴唇。乾裂且毫無血色。從珮雯自殺到現在，他的菸就沒停過——

他叼著香菸的手搓著太陽穴，現在只剩下兩個疑團，一個是關於楊思淮的，另一個就是關於盧高勤的。他抖了抖菸灰。開口問：

「那天在校長室，你有些話沒有告訴我。」

盧高勤沒有反應，他知道陳為司在說什麼。鄭女士揚言要告發他，他是親耳聽見的。他沒有抱絲毫的僥倖，他知道女人在那種狀態下是不顧一切的。即便這意味著公開自己的婚外情。

陳為司看盧高勤沒有回話，直截了當地向他問了鄭女士的話是否屬實。隔著裊裊不斷的煙霧，盧高勤只是點頭。他的嘴一直抿著，像是本就從未張開過。直到陳為司問：

「是你約了家豪在山頂見面的嗎？因為他得知了你和鄭女士的外遇。所以你打算讓他封口？但在你下手之前，閃電替你將家豪封口了，是這樣嗎？」

盧高勤的雙唇張開了。從走進審問室後的第二次——第一次是陳為司問他能不能抽菸時，他說了個句「可以」。

陳為司的雙眼被煙熏得半眯著。盧高勤的聲音很小，幾乎不可聞，但在那朦朧間，還是能看到他的嘴型，陳為司雙眼突地睜大，隨即倒吸一口氣，漂浮在眼前的煙霧順著氣流進入他的嘴中——他一陣咳嗽，被嗆到了。他咳得厲害，臉都漲紅了，額頭都爆出青筋了。幾乎燒完的香菸被丟在桌上，菸灰零散地落在桌上。他一手扶著桌子，一手捂著胸口。而盧高勤則是全程冷眼看著。他知道，陳為司之所以會被嗆到，是因為他剛剛的坦白。

但盧高勤不知道的是，如此一來，陳為司就得到了兩個家豪之死的版本。到底哪個才是真相？陳為司的頭和嗓子一樣灼燒著。

聖誕假前一天的清早，張儒行如往常一樣帶著早餐走上通往聖德學校的斜坡。如往常一樣，他打算在進校門自己享用早餐前給黑仔享用他的早餐。而與往常不一樣的是他書包中裝著兩個罐頭，其中一個是進口牌子，聖誕烤雞風味，給黑仔當做是聖誕節大餐。而另外一點不一樣的，則是當他踏著石子路，從坡底一路走到校門前，都沒有見到黑仔的身影。

他感到不對勁。會不會是被捕狗大隊抓走了？有這個可能，但是黑仔很聰明，要不然他也不可能一直從張儒行初中倖免到他高中。但總會有意外。可能是在睡覺時被抓走的？可是氹仔幾乎沒有捕狗大隊啊——氹仔的流浪狗數量很少。

他在校門前來回張望著。似乎再多等一下，黑仔就會出現。但一直等到，楊姨在校門口問他站在門外幹嘛時，他才意識到，黑仔不見了。

「楊姨，妳有看到黑仔嗎？」

「黑仔？啊，就是那隻因為你一直餵牠，所以賴在學校門口不走的黑狗吧？」

「是。」

「沒見到。唉，後生仔不要難過啦，人命啊，都說沒就沒的，何況是狗呢？」

他思考著楊姨的話，決定明天一早就去澳門的狗房，如果被抓了，那黑仔肯定會在那。一個月不被領養的狗，就會被安樂死。張儒行不能接受黑仔最後是這樣的結局。他明明已經堅持了這麼多年。他快畢業了，一畢業，他就能去賭場工作，到時候，他就能負擔黑仔的養育費了。無論關玲千百個不願意，他都要讓黑仔成為他的家庭成員之一。就像是黎莉，她也將會成為他的家庭成員。以上是他對自己的人生計畫。

但他的人生計畫之一，在大息時被楊思淮徹底粉碎了。

黎莉去排球隊開會了，他一個人坐在桌前，看著教室後櫃上常年無人問津的《挪威的森林》，努力搞懂為什麼村上春樹會有那麼多人追捧。

一張照片滑進了他的視線，取代了原本的直行文字。他看到那張照片的一剎那，他就呆住了。他抬起頭，順著深灰色的長褲向上看，米白色的襯衫，印著校徽的紅色的領帶，與開學時一模一樣的髮型，但很反常的，沒戴眼鏡。

「這是什麼？」

「你覺得是什麼？」

張儒行又看了一眼，不可能，不可能，這一定是合成的，不可能。

「不敢相信嗎？」

楊思淮的表情，面無表情。

「你忘了嗎？你對我說過的話——」

夕陽照進鳥籠的那天，他看著楊思淮說過的話：「你瘋了。」

「為什麼？我什麼都沒和陳為司說，連阿莉都沒說！為什麼？」

還是面無表情。

「你不是說要帶牠去北海道嗎!?為什麼!?」

他靠近張儒行的耳邊，「是你逼我的。」

儘管有很多疑問，但張儒行還是越過桌子將楊思淮撲倒在了地上。桌椅如骨牌般倒塌，楊思淮被張儒行壓在地上，他要打碎他這副面無表情的面具，第一拳，他的鼻血便如水氣球般爆裂。瞬間，同學全都圍了上來。有人掏出了偷帶的手機偷拍，蘑菇更是拿出了相機。蛔蟲見狀趕緊上前拉住張儒行。但張儒行的力氣是他這種宅男能拉得動的嗎？

不到十秒，楊思淮的臉便可以用鼻青臉腫來形容。男同學們如一群猩猩般發出「嗚嗚嗚」地叫喊，女生們則因為楊思淮在她們眼中帥氣的外表被毀容而發出哀鳴，被Miss梁甩了，正在經歷戒斷期的伍sir被暗戀楊思淮的女生們拉了過來。黎莉也回到了教室，她大喊著張儒行的名字阻止，但張儒行卻瘋了似的向楊思淮揮拳。對張儒行來說，他不是在「傷害」而是在「懲罰」。

懲罰，楊思淮將黑仔肢解的罪行。

然而事後，那張記錄了黑仔如豬肉攤上被分解成各個可食用部位的豬肉的照片，卻沒了蹤影。反倒是多了過百張張儒行暴打楊思淮的犯罪記錄。其中，以楊思淮御用攝影師蘑菇的作品最適合作為指控張儒行的罪證。

因為盧高勤的缺席，新任訓導主任掌控大局。張儒行拳頭上的血跡還沒乾，他的手冊上就多了一個大過。

黎莉問及他到底為什麼動手。他只是沉默。在那沉默中，蘊藏著他前所未有的復仇的欲望。黑仔讓他聯想到了珮雯，珮雯讓他聯想到了家豪，當然，還有屈又石，雖然後兩者都不是什麼好東西，但是罪不至死。而前兩者呢？尤其是黑仔啊，牠做錯了什麼？

牠沒有任何錯。牠本該成為他的家人。

聖誕假的前一晚，聖德學校的所有學生的電子郵箱中，都收到一封來自公墓的郵件。郵件的題目是：「關於盧校長不為人知的祕密」。郵件的內容，毫無疑問的是盧高勤和鄭女士的對話音頻。發送人：聖德學校的正義使者——公墓。

除了那些準備隔天或者當晚就出發去旅行的同學外，大部分人都在上網。這些打算聖誕假在家宅一整個月的宅男宅女們是第一批收到此等核彈級別新聞（八卦）的人。在他們的主動傳播下，很快地，就連那些在機場候機的同學們也得知了此事。儘管他們無法在第一時間，聽到那段令無數對盧高勤有崇拜之意的家長們（大多是婦女）脫口而出：「想不到盧校長是這樣的衣冠禽獸！」的錄音。他們焦急地祈禱，希望即將入住的酒店中有電腦。否則，他們甚至想取消旅行，就為了衝回家聽那段錄音。當然，這一切都是因為那些聽完錄音的同學將整段錄音加油添醋的結果。有個版本甚至說，盧高勤跪在鄭女士面前，祈求她寬恕自己害死了家豪的罪行。

對於男性家長來說，盧校長與鄭女士的醜聞，在他們的內心最深處更願意用風流韻事來形容。他們都參加過家長會，都見識過鄭女士身上那獨特的成熟女人韻味。他們嘴上跟著老婆罵著盧高勤衣冠禽獸，罵著鄭女士行為不檢點。心裡的嘴，卻在嘀咕：「如果我是盧高勤，我肯定也把持不住！」

盧高勤在電腦螢幕前，看著電子郵箱不斷收到來自家長以及學生的問罪（八卦）郵件，深深嘆了一口氣。不是不報，是時候未到。他又想起了這句港產黑道片中的經典台詞。他的妻子察覺到了他的異樣。兩人剛剛吃完聖誕前的燭光晚餐。盧高勤正準備上網再為後天的北海道之旅做點行程計畫——主要是下了飛機後到酒店的路線。熟料，通往酒店的路線沒找著，卻找到了通往他職業盡頭的死路。

他妻子知道盧高勤和她一樣在外有自己的感情生活。但自從她回歸家庭後，盧高勤也回來了。她不在意盧高勤和鄭女士的過去種種，但她在意家豪的去世是否與盧高勤有關。

「妳覺得我像個殺人犯嗎？」他疲倦的、極度渴望放鬆的雙眼，擊碎了妻子的懷疑。他看著妻子鬆懈了的眼神，心中藏著自己和陳為司談話的祕密。

「這旅行也去不成了。」他原本想讓這次旅行成為自己與妻子最後的回憶，畢竟他之後將不再擁有自由。

「為什麼去不成？」妻子說，「現在這種狀況更應該出國了。你留在澳門又能怎麼樣呢？現在正是在風口浪尖的時候，你等風波平息了，再出面不好嗎？」

「沒妳想得這麼容易。」

「為什麼？」

盧高勤看著妻子，這個人與自己生活了二十多年的女人。有些話，即使再相處個二十年，盧高勤依然說不出口。而那些說不出口的話，才是他最想也最需要說的。

終幕

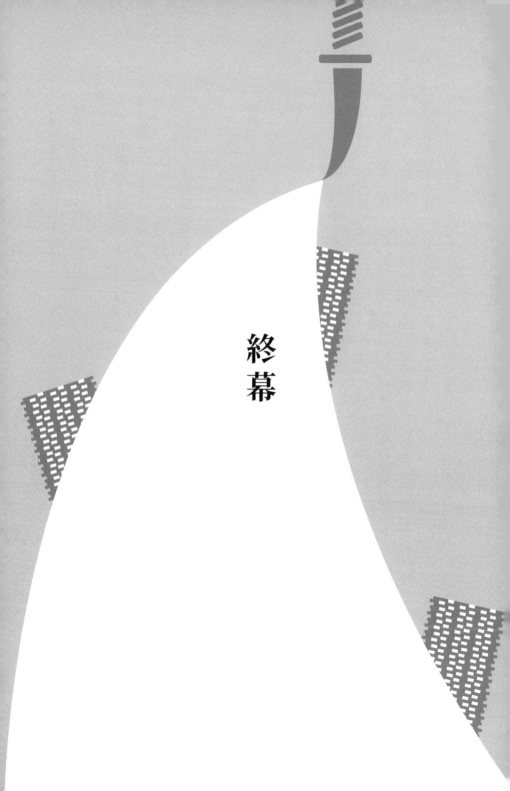

盧高勤待妻子睡著，下了床，換上衣服，出了門。

他驅車駛過午夜無人的澳門小城街道。兩側的橘黃路燈映照在他的臉上——微微蹙起的雙眉與帶著淡淡鬍渣的消瘦臉頰。

汽車停在路邊。盧高勤沒心思去找停車位。他把寫完的短信發出，然後把手機的電池拆出，丟進了路邊的垃圾桶裡。他走到大堂門前，大堂內的保安老頭正在打盹。他敲敲玻璃，老頭驚醒了，他帶著職業精神入的睡，所以睡得很淺。他打量了一番盧高勤，看他人模人樣，放了他進去。

「謝謝。」盧高勤向他說，同時點頭。老頭也點頭回應。只不過，點下去後就沒再抬起來——他又睡著了。

「叮」地一聲，電梯門開。盧高勤走出電梯，走到他找私家偵探調查到的單位號前，按下門鈴。他看了一眼妻子本想當做聖誕禮物送他，但被他發現了並戴上了的名錶，時間是兩點二十四分。

該不會睡了吧？這樣想著時，門開了。

楊思淮看著眼前的盧高勤，他身上穿著黑色背心和條紋睡褲。其實他已經睡了，但他是個淺眠人士，被門鈴吵醒了。

「你來幹什麼？」楊思淮問。

「不讓老爸進去坐坐嗎？」

楊思淮的臉色突變。但他怕將鄰居吵醒，於是打開門，讓盧高勤進去。他先是擋在盧高勤面前，像隻攔路犬，上下打量了一番，隨後緊咬住牙關，如得到了主人的命令，不甘心地向後退了一步。

盧高勤走到矮沙發前，楊思淮則站在餐桌與客廳之間。

「我想和你談談。在那天之後——」盧高勤是指家豪死的那天之後，「——就一直想找你談談。」

「談什麼？」除了本身對盧高勤的憎惡外，此刻楊思淮還帶著被人半夜吵醒的煩躁。

「我真的不知道……」盧高勤自說自話。但這話卻讓楊思淮愣住了。「我不知道依萍懷了你……我真的不知道。如果我知道的話，我怎麼可能——」

「但你的確那樣做了。」楊思淮緩過神來，他知道盧高勤半夜跑來他這是想幹嘛了，他是想贖罪。通過他最擅長的發表講話來贖罪。這可能嗎？他步步逼近盧高勤，嘴中說：「你讓她背上了黑鍋，被學校辭退，獨自撫養孩子長大，你的確那樣做了，無論你知不知情，你都做了。」

「我知道！」盧高勤突然捂著頭大叫。他和楊思淮對視著，那雙眼睛幾乎要跳出了眼眶，「我知道啊！所以我想要彌補你啊——」

「你要彌補我？你在開玩笑吧？你要彌補我？你要彌補我什麼？」楊思淮向盧高勤靠近，「我要你彌補什麼?!」他一把將盧高勤推倒在地，「你說啊！」

這時，門鈴響了。楊思淮回頭看向門口的瞬間，盧高勤站了起來，衝向門口。

「你要幹嘛？」他看著走向門口的盧高勤，他顯然是要開門，「你要幹嘛！」問題是，他把誰叫來了？楊思淮隱約察覺到了答案——

張儒行出現在了兩人面前。

「盧高——盧校長……」張儒行半夜失眠時收到了盧高勤的短信，讓他去楊思淮家。他之所以會現身，是怕盧高勤在楊思淮手下有個三長兩短。他回信勸盧高勤不要輕舉妄動，但盧高勤沒有回覆。於是就形成了現在三人呈一字型，分別站在門外、門前和過道的局面。

「你先進來吧。」盧高勤對張儒行說，就像他是這屋子的主人似的。

「他來幹什麼？」楊思淮急了。盧高勤的拜訪已經是他的意料之外了，這下連張儒行也來了。他最不能接受的事情就是事情超出他的意料。

「你之前，」盧高勤沒有理會處在崩潰邊緣的楊思淮，他對張儒行說，「和他一起想把我趕下台吧？」

「我們只是想把屈又石趕下台。」

「是嗎？不是因為我和威尼斯酒店合作，所以想把我這個將學生送去賭場當荷官的校長趕下台嗎？」

張儒行啞口無言，他最不擅長的就是解釋，尤其是解釋自己。

「你在胡說八道什麼？」楊思淮想將局面拉到自己可以掌控的範圍內，為此，他將立場調到了與張儒行相同的方位，「他的夢想就是到威尼斯當荷官，你和賭場合作，他是求之不得。」

盧高勤聞言，沉默了幾秒。隨後，他嘆了口氣說：「沒想到你是我的支持者。」

「現在是怎樣？玩拉攏？」楊思淮推開盧高勤，站在了張儒行身邊。

但張儒行不是傻子，他知道楊思淮想幹嘛，他想和他統一陣線。但他不想。他走到了餐桌處，和那對冤家父子處於一個三角的站位。

「到時候你可不能這樣和陳警官說。」盧高勤對楊思淮說。

「什麼到時候？你到底想幹嘛！」楊思淮幾乎在吼了。

盧高勤看著楊思淮。原本看上去比實際歲數年輕的臉孔，一晚之間就變得比實際年齡蒼老了許多。

「我在贖罪！」盧高勤叫著，逐步走向了張儒行。張儒行看著眼球幾乎瞪出來的盧高勤，感覺不太對勁，那一副溫文儒雅的書生氣沒了，取而代之的是一種接近歇斯底里的嘴臉。但他不知道要採取什麼行動，因為他不知道，也無從想像盧高勤到底要幹嘛。他只是原地站著，像是個不存在的觀眾。他原本是來阻止楊思淮傷害盧高勤的，怎麼會想到——

「你到底在幹嘛！」楊思淮巨吼，想推開向張儒行接近的盧高勤，但沒想到卻被盧高勤一把推開。

「你——」楊思淮剛開口一個字，就怔住了。

張儒行也怔住了。

一把刀子不知何時地插在了盧高勤的胸口處。張儒行與盧高勤胸口的刀子距離不到五釐米。鮮血先是濺在了他充當外套的學校體育服上，隨後奔湧落地。他感覺到雙手被什麼溫熱的東西握住了——是盧高勤的雙手，他將他的雙手捧到了插在自己胸口的刀子上。

我該怎麼辦？

突然，楊思淮一把將張儒行推開。他看著刀子上，他的指印不到半秒就被從盧高勤胸口不斷湧出的鮮血覆蓋。他順勢癱坐在了餐桌旁的木椅上，他的雙手在顫抖，近乎黑色的血隨著顫抖不停飛濺，血滴順著他的手臂下行，他感覺到血滴依附在他學校運動短褲下的小腿的汗毛上，和雙手的感覺一樣——溫熱的。

不到一米的距離，楊思淮雙手與其說握著，不如說是掐著盧高勤的雙肩。一個生命正在他的客廳中死去。

「屌！」這已經不是超出他的意料了，而是超出他的常識了，「你到底在幹嘛！你到底在幹嘛！」他除了質問，已經失去了別的話語。

「……」盧高勤說不出話。他想過這將會很痛苦，但只是一瞬間的想法，因為給他胡思亂想的時間並不多。他也是突然想到這個震驚了兩人的辦法。他感覺到楊思淮猛搖著他的肩膀。但那震動越來越小，小到最後已經失去了感覺，只剩下腦中楊思淮無法構成語句的模糊的回音。

「我……」他想從鮮血不斷湧出的喉嚨中擠出幾個字，「……我對……」這將耗盡他最後的生命，「我對……不……」，他的生命已經無法回頭，「……我對不起……」，楊思淮停止了追問和晃動，他感覺時間停止了，「……我對不起……你……」，都停止了，只剩下盧高勤的遺言在空間中飄蕩。這句無力的遺言在空氣中轉瞬即逝，但卻有血有肉。

時間究竟停止了多久，楊思淮完全沒有概念。他失去了感知，腦子裡反覆地回溯著盧高勤的遺言。他多少次幻想盧高勤會向他道歉，懺悔自己多年來所缺席的時光。他是跪著的、他是卑微的、他是不肯承認的、他是淚流滿面的、他是死不認帳的、他是冷酷無情的……種種的戲碼，都在楊思淮的腦袋中上演過。上演最多的，就是家豪那晚本應發生，但卻沒有發生的——他親手替媽媽復仇。但唯獨，他沒有預演過的，是盧高勤在他面前了結了自己。

他本不想聽盧高勤多說。但在盧高勤的鮮血遍布滿地，身體溫度隨著時間降低，不發一語後，他開始希望盧高勤多說。至少，不要只留下一句「我對不起你」。

「你他媽的倒是說話啊！」

「倒是說話啊……」

張儒行眼前，楊思淮心不甘情不願地哭了。

陳為司處於案發現場。血跡已被清理，並用白色線條做了標記。他分別向張儒行和楊思淮問話。但兩人都選擇了沉默。

法醫的結論是：死者身上有兩人的指紋。但刀子上，只有張儒行的。

「還有死者自己的。」法醫補充。

「有扭打的痕跡嗎？」陳為司問。

「沒有。」

儘管陳為司封鎖了消息，但消息還是不脛而走，很快就傳遍了整個澳門。甚至，八卦還不滿足，它跨越大海，一路傳到了香港。

中學校長被害案成為了當時人們茶餘飯後的談資。甚至，大部分學校的校長在早會時不得不發表講話，禁止同學們在校內討論此事。沒人知道這些校長是怕有人效仿還是真的覺得議論同為校長的逝者不太尊重。

整個社會都在等待一個真相。而這個查出真相的責任落在了陳為司身上。

不知道化驗結果從哪傳了出去：以諸如「震撼發現！被害校長胸口刀子有其校高三張姓學生指紋！」的新聞在社會中瘋傳。

盧高勤在最後一次被陳為司審問時表示，張儒行的父親是因為欠下巨額賭債，而跳樓自殺的。

「他可能就是公墓。」

「為了替他的父親報仇？可是你又沒有害死他的父親。」

陳為司叼著菸，回想著與盧高勤生前曾說過的話。他在窗前感受著澳門冬天那有氣無力的寒意，組織著整個案情。當時盧高勤坦白是自己約了家豪在山頂見面，因為家豪發現了自己和他母親婚外情的事情，他打算想辦法讓家豪封口，而家豪卻死在了閃電之下。關於屈又石，他坦承自己是知道屈又石在學校組織援交的行為的，是他沒有及時制止，才釀成了珮雯自殺的悲劇。這點，陳為司覺得自己也有責任。

盧高勤指向張儒行的矛頭，讓張儒行有了犯罪動機。而張儒行在審問中又緘默不言，這更加深了張儒行的嫌疑。同時，他又在張儒行家中找到了盧高勤和鄭女士出軌被拍的照片。種種證據都指向張儒行就是公墓。

「阿sir，我兒子絕對不可能是殺了盧校長的兇手！他雖然說不上乖，但殺人……絕對不可能！」關玲說到最後幾乎要跪在了陳為司面前。

「關女士妳放心，如果妳兒子是清白的話，自然不會有事。但現在我需要他協助調查，希望妳也可以去勸勸他。」

但是還有一個疑團。那就是士多店的獨眼婆說的，楊思淮和珮雯才是情侶。也就是說珮雯、楊思淮和張儒行都撒謊了。為什麼？

「你們三個到底誰才是公墓？還是說你們三個都是？」陳為司看著貼在白板上的三個穿著聖德校服的學生的大頭照自語說。

陳為司帶著疑問，再次找到了他第一個進行偵訊的人。黎莉表示自己不知道他們三人在計畫著什麼。但她確鑿了楊思淮和珮雯本來是情侶的事實。

「但後來分手了。我覺得珮雯的……的死和楊思淮脫不了關係！」

「如果妳男友什麼都不肯說的話，楊思淮就會逃過制裁。」

在張儒行沉默的三天裡，黎莉和關玲每天都去探訪他。她們輪番地問，不斷地問，張儒行就是不肯說出盧高勤去世的那晚，在楊思淮家裡到底發生了什麼。陳為司最後警告她們，如果張儒行不說出自己知道的案發經過，那麼以目前的證據來說，他的嫌疑是最大的。

「你想坐牢嗎？」黎莉真的被逼急了，「你如果被關進牢裡了，我怎麼辦？」張儒行抬起頭，直視著黎莉的眼睛，「你忍心讓我等你二十年嗎？」

張儒行不說話。在被拘留的一週裡他一直在問自己，為什麼不說出真相呢？明明楊思淮做了那麼多壞事，想想珮雯，想想黑仔！但每次他想開口，他都會想起那段和楊思淮同桌的日子。

「伍sir說你再不復課，你可能就畢不了業了。而且你會因為連續留級兩年被踢出校。你的夢想不是安穩畢業嗎？」

留下這句話，黎莉走了。剛一踏出門，她就哭了，那些曾經幻想過的未來，在這一刻全部崩塌了。一

張衛生紙出現在了自己眼前，她抬起頭，是陳為司。她對陳為司搖搖頭，表示自己也無能為力了。

後來關玲又來探望了張儒行一次。這次，面對以一己之力把他帶大的母親，他退讓了。他決定說出盧高勤的自殺真相，以及所有他知道的關於楊思淮的圈套。

「我很高興你能想通。」

陳為司因為失眠而布滿血絲的雙眼緊盯著張儒行。

「說吧。」他催促著，急於想得到真相，得到解脫。

張儒行的視線從桌底的雙腳移到桌面的雙手，再移向陳為司，他已經做出決定了，即使這個決定會讓楊思淮後半生都被關在監獄裡。他正要張嘴，孰料一名警察闖了進來——陳為司一回頭便罵說：

「你他媽的不知道我在審問？」

「那個陳sir……」

「有話快說！」

「嫌疑人楊思淮——」

張儒行的雙眼突然放大。

「他說他要找你自首。」

陳為司轉過頭，看向已經愣住了的張儒行，殊不知自己的表情也是愣住的。他緩了緩後對張儒行說：

「你先在這等著。」

陳為司幾乎是以跑的速度衝進了楊思淮身處的審問室。還沒等陳為司坐下，楊思淮就開口說：「和他

沒關係。

「和誰沒關係。」

「張儒行。和他沒關係？」

「你是說盧高勤被害和他沒關係。」

「盧高勤被害、家豪被害、屈又石被害、珮雯被害、自殺都和他沒關係嗎？」

「等等等等，家豪、屈又石也是被害的？你是想替張儒行洗脫罪名嗎？」

「我不需要替他洗脫罪名，因為他沒有罪名。」

陳為司等楊思淮繼續說下去。

「他沒有罪，有罪的是我，我就是公墓。」楊思淮的耳中依舊能聽見——我對不起你。

「那他家裡為什麼會有陳為司和鄭女士的照片？」

「你是在一本關於賭徒的書裡找到照片的吧？那本書是我在他生日的時候送他的。」

「所以你是說殺害盧高勤的兇手不是張儒行，是你？」

陳為司的質問，讓楊思淮無言以對。

——我對不起你。

盧高勤的話不止在他的腦中、他的耳邊，還在眼前，親口對他說著。這一幕畫面從盧高勤死去開始就在他的眼前循環播放。

——我對不起你。

他再也撐不下去了。這看似來自死去之人，實質是來自自己的折磨。

「思淮……」

他從在麥當勞遇到關玲的那晚開始說起，從杜撰了張儒行父親的死亡真相，勸誘張儒行向盧高勤復仇開始說起——

無數次的夕陽下，張儒行的臉和最後一夜中，盧高勤的臉。

他再從楊依萍死後，獨自長大，計畫著如何替媽媽復仇的每一天開始說起。

——我對不起你。

而在這枯燥且漫長的自白中，鮮血流個不停，從盧高勤的胸口和楊思淮的心上。

二〇〇九年六月，楊思淮被判有期徒刑十二年。張儒行順利從聖德中學畢業。那年兩人都是十八歲。

十三年後。

在聖德中學當社工的蛔蟲走在學校門前的斜坡上，他剛剛加班傾聽完一名高二學生的人際關係煩惱。

他走下重建後是以前三倍寬的石階樓梯，樓梯左側的士多店已經結業，獨眼婆和火雲邪神的傳說在兩年前，隨著他們的退休而結束。巴士站對面的喜記經過了一次翻新，粉綠色的外牆，成了觀光客的打卡景點。如今的老闆是張儒行還會光臨（因為漲價，畢業後再也沒有買過）時，在門口櫃檯收銀的第二代。

雖然是寒冬，但蛔蟲還是繞了點遠路，走進了香蕉車露，原本在那打工的Tina現在已經升為了店長。

他買了兩杯冰淇淋，一杯給自己，一杯給關玲。

「怎麼袋子裡有三杯？」

「給黑仔，是我特製的。」

關玲開的小理髮店就在穿過官也街的氹仔市場裡。客人主要是學生和街坊。店鋪門口貼著一塊告示，上面寫著：學生一律半價。店名叫「氹仔沙龍」。

蛔蟲把帶給關玲的冰淇淋放進了店鋪裡的冰箱，然後把Tina特製的那份放在黑仔跟前。他邊看著她享受地舔著，邊吃自己那份。

關玲正在替兩名聖德中學的女學生理髮，兩人一看到學校社工的來到，變得有些拘謹。蛔蟲知道她倆都是新入學的初中生，主動和兩人閒扯。兩人走後，關玲吃著蛔蟲帶給她的萊姆葡萄的冰淇淋，笑他以前那個沉默寡言的小男生，現在變得會主動撩人了。

「什麼沉默寡言的小男生？妳認識我的時候，我就已經十六七歲了。況且人總是會變的嘛，就連儒行哥也變了啊。」

關玲聞言，欣慰地微笑著。畢業後張儒行沒有入職賭場，而是留在了關玲的身邊，幫她打理理髮店的同時，學習成為理髮師。

「欸對了，儒行哥和黎莉姐去哪了？」

張儒行和黎莉從接駁巴士上下車，拖著行李穿過大雪紛紛的北國小城街道。兩人在一棟複合式的小木屋前止步。黎莉因為不喜歡澳門炎熱潮濕的氣候，所以每年聖誕節都會跑去會下雪的國家過冬。

「是這裡嗎？」被棉帽和圍巾捂得嚴嚴實實，整張小臉只有三分之一露在外面的黎莉問。她雖然喜歡冰天雪地，但卻很怕冷。

滿頭白雪的張儒行緊皺著眉，看了看黎莉作為生日禮物送他的蘋果手機上的民宿訂單，又看了看小木屋門口掛著的巴掌大的招牌——凧屋。

「這字要怎麼讀？」他問大學時為了去北海道滑雪而修過日文課的黎莉說。

「Tako，風箏的意思。」

「就是這裡。」

他正要拉開木門，木門就從內拉開了。一陣暖氣向兩人撲面而來，那一瞬間，黎莉和張儒行都愣住了。他們無論如何都不可能忘記的人就站在他們的眼前——

他的髮型幾乎與當年一樣，只是對比張儒行的幾縷白髮已經全白。一副木質眼鏡後的五官除了多了幾絲皺紋外倒是沒怎麼變。最重要的是他的嘴角上，依舊掛著微笑，只是那微笑比起當年，少了幾分狡詐，多了幾分親切。

鏡小說 051

借刀殺人中學

作　　者：楊鐵銘
責任編輯：王君宇、王梓耘
責任企劃：劉凱瑛
整合行銷：張中宜
副總編輯：劉璞、鄭建宗
總 編 輯：董成瑜
發 行 人：裴偉

裝幀設計：湯湯水水設計工作所
內頁排版：宸遠彩藝

出　　版：鏡文學股份有限公司
114066 台北市內湖區堤頂大道一段 365 號 7 樓
電　　話：02-6633-3500
傳　　真：02-6633-3544
讀者服務信箱：MF.Publication@mirrorfiction.com

總 經 銷：大和書報圖書股份有限公司
248020 新北市新莊區五工五路 2 號
電　　話：02-8990-2588
傳　　真：02-2299-7900

印　　刷：漾格科技股份有限公司
出版日期：2021 年 12 月初版一刷
ISBN：**978-626-7054-04-8**
定　　價：400 元

國家圖書館出版品預行編目(CIP)資料

借刀殺人中學/楊鐵銘著. -- 初版. -- 臺北市：鏡文學股份有限公司, 2021.12
面；　公分. -- (鏡小說；51)

ISBN 978-626-7054-04-8(平裝)

857.7　　110016241